BESTSELLER

Mercedes Guerrero nació en Aguilar de la Frontera, Córdoba, en 1963. Diplomada como técnica de empresas y actividades turísticas, habla varios idiomas y durante dieciséis años ha dirigido distintas empresas relacionadas con el sector turístico. Hasta la fecha ha publicado cuatro novelas: *El Árbol de la Diana, La última carta, La mujer que llegó del mar* y *Las sombras de la memoria.*

Biblioteca

MERCEDES GUERRERO

Las sombras de la memoria

DEBOLS!LLO

Primera edición: octubre, 2015

© 2015, Mercedes Guerrero
Autora representada por IMC Agencia Literaria
© 2015, Penguin Random House Grupo Editorial, S. A. U.
Travessera de Gràcia, 47-49. 08021 Barcelona

Printed in Spain – Impreso en España

ISBN: 978-84-9062-227-8 (857-4)
Depósito legal: B-18.869-2015

Compuesto en M. I. maqueta, S. C. P.
Impreso en Liberdúplex
Sant Llorenç d'Hortons (Barcelona)

P 622278

Penguin
Random House
Grupo Editorial

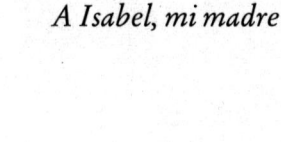

A Isabel, mi madre

Si quieres que tu secreto sea guardado, guárdalo tú mismo.

LUCIO ANNEO SÉNECA
(Córdoba, 4 a.C. - Roma, 65 d.C.)

1

Son las seis de la mañana y aún no he cerrado los ojos. Por fin se ha apagado la luz del pasillo, y la acalorada discusión entre los tres presos de la celda contigua por los dos únicos catres disponibles ha bajado de intensidad, puede que debido al cansancio o quizá porque han llegado a un acuerdo para repartírselos. Estoy sentada en el suelo con las rodillas pegadas a la barbilla. La postura, aunque incómoda, me permite estar semioculta, entre el mugriento somier y el lavabo situado en el rincón. Desde aquí puedo ver mi sombra reflejada en el pequeño espejo. La blusa negra agudiza aún más el contraste con mi pálido rostro y mi melena castaña. Si hay algo que desmoraliza de este lugar no es el nauseabundo olor a orines, ni los grafitis o los escritos obscenos que cubren los muros; lo que realmente me provoca estremecimiento entre estas cuatro paredes es la incertidumbre, el lento pasar de los minutos que, convertidos en interminables horas, aumentan mi angustiosa espera.

En estos momentos un grupo de policías debe de estar registrando mi casa y poniéndola patas arriba, buscando pruebas que corroboren sus sospechas sobre mi complicidad con un «presunto asesino». Lo más terrible es que tengo esas pruebas, allí, y si las encuentran me acusarán formalmente de conspiración, de encubrimiento, de obstrucción a la justicia y puede que de algún cargo más. Y no podré explicarles, pues ni yo misma alcanzo a comprenderlo, por qué he sido elegida como depositaria de este enigma. Tampoco podré convencerlos de que no he encubierto a nadie ni de que tengo la completa seguridad de que ese «presunto asesino» a quien tanto la policía española como el Servicio de Inteligencia israelí buscan no es tal, porque lo conocí bien y sé que sería incapaz de obrar de forma ilegal o hacer daño a un ser humano.

El destino o la casualidad —aún no llego a discernir cuál— me han convertido en protagonista de una investigación que, si bien creía artística, ha ido derivando hacia una espiral de violencia en cuyo epicentro me han colocado todos, tanto policías como delincuentes, obligándome a guardar un celoso silencio sobre algo que heredé de mi familia, un tesoro que codician muchos y por cuya posesión están cometiendo asesinatos y violentando hogares.

El rostro de mi difunta tía Lina regresa con nitidez a mi memoria; era la única hermana de mi padre y vivía en la casa familiar que actualmente ocupo, desde que lo heredé tras su fallecimiento. Era una mujer peculiar, soltera, simpática y algo descarada, pero con un corazón tan grande como su hogar. Cada día colocaba una vela roja en el altar dedicado a san Rafael situado en la esquina de la calle Lineros con Candelaria, frente al restaurante Bodegas Campos. Ahora mismo estoy rezándole, invocándola para que desvíe la atención de los investigadores lejos de los pasajes secretos que ella misma me mostró en el interior de la casa. Allí están guardadas las codiciadas «pruebas del delito», y mis posibilidades de salir indemne de este absurdo atolladero dependen exclusivamente del azar; si no las encuentran, quedaré libre de toda sospecha.

En estas largas horas de encierro mi mente se divierte enviándome retazos de viejos recuerdos. Era una adolescente cuando una gitana me leyó la mano una tarde a la salida de clase. Predijo que a lo largo de mi vida tomaría una difícil decisión que cambiaría para siempre mi destino.

—¿Es que mi destino ya está escrito? —Sonreí con ganas, incrédula.

—Sí. Y lo han escrito otros hace mucho, mucho tiempo...
—Recuerdo que su oscura mirada llegó a sobrecogerme—. Abre los ojos, mi niña; veo lobos vestidos con piel de cordero. Nada es lo que parece, nadie es quien dice ser...

—¿Y qué más? ¿Me casaré? ¿Ésa es la decisión que tomaré?
—Mi curiosidad a los dieciséis años no pasaba de ahí.

—Sí, reina, te casarás —contestó examinando otra vez mi mano—. Pero antes tendrás que superar una prueba muy difícil y correrás graves peligros. Posees algo que muchos codician y deberás defenderlo con astucia... —sentenció. Después sonrió alargando su mano para ofrecerme una ramita de romero—. Toma, niña, te traerá buena suerte.

Aún recuerdo aquella templada tarde de marzo en Córdoba, cuando el sol iniciaba sus cálidos ensayos como preludio de la ardiente lengua de fuego con la que nos obsequia durante los largos veranos, desde mayo hasta septiembre. Repetía mentalmente los augurios de la gitana mientras rodeaba el lado este de la mezquita-catedral hacia mi casa, situada en la calle Lucano, pensando en las pieles de cordero que me había mencionado; quizá se equivocaba de animal y era un visón lo que había presentido, aunque no confiaba demasiado en esa retahíla de frases hechas que, a buen seguro, repetiría hasta el aburrimiento a los incautos turistas a quienes abordaba a diario.

Sin embargo, las circunstancias en las que me veo inmersa en estos instantes me persuaden de dar crédito a las palabras de aquella mujer. ¿Cómo pudo predecir hace quince años que correría peligro? Acertó también augurando que tendría que tomar una decisión, y ésta, efectivamente, ha cambiado mi vida, aunque para empeorarla, pues las imprudentes mentiras y los deliberados silencios que he ido perpetrando con ingenua audacia me han conducido a la desastrosa situación en que me encuentro ahora.

Creo que la gitana sobreestimó mi inteligencia.

Todo empezó hace unos nueve meses. Me gusta madrugar, y aunque era sábado la frescura de aquella brillante mañana de septiembre invitaba a pasear. Para mí, por otra parte, siempre ha sido una necesidad volver al lugar donde me crié: el casco antiguo de Córdoba. Su ambiente es diferente al del centro; posee un aire cosmopolita, lleno de gente de diferentes razas y lenguas: jóvenes con mochilas y plano de la ciudad en la mano; grupos de turistas con la cámara al cuello escuchando con atención a alguien que habla a voz en grito sobre Julio Romero de Torres, Abderramán o Maimónides.

Accedí al patio de los Naranjos de la mezquita-catedral, donde el tímido sol impregnaba como una lluvia dorada los milenarios muros de ese espacio que ofrece sosiego y paz. Me senté bajo uno de sus árboles para observar a las personas que visitaban el monumento; sólo un exiguo grupo acudía en esas primeras horas a la misa diaria en una de las capillas del templo, casi todos vecinos de la zona y algún que otro excursionista espabilado que aprovechaba para ahorrarse la entrada al monumento. Eran las diez y aún no habían hecho acto de presencia las turbas de turistas que inundan las sinuosas y estrechas calles de la judería.

Reparé entonces en un hombre sentado frente a mí en la rampa de la puerta del Perdón, junto al campanario. Vestía de forma pulcra y discreta, un pantalón negro y un jersey gris del que asomaba el cuello blanco de una camisa. Tenía una edad indefinida, aunque le calculé unos sesenta y tantos, quizá más. Su cabello negro y rizado contrastaba con su espesa barba salpicada de nubecillas blancas. Usaba lentes redondas, y realizaba un casi imperceptible balanceo del cuerpo hacia atrás y hacia delante mientras leía un libro pequeño de tapas negras que sostenía con discreción en su regazo. Parecía rezar como los judíos. Pero ¿qué hacía un hebreo orando en el patio de una mezquita originariamente musulmana y convertida en catedral católica? Ese día era el sabbat para los de su religión, y quizá en la sinagoga de la calle Judíos no estaba permitido el culto. Realizaba yo estas reflexiones cuando de pronto el hombre alzó la vista y nuestras miradas se cruzaron. Sus ojos, azules y penetrantes, me observaron durante un breve instante en el que detuvo su oscilante rezo; a continuación regresó a su lectura, ignorándome. En aquellos momentos no sospechaba que aquel hombre iba a influir de forma decisiva en mi futuro, desviándome del rumbo que yo creía ya marcado.

Después me dirigí a la plaza del Potro, donde solía visitar a Fali, mi gran amigo de la infancia y compañero de juegos en la calle Lucano. Él se fue del barrio antes que yo, pero regresó para iniciar su carrera como empresario, convirtiendo el antiguo hogar familiar en un coqueto hotel con encanto. De vez en cuando me invitaba a una cerveza en la terraza del inmueble, situado frente a la plaza, y nos dedicábamos a recordar nuestra niñez, cuando jugábamos al fútbol en plena calle. Su negocio funcionaba bien, y Fali se había aventurado en la compra de la casa aneja al hotel, para ampliarlo. Aquella mañana me tropecé con él cuando se dirigía hacia allí, cargado con un cubo de cemento y una paleta. Le pregunté, en broma, si pensaba restaurar la casa él solo.

—No, ¡qué va! Voy a ahorrar trabajo a los arqueólogos municipales. —Me hizo un guiño.

Fali era «un hombretón», como diría mi difunta tía Lina. Alto y robusto, con anchas espaldas y fuertes brazos. A pesar de esa apariencia, era un ser tranquilo y entrañable, con ojos entre grises y azules que se parapetaban tras unas gafas de miopía que le conferían una noble mirada; su cabello rubio ceniza no era lacio, sino recio e indomable formando remolinos, y su sonrisa franca inspiraba una gran confianza.

—¿Qué vas a hacer? —pregunté, intrigada.

—Ven y lo verás.

Accedimos al interior de la vieja casa mientras Fali me hablaba de su intención de demolerla por completo, lamentándose de la cantidad de burocracia y de la larga espera que debía soportar para mover un solo tabique debido a las estrictas normas urbanísticas que protegían el casco antiguo cordobés. Descendimos por una angosta escalera para llegar al sótano, donde encendió una bombilla desnuda que colgaba de un cable retorcido y grueso, tan antiguo como el resto del inmueble. Allí me condujo hasta el fondo y, detrás de un muro semiderruido, me mostró unas inscripciones realizadas sobre yeso en el muro. Se trataba de un cuadrado repleto de signos que ocupaba un metro de extensión a lo ancho y otro tanto hacia abajo.

—¿Qué es esto? —pregunté, acercándome para estudiarlos.

—Son caracteres hebreos. Un cliente judío que tengo los ha visto y dice que carecen de valor, que sólo son salmos y oraciones similares a los que hay esculpidos en las paredes de la sinagoga. Deben de ser de la misma época.

—¡No pensarás hacerlos desaparecer!

—Por supuesto que sí —respondió con una carcajada—. Tienes el honor de ser la última persona que examina estas inscripciones, ya que dentro de una hora habrán desaparecido bajo mi paleta de albañil, cubiertas con cemento, y yo jamás recordaré haberlas visto.

—¡No seas burro! Esto puede tener algún valor arqueológico, quizá ayude en el estudio de las costumbres de los judíos durante la Edad Media. —Mi vocación de historiadora salió a relucir.

—El único valor que tiene para mí es evitar que los técnicos del ayuntamiento entren aquí a husmear y paralicen el derribo del inmueble. Lo siento, pero esta parte de la historia de Córdoba quedará en el limbo de los recuerdos —replicó con una decidida y concluyente sonrisa.

—Al menos déjame hacerle una foto —le pedí, y enseguida hurgué en mi bolso para buscar el teléfono móvil—. Me gustaría saber qué significa ese texto que hay escrito, y conocer su fecha. Siento curiosidad.

—Mi amigo Isaac puede darte toda la información que desees; te lo presentaré uno de estos días. Adelante, haz un reportaje exclusivo, ¡único en el mundo mundial! —bromeó.

Yo trabajaba por entonces en una agencia de viajes perteneciente a una gran cadena nacional. Aunque soy licenciada en Historia, jamás he ejercido la profesión pues al terminar la universidad recibí una oferta desde la oficina de empleo para realizar un curso de formación en la especialidad de turismo y después hice prácticas durante varios meses en esa agencia de viajes. Gracias a las virtudes heredadas de mi padre —la desenvoltura y la osadía— y a las enseñanzas de mi madre —el saber estar, entre otras—, el director me ofreció un contrato temporal para la campaña de verano y luego fue renovándome el contrato hasta que me convertí en miembro de la plantilla. Mamá no consideró ese trabajo adecuado para mí, prefería que estudiara para opositar a una plaza como profesora; quizá por eso no dudé en aceptar el empleo.

La comunicación con mi madre es algo complicada, pues ninguna tiene buenos antecedentes frente a la otra. Nuestra relación siempre ha sido distante, con muchos desacuerdos y encontronazos; uno de los más sonados tuvo lugar cuando terminé el instituto y debía elegir una carrera universitaria; aquello fue para ambas una dura prueba de convivencia al comprobar que nada teníamos en común, ni siquiera la preferencia por los estudios que debía realizar. Ella deseaba que me licenciara en Derecho, «una carrera con muchas salidas», decía a todas horas; pero yo prefería la historia, el arte y la geografía. Tengo un defecto que a ella le resulta chocante, y es la curiosidad. Me gusta indagar en el pasado, y siempre deseé visitar los lugares que había estudiado en los libros de historia, desde las ruinas romanas de Gerasa, en Jordania, hasta la Gran Muralla China. Me apasiona descubrir el origen de las ciudades y de los monumentos, tanto religiosos como civiles, y concluí que ese trabajo en la agencia de viajes, que parecía agradable e interesante, me proporcionaría la posibilidad de hacer realidad mis deseos de conocer mundo.

Mamá, que había crecido sujeta a estrictas normas de educación y cuyo carácter era muy distinto del de mi padre, tenía continuos roces con él, y ello motivó el distanciamiento entre ambos. Sin embargo, lograron convivir a pesar de sus grandes desavenencias. Ella es ordenada, exigente y arrogante. Yo había salido a papá, que era todo lo contrario: anárquico, afectuoso y embaucador. En casa jamás cerraba una puerta, ni apagaba una luz, ni ajustaba la tapa de un frasco. Recibía con una sonrisa los reproches de mamá y prometía cambiar, y se justificaba alegando que él había nacido así. Mi madre observaba con impotencia las alianzas de su marido y su hija en un gesto de sana complicidad, encubriéndose mutuamente las travesuras.

Pocas cosas marcan en la memoria una fecha como la de la brusca pérdida de la persona más importante de nuestra vida. Tenía diecisiete años cuando mi padre murió en un accidente de tráfico. Conservo intacta su sonrisa pícara, sus ojos vivarachos y su abundante cabello negro peinado hacia atrás como un mar de oscuras olas. Aún hoy, después de tanto tiempo, lo siento muy cerca, y su recuerdo me reconforta en esta dura prueba que me toca vivir ahora. Mi madre dice que me parezco mucho a él, en lo bueno y en lo malo; imito sus gestos, hago muchas de sus travesuras y… arriesgo demasiado.

Papá procedía de una importante familia de terratenientes, aunque venida a menos a lo largo de la última mitad del siglo pasado. Mi bisabuelo era uno de los hombres más ricos de la ciudad a inicios del siglo XX y vivía en una casa señorial en el centro de Córdoba. Su hijo, mi abuelo Tomás, a quien no conocí, era un gran artista y se marchó a París en la década de 1930, donde se casó con una francesa. Pero ella murió al poco de nacer mi padre, y años después mi abuelo regresó a España trayendo con él a sus dos hijos, mi tía Adelina y mi padre, Julián, a quienes dejó al cuidado de su familia poco después para marcharse de nuevo a fin de viajar por el mundo y disfrutar de una vida bohemia. Murió joven, pues regresó muy enfermo de uno de sus viajes y apenas pudo hacerse nada por él. Mi padre idealizó su recuerdo durante toda su existencia, y a menudo me contaba los escasos momentos que había compartido con él, lamentándose del poco tiempo que estuvo a su lado. Estaba convencido de que mi abuelo nunca se recuperó de la pérdida de su mujer y que se refugió en la pintura, aunque lejos de su hogar y de sus hijos. Mi padre sólo tenía dieciséis años cuando quedó huérfano, y al cumplir la mayoría de edad comenzó a trabajar a las órdenes de su única tía, Begoña, la hermana de su padre, hasta que ésta falleció y le transmitió lo que quedaba del patrimonio familiar, que en la década de 1970 había menguado mucho. Conoció a mi madre en una cena benéfica del Círculo de la Amistad. Ella era la única hija de un conocido y prestigioso notario de la ciudad y no pudo resistirse a la sonrisa franca y desenfadada de papá, del que se enamoró perdidamente. Sin embargo, él aún era un simple trabajador en las propiedades de su tía y tuvo que enfrentarse a las reticencias de su futuro suegro, quien le impuso una condición: «Hasta que no tengas un futuro estable y una casa decente para mantener a tu mujer, Pilar estará donde tiene que estar», sentenció con solemnidad. Papá no era el yerno que mi abuelo habría deseado, pero a pesar de su aparente y estudiada altivez, con el tiempo se convenció de la excelente elección de Pilar, incluso más que ella misma.

Mis padres tuvieron que esperar siete años para casarse, pues sólo tras heredar las propiedades a la muerte de su tía Begoña él pudo disponer de patrimonio. Mi madre quería instalarse en la gran casa que había sido la residencia de la familia durante generaciones, pero papá se negó en redondo alegando el elevado coste de restauración y mantenimiento. Aquélla fue su primera gran discusión, y se produjo antes de que contrajesen matrimonio.

Con el dinero que recibió de la venta del discutido inmueble, mi padre adquirió una casa menos suntuosa pero más acogedora en la calle Lucano, cercana al hogar donde había vivido con su hermana Adelina y su padre al regreso de Francia, y luego, tras la muerte de éste, con Lina. Papá era un trabajador incansable y en cuanto tomó las riendas de las tierras se dedicó no sólo a la explotación agraria, sino también a la producción y la venta del aceite de oliva, y gracias a su desenvoltura y sus excelentes dotes comerciales consiguió introducirse en el mercado nacional. En poco tiempo amplió el negocio y creó una factoría de envasado y distribución de aceite con denominación de origen, y como no tenía suficiente con la producción propia, adquiría el producto en toda la comarca para distribuirlo después por toda la geografía española. Era un hombre emprendedor e imaginativo, y no se conformó con la venta del verde líquido; años más tarde, construyó una fábrica de derivados de éste, como salsas, mayonesas, aceitunas envasadas, etcétera.

Una vez, cuando tenía diez años, le pregunté:

—Papá, ¿nosotros somos ricos?

Él me miró con aquella inolvidable sonrisa suya y me sentó en sus rodillas.

—Maribel, tu padre vela para que su familia viva cómodamente y sin problemas el resto de su existencia. Algún día todo esto será para ti y tendrás que tomar una gran decisión: continuar con la tradición… o venderlo todo y gastártelo en juergas —dijo con una alegre carcajada—. Pero te aseguro que nunca tendrás la infancia que yo tuve.

Papá se equivocó en parte. No tuve su infancia solitaria, es cierto, pues fui una niña feliz y mimada que vivía en una bonita casa. Además, conté con mi padre como mi mejor compañero de juegos, y recuerdo que todos los chicos de mi pandilla me envidiaban porque estrenaba un juguete cada semana. Sin embargo, quedé huérfana como él demasiado joven, y en estos momentos mi vida sería muy diferente si no me hubiera dejado tan prematuramente. Dicen que el tiempo lo cura todo, pero la herida que su ausencia me causó sigue abierta y aún hoy duele, con un dolor que no han mitigado los analgésicos de la memoria. Con su inesperada marcha perdí la oportunidad de tomar la gran decisión que él auguró para mí sobre qué hacer con la herencia que pensaba dejarme; otros lo hicieron en mi lugar. Yo heredé únicamente una juventud tan llena de incertidumbre y soledad como había sido la suya.

La ausencia de mi padre no fue sólo física e influyó en nuestra economía familiar. Los negocios habían aumentado en volumen, pero también en riesgo. La construcción de la fábrica había necesitado grandes sumas de dinero que se sostenían con préstamos e hipotecas sobre las tierras de cultivo. Él era el alma, el corazón y las manos de aquella industria, un excelente gestor que entendía el negocio. Pero los bancos no, y todos sus sueños se desplomaron como un castillo de naipes cuando murió. Papá fue un hombre generoso y confiado; demasiado, creo yo, pues ofreció su amistad a socios y colaboradores que no la merecieron y que tardaron poco tiempo en actuar con mezquindad tras su muerte. Los acreedores se lanzaron sobre nosotros como buitres sobre la carroña, adjudicándose las tierras y la fábrica por menos de la mitad de su valor.

El resultado obtenido tras la liquidación de los activos nos proporcionó una renta vitalicia para tener una existencia holgada, aunque sin excesivos lujos. Pero para mi madre no fue suficiente, pues estaba instalada en una cómoda vida social. Sus numerosos compromisos le exigían un nivel de gasto al que no estaba dispuesta a renunciar, así que decidió vender también el que había sido mi hogar desde que nací, en la calle Lucano, junto a la plaza del Potro: «la casa grande», como empecé a llamarla cuando nos mudamos a un confortable y céntrico piso en el paseo de la Victoria. El día que pisé por última vez aquella casa es otra fecha marcada a fuego en mi memoria. Lloré al abandonar mi habitación y las cajas llenas de juguetes.

Con el tiempo traté de adaptarme a la nueva vida en soledad, aparentando una normalidad que no era tal. Parecía estar asida a una endeble estaca que se empeñaba en continuar erguida, aunque a veces amenazaba con caer al suelo y arrastrarme tras ella. Mamá se erigió en cabeza de familia y trató de inculcarme su estricta disciplina, pero aquello hizo germinar en mí un brote de rebeldía hacia todo lo que ella representaba.

2

Había pasado una semana desde el último encuentro con mi amigo Fali y de nuevo aquel sábado regresaba al barrio, aunque esa vez por diferentes razones: mi tía Lina nos había citado a mi madre y a mí a la hora del almuerzo en su casa de la calle Lineros. Ella había significado un gran apoyo para mí tras la muerte de papá, pues sentía auténtica adoración por su hermano, del que siempre se sintió responsable por ser la hermana mayor. Papá, que era un hombre tradicional, también había estado muy unido a ella.

Aquella mañana me tocó trabajar en la agencia de viajes, y a la una y media me dirigí directamente a la casa familiar. Al pasar por la terraza del hotel de Fali, éste me invitó con un gesto a sentarme con él. Mi madre llegaría más tarde, sobre las dos y media, así que acepté la cerveza que mi amigo me brindaba desde lejos. Al acercarme advertí que compartía la mesa con un hombre de edad.

—¡Bienvenida al barrio de nuevo, hija pródiga!

Fali se levantó para recibirme con un cariñoso beso y, acto seguido, hizo la oportuna presentación de su acompañante.

El rostro de aquel hombre tenía una peculiar sonrisa, y bajo su espesa barba entrecana y su ensortijado cabello oscuro reconocí de inmediato al individuo a quien había estado observando la semana anterior mientras rezaba en el patio de los Naranjos de la mezquita-catedral.

—Éste es mi buen amigo Isaac. Es judío, descendiente de sefardíes.

—Un placer. —Le tendí la mano.

—Creo que ya nos conocemos —dijo en respuesta a mi saludo.

—Pues… no estoy muy segura —respondí, aparentando duda. Por lo visto él también había reparado en mí la semana anterior.

—Me parece recordar que nos vimos en el patio de los Naranjos hace pocos días.

—¡Ahora caigo…! —exclamé, como si acabara de refrescar mi memoria en aquel preciso instante—. Usted también estaba allí, sentado en el muro, junto a la rampa… Precisamente ese día estuve visitando la casa de Fali y me enseñó unas inscripciones hebreas que había descubierto en el sótano.

—Es el amigo de quien te hablé. —Fali señaló a Isaac—. Fue él quien me reveló de qué trataban esos escritos.

—¿Y qué hace en Córdoba un descendiente de sefardíes? —me interesé.

—Soy anticuario.

—Isaac tiene su tienda de antigüedades en la calle de las Comedias, junto a la calleja de las Flores.

—Ah, sí, la conozco —indiqué. Solía pasar a veces por allí cuando desde el centro iba a casa de mi tía; acostumbraba visitarla por las tardes porque a mediodía la zona estaba repleta de turistas y el paso resultaba incómodo. Recordaba haber visto una vieja tienda, iluminada a duras penas, llena de muebles antiguos en perfecto orden—. Entonces habrá tomado como un sacrilegio la travesura de Fali con esa inscripción…

—Eso es un secreto —bromeó el aludido al tiempo que se posaba el dedo índice sobre los labios.

—No contenía nada especialmente importante —me informó Isaac—; sólo nombres y salmos religiosos.

—Espero no tener más problemas, ahora que me han concedido el permiso para la demolición —dijo Fali con alivio.

—¡Vaya! ¡Enhorabuena! Por fin podrás comenzar las obras de ampliación.

—No me felicites todavía. Aún rezo para que no encuentren restos arqueológicos bajo los cimientos. En esta zona pueden aparecer ruinas de edificios romanos, visigodos o árabes… aunque judíos, seguro que no.

Pasé un agradable rato con ellos. Mi frustrada profesión de historiadora y mi innata curiosidad contribuyeron a interesarme por su opinión sobre las huellas del pasado hebreo en Córdoba. Comentamos el auténtico emplazamiento del antiguo barrio judío, que algunos analistas locales delimitaban al norte por la puerta de Almodóvar —cuya muralla cercaba el barrio por el lado occidental—, y al sur con la calle Torrijos, en el lado oeste de la mezquita-catedral, donde hoy se encuentra el palacio de Exposiciones y el palacio Episcopal; el recorrido en sentido ascendente se cerraba hacia la calle Deanes, a la altura de la calle Almanzor. En esa zona apenas quedan huellas del pasado hebreo en la actualidad, excepto el edificio más representativo de la vida social judía durante la Edad Media: la sinagoga, construida a comienzos del siglo XIV. Según Isaac, el único vestigio del legado judío en la zona es el trazado de sus callejuelas, en las que abundan pasajes particulares sin salida —llamados «adarves»— que posiblemente se cerrarían con puertas por la noche. También se conservan algunos restos —escasos; más bien plantas y restos de muros— de casas dispuestas en torno a un patio central, al uso de la tradición arquitectónica judía. Isaac comentó que él vivía en una de esas viviendas.

—¿Y qué hay de la casa de Fali? No está dentro de los límites de la judería y su estructura no se parece a las que usted describe.

—La comunidad hebrea en España sufrió diversos períodos convulsos a lo largo de la historia. Uno de los más cruentos de ellos tuvo lugar a finales del siglo catorce. Concretamente en 1391 se desencadenó una oleada de violencia antijudía en Sevilla y Córdoba encabezada por el arcediano de Écija, Ferrán Martínez. Los supervivientes de los saqueos y las matanzas que tuvieron lugar entonces se vieron obligados a renegar de su fe y bautizarse o a dejar su casa; las sinagogas se convirtieron en iglesias, y el barrio judío fue repoblado por cristianos, quedando integrado en la ciudad. Muchos judíos se convirtieron al cristianismo, pero otros abandonaron su hogar. La expulsión definitiva se produciría en 1492, por orden de los Reyes Católicos. En el caso de los inquilinos de esa casa, la de Fali, las fechas que aparecieron en el muro coinciden con los años posteriores a la revuelta de 1391. Seguramente sus moradores se convirtieron al cristianismo, aunque, como hemos comprobado, mantenían en secreto su originaria tradición. Esto era muy frecuente entre los judíos conversos: se cambiaban el nombre por otro cristiano, recibían el bautismo y acudían a misa aparentando ser fervorosos creyentes, pero en la intimidad seguían manteniendo sus costumbres y la religión de sus ancestros.

Isaac destilaba serenidad con su voz pausada y aquel acento tan peculiar y gutural. Tenía una mirada franca y miope, y su erudita conversación me fascinó ya en ese primer encuentro.

—Bueno —dije mirando el reloj—. Es hora de cumplir con mis obligaciones familiares. Ha sido un placer conocerlo, Isaac. —De nuevo le tendí mi mano, esa vez para despedirme—. Espero que volvamos a vernos.

—Yo también lo espero, Maribel —respondió al tiempo que me la estrechaba con energía mientras se levantaba.

—Hasta pronto, Fali —dije a mi amigo, y le estampé un sonoro beso en la mejilla.

—Da recuerdos a tu madre. A Lina la veo a menudo.

—De tu parte.

Cuando llegué al antiguo hogar de mi padre, fue mamá quien me abrió la puerta, algo extraño pues Lina siempre acudía veloz para regalarme su franca sonrisa y un fuerte abrazo acompañados de sus repetidos comentarios sobre lo delgada que estaba y preguntándome si comía poco. Ella era algo recia y, aunque siempre decía que estaba a dieta, nunca faltaban para la merienda los dulces de la pastelería cercana a la iglesia de San Pedro. Miré a mamá y percibí en sus ojos un brillo desacostumbrado, pero no hice ningún comentario. Después accedí al salón y hallé a Lina sentada en una antigua mecedora de madera. Había también lágrimas en su rostro y tuve un mal presentimiento. Me senté en un sillón frente a ella suplicándole una explicación.

—¿Qué pasa, tita?

—No te preocupes, cariño. Es algo que tenía que pasar. Es ley de vida —dijo tomándome la mano—. Maribel, estoy enferma; tengo leucemia. Me queda poco tiempo y debo dejar todos mis asuntos arreglados. Tú eres mi única sobrina y te quiero mucho; lo sabes, ¿verdad? —Sonrió al ver mi consternada mirada.

Asentí dos veces sin atreverme a pronunciar una sola palabra a causa del nudo que tenía en la garganta.

—He decidido que esta casa sea para ti. Hablé con el hijo de un vecino que trabaja en el despacho de un notario, y me ha aconsejado que, para inscribirla a tu nombre y ahorrar un buen dinero, sería conveniente que hiciéramos ahora un contrato de compra-venta. De esta forma no tendrías que pagar tantos impuestos cuando yo me haya ido. Lo que se llevaría Hacienda te lo quedas tú.

Sonreí sin ganas por la ocurrencia. Ella tenía todo lo que me recordaba a mi padre: la viveza de sus ojos —ahora lánguidos y cansados— y el sentido del humor hasta en los peores momentos. No pude evitar que mis lágrimas escaparan sin control. Me acerqué a ella y nos fundimos en un cálido abrazo; entonces estallé en un fuerte llanto.

—Cariño, tienes que ser fuerte. Al menos podremos despedirnos… Quiero disfrutar de vuestra compañía el tiempo que me queda. Sois mi única familia.

—Te vendrás con nosotros. Vamos a cuidarte hasta… —No pude seguir hablando.

—Ya le he insistido, pero no se aviene a razones —replicó mi madre con tristeza.

Lina tenía la rara habilidad de ganarse el cariño de todos, a pesar de su ruda franqueza a la hora de expresar lo que sentía. Mamá la apreciaba sinceramente, y explicaba a menudo que cuando papá le presentó por primera vez a su hermana, ésta se acercó a ella, la miró de arriba abajo y le dijo: «Julián y tú tenéis un carácter muy diferente, pero estoy segura de que seréis felices». Y a pesar de que aquella dicha se diluyó al poco tiempo de vida en común, mamá siempre mantuvo una buena relación con su única cuñada.

—No puedes estar sola. Necesitarás atención y cuidados —insistió mi madre, tratando de convencerla.

Lina seguía negando con la cabeza todas nuestras objeciones.

—Quiero morir en mi cama. Iré a visitaros mientras pueda y después… ya veremos.

—Pues entonces no pienso firmar ningún documento sobre la casa. ¡Que se la quede el Estado! —exclamé enfadada para presionarla.

—¡Eso ni pensarlo! —respondió mi tía haciendo acopio de sus escasas energías—. Es tu casa; nuestra familia lleva casi un siglo viviendo aquí, y ahora te toca a ti. ¡Y no se hable más!

—Entonces me vendré a vivir aquí, contigo —dije sucumbiendo a sus deseos.

—Está bien… —Exhaló un hondo suspiro—. Voy a necesitar ayuda, y no puedo obligaros a dejar vuestra casa ni a cambiar de vida; no quiero ser una molestia. Me iré con vosotras, pero con una condición… —Se dirigió a mí—. Prométeme que encenderás todos los días una vela en el altar dedicado a san Rafael, en memoria de los que ya no están con nosotros. Hazlo por tu padre, y por los míos.

—Prometido. —Asentí con la cabeza—. Todos los días, sin faltar uno. Por nuestros difuntos.

—Tengo que hacer limpieza y tirar montones de trastos viejos. Sé que cuando salga de aquí ya no regresaré, y debo despedirme de… —Esa vez su voz se quebró.

—No te preocupes, tita; te ayudaré a recoger todo lo que necesites.

Solicité una semana de vacaciones en el trabajo y me trasladé a la casa de la calle Lineros, con Lina. Juntas vaciamos de cosas inservibles los cajones y los muebles, y llevé a la parroquia de San Pedro numerosas bolsas de enseres y ropa. Llenamos también un montón de cajas con cachivaches que dormían amontonados en el sótano. Aquel espacio dejó de ser una cueva oscura repleta de telarañas para convertirse en una estancia espaciosa que recibía una tenue luz desde el patio trasero de la casa a través de unos pequeños tragaluces horizontales situados en la parte superior del muro del fondo.

La casa de mi abuelo era antigua pero acogedora. La vieja puerta que daba a la calle era marrón canela, decorada con tachuelas del tamaño de una galleta formando líneas paralelas; la parte inferior estaba rematada por un revestimiento metálico de color negro, así como la cerradura, la cual la abría una llave tan larga como la palma de mi mano. El zaguán, con suelo de pequeñas baldosas de barro, granate y verde, y paredes alicatadas con un azulejo árabe desgastado, daba acceso a través de una cancela de hierro a un hermoso patio circundado de columnas, en cuyo centro había una fuente de piedra cubierta de verdín y rodeada de macetas atiborradas de flores que desprendían un agradable aroma. Lina fue regalándolas a sus vecinas; las baldosas del suelo acusaron entonces las huellas del tiempo con rodales más claros que acentuaron la soledad en que quedó la fuente. Después cubrimos los muebles con telas y cortinas viejas. Y por fin, el último día de aquella semana, mi tía se decidió a preparar su equipaje.

—Sube conmigo, quiero enseñarte algo —me pidió con una mirada misteriosa.

Accedimos al dormitorio principal, una luminosa habitación a cuyo centro de la pared izquierda se acomodaba una cama con cabecero negro de hierro forjado que formaba un caprichoso dibujo geométrico. Era muy antigua, pero poseía una clásica elegancia que la hacía destacar en la espaciosa estancia. En la pared opuesta había un armario empotrado de lado a lado. Lina se dirigió hacia él y abrió la puerta de la izquierda, junto al balcón que daba a la calle. El interior estaba forrado en madera oscura y contaba con estantes horizontales repletos de toallas y sábanas bordadas sin estrenar.

—¿Éste es tu ajuar?

—Sí, y ahora es para ti, pero vamos a dejarlo aquí —dijo introduciendo la mano entre los montones de ropa de hogar que expelían un delicado aroma a lavanda.

De pronto me pareció que el fondo del mueble se movía y me abalancé para sujetar los estantes, creyendo que iban a derrumbarse hacia atrás. Ella tomó mi mano con una tranquilizadora sonrisa mientras la pared se deslizaba hacia dentro como una puerta. Un oscuro pasadizo apareció ante nosotras.

—¿Qué es? —pregunté con los ojos fuera de las órbitas.

—Un escondite secreto. Esta vetusta casa guarda pasajes ocultos. Tu abuelo la heredó a la muerte de su madre en 1932. Él adoraba a tu bisabuela Pura, según me contó la tata Juana. —Suspiró moviendo la cabeza—. Su muerte supuso un fuerte golpe para él; por esa razón decidió marcharse a París para cambiar de aires y dedicarse a su auténtica vocación: la pintura. Allí conoció a mi madre y fue feliz durante unos años. Por desgracia, cuando empezaba a despuntar con su arte mamá murió, los alemanes invadieron Francia y decidió regresar a España, con nosotros. Después vino la cárcel y…—Hizo un gesto de tristeza y quedó callada.

—¿La cárcel? —pregunté pasmada—. Papá nunca me contó nada de esa etapa del abuelo… Me dijo que vivió en París en los años treinta y que regresó allí y se dedicó a viajar después de la Segunda Guerra Mundial para seguir con su carrera artística.

—Bueno… —Mi tía sonrió—. Eso es algo de lo que nunca se hablaba en la familia. Es más, estoy segura de que ni siquiera tu madre lo sabe.

—¿Por qué fue a la cárcel el abuelo Tomás?

—Imagino que por motivos políticos —dijo encogiéndose de hombros—. Ya sabes, la posguerra, los años cuarenta… Cuando se produjo el golpe de Estado, él estaba en Francia. Luego regresó con nosotros, al poco de terminar la Guerra Civil, y halló un país sometido a una dictadura. Él… Bueno, él era un artista, bohemio y rebelde. No sé, quizá se metió en líos y lo encarcelaron. Después de aquello su padre lo repudió. Siempre habían vivido enfrentados, pues quería que él siguiera la tradición y se ocupara de las tierras. Tomás era su único hijo varón, el primogénito, y tenía que hacerse cargo del patrimonio familiar, pero a mi padre no le interesaba el campo, así que fue el marido de mi tía Begoña quien tomó las riendas cuando él se marchó.

—¿Y tu madre? Papá me contó que no la recuerda.

—Yo tampoco. Era francesa y murió cuando tu padre apenas caminaba. En septiembre de 1940 llegamos a España con tu abuelo y nos instalamos en esta casa. Juana se vino a vivir con nosotros. Era una mujer extraordinaria y nos cuidó mientras tu abuelo Tomás pasaba la mayor parte del tiempo viajando. Por desgracia, apenas disfrutamos de él porque un año después lo detuvieron en Madrid y estuvo quince años en la cárcel.

—¿Y qué pasó con vosotros?

—Cuando lo encarcelaron, mi tía Begoña, que no tenía hijos, quiso hacerse cargo de tu padre y de mí, pero tu bisabuelo se negó, así que nos llevaron a un internado fuera de la ciudad. Al principio estuvimos juntos, pues tu padre sólo tenía dos años. Sin embargo, después nos separaron; a él lo enviaron a un colegio para chicos de esta provincia y a mí me trasladaron a otro de religiosas situado en Sevilla. En ellos crecimos hasta que mi padre salió de la cárcel, cuando ya éramos adolescentes. Aquellos años fueron muy duros para mí; apenas veía a mi hermano y añoraba a mi padre.

—Bueno, al menos teníais una madre, Begoña, aunque fuera… postiza.

Lina me miró, enarcó una ceja y esbozó una sonrisa forzada.

—¿Una madre, mi tía Begoña? Esa mujer nunca se comportó con nosotros como una madre. Ni la madrastra de Blancanieves fue tan mala. Jamás he conocido a nadie tan retorcido, tan egoísta, tan falso… Mi única ilusión al regresar en vacaciones a aquella casa era la de reunirme con tu padre. Begoña era amable ante sus amigos, la tenían por la mejor anfitriona de la ciudad y la más generosa. Se encargaba personalmente de un orfanato, visitaba enfermos, una vez por semana ofrecía comida en la puerta de la casa, iba a misa a diario y entregaba dinero a la Iglesia para los pobres, toda una benefactora de la comunidad... Pero nadie la conoció en la intimidad como nosotros, cuando nos azotaba con el cinturón de su marido simplemente por no haber dado las buenas tardes al entrar en la sala, o nos encerraba a oscuras en el sótano, aquella habitación pequeña llena de ratones, por no haber terminado el plato, o nos ataba a una silla y nos obligaba a ingerir cucharadas de ese asqueroso aceite de bacalao, tan bueno para los niños, según ella.

—Ahora que lo dices, recuerdo que mi padre me contó que una vez vuestra tía lo dejó en el jardín casi desnudo en pleno mes de enero porque no quería ponerse una camisa de su tío que le quedaba muy grande... Y en otra ocasión lo tuvo sin comer durante dos días porque a papá no le gustaba el guiso de garbanzos con espinacas del almuerzo.

—Sí, la tía Begoña tenía esas ocurrencias; era su forma de educar.

—Y cuando tu padre salió de la cárcel, os trasladasteis aquí otra vez...

—Sí. Dejamos por fin el internado y a la bruja Begoña. Pero mi padre vino muy enfermo. Fueron demasiados años de soledad y reclusión. Su familia no se dignó visitarlo durante su encierro ni le envió alimentos o dinero. Se desentendieron de él, lo olvidaron por completo. Y cuando papá recuperó su libertad no pudo dejar la cama durante los pocos meses que estuvo entre nosotros. Sufría fuertes dolores y fiebre, y apenas estaba consciente. Había perdido las ganas de vivir, fue un hombre muy desgraciado... —La tía Lina movió la cabeza con pena—. Tu padre y yo éramos aún menores de edad, y no supimos hasta unos años después de la muerte de tu abuelo que había estado en la cárcel y todo lo que había padecido. Recuerdo que cuando regresábamos a la casa de Begoña durante las vacaciones del internado, Juana nos leía en secreto las cartas que él nos enviaba, pues la tata las escondía cuando llegaban en el correo para que mi familia no las devolviera. En ellas nos contaba que estaba en París, y que era amigo de pintores famosos, de poetas y escritores. También nos hablaba de nuestra madre; decía que fue una mujer guapísima y que yo me parecía mucho a ella. Pero todo era mentira. El pobre las escribía desde la cárcel.

—Entonces ¿tampoco tú recuerdas nada de tu madre?

—No, la única imagen que conservo de aquella etapa de mi niñez es la de una casa enorme con un jardín en el que había muchos niños. Creo que debe de tratarse de un colegio, pues había varias mujeres cuidando de nosotros.

—¿Nunca conociste a alguien de la familia de tu madre? No sé… ¿quizá un hermano?

—No. Antes de morir, en uno de sus escasos momentos de consciencia, mi padre pidió a un abogado que enviara algunas cartas a Francia para localizarlos, y dejó escrito en su última voluntad que nombraba a Juana nuestra tutora legal mientras no apareciera algún familiar de mi madre que se hiciera cargo de nosotros; pero nunca se recibió respuesta ni vino nadie a buscarnos. La tata Juana se quedó aquí y nos cuidó. Menos mal… porque yo no quería volver a aquella casa y tu padre tampoco.

—Pues mi madre sí quería vivir allí. Recuerdo que reprochaba a mi padre continuamente que hubiera vendido aquella maravillosa mansión señorial cuando la heredó…

—Lo sé, Pilar me pidió que tratara de convencer a tu padre. —Sonrió con malicia—. Pero lo apoyé para que la vendiera; entendía sus motivos, yo tampoco habría querido vivir en un hogar que me traía tan malos recuerdos.

Accedimos al estrecho corredor, mucho más profundo de lo que parecía a primera vista. Lina encendió una pequeña linterna e iluminó aquel espacio de paredes canelas y suelo de baldosas antiguas de barro. Descubrí en el fondo un armario de madera parecido a un comodín.

—¿Es aquí donde guardas tus tesoros, tita? —Señalé dos viejas cajas metálicas cuadradas de una marca conocida de cacao.

—Eso era de tu abuelo. Contienen documentos y cartas que se recibieron en casa de su padre durante los años que él estuvo preso.

—¿Quién las escribió?

—No lo sé. Juana las guardaba, como hacía con las que mi padre enviaba desde la cárcel.

—Puede que fueran de amigos o familiares que querían saber de él durante el tiempo que estuvo encerrado. —Tomé algunos sobres. Advertí que estaban cerrados y que en la mayoría de ellos no constaba remitente—. ¿Por qué no las abrió tu padre?

—Tu abuelo Tomás estaba muy enfermo, con una fiebre muy alta que le provocaba delirios y fuertes dolores. Sólo poco antes de morir recuperó la consciencia, y fue para despedirse de nosotros.

—¿Y tú? ¿No intentaste averiguar algo sobre su pasado? Quizá algunas cartas eran de tu familia materna…

—Una vez abrí una, pero estaba en francés. Las monjas con las que crecí en el internado decían que los idiomas no eran necesarios para una mujer, quien sólo necesitaba saber coser y cocinar, así que nunca pude leerlas y las guardé como recuerdo —me explicó tía Lina—. También hay más cosas de mi padre en el sótano.

—¿Qué cosas?

—Cajas con cuadros, figuras y baúles con ropa. Allí hay otro falso pasillo tras el muro del fondo. Lo construyó él mismo cuando llegamos de Francia en 1940. Yo era apenas una niña de cuatro o cinco años, pero tengo bellos recuerdos de aquellos días, de cuando papá regresaba de sus viajes y yo lo ayudaba a guardar en el escondrijo del sótano las cajas que traía del extranjero. Para entrar, tienes que introducirte en la pequeña alacena empotrada en él y empujar con fuerza la pared de la derecha. Es la puerta secreta.

—¿Y por qué los escondía en ese pasaje?

—Eran los años de la posguerra, y con Franco recién instalado en el poder todo el mundo tenía secretos… y mucho miedo. Antes de morir, mi padre nos hizo prometer a Julián y a mí que nunca revelaríamos a nadie la existencia de ese refugio ni lo que había dentro, ni siquiera a la tata Juana. También nos dijo

33

que algunas de las cosas que había allí no eran suyas, pero que pertenecían a nuestra familia y debíamos mantenerlas guardadas hasta que vinieran a por nosotros.

—Pero no apareció nadie...

—Nadie —repitió—. Ahora te tocará a ti mantener este secreto. Cuando tu abuelo Tomás murió, tu padre y yo entramos en ese escondrijo, y encontramos una buena colección de cuadros pintados por él. Años después escogimos los más bonitos y encargamos los marcos a un carpintero amigo de la familia para adornar esta casa y la vuestra de la calle Lucano. Por cierto, no he vuelto a entrar en ese pasadizo desde hace más de veinte años. Debe de estar lleno de telarañas... ¡Te va a tocar a ti limpiarlo! —Sonrió—. Bueno, Maribel, aquí está mi tesoro.

Tomó del estante una caja plateada del tamaño de una caja de zapatos. Se inclinó para abrirla con una pequeña llave que llevaba colgada al cuello en su cadena de oro junto a la medalla de la Virgen del Carmen, y al incorporarse me mostró el interior: estaba llena de fajos de billetes.

—¿De dónde has sacado este dinero? —pregunté, no sé si sorprendida o asustada.

—De mi herencia, y del rendimiento de las tierras que tu padre me pagaba cada año tras finalizar la cosecha, a pesar de que no tenía obligación pues a la muerte de nuestra tía Begoña fue él quien heredó todas las propiedades y yo sólo recibí una cantidad de dinero. A pesar de ello, mi hermano consideró que no fue un reparto equitativo, y además de ese pago anual me cedió su parte de esta casa que los dos recibimos en propiedad tras la muerte de tu abuelo. Así era él, un hombre bueno.

—El mejor —añadí con los ojos húmedos.

—Ahora este dinero es tuyo. Trescientos mil euros. Y la casa. Todo vuelve a ti.

—¿Para mí? Pero... —Estaba tan desconcertada que apenas pude balbucir esas palabras—. Pero no lo necesito. Debiste gastarlo, tita.

—Tú vas a disfrutarlo mejor que yo.

—No puedo aceptarlo. Con este dinero aún puedes pagar el tratamiento para...

—No, Maribel. Mi sentencia está dictada y no quiero alargar mi agonía.

Durante unos instantes no supe qué decir.

—Pero ¿por qué lo guardas aquí? No es un lugar seguro. Deberías haberlo depositado en un banco —la regañé con suavidad.

—¿En un banco? ¿Para que después Hacienda se lleve un buen pellizco en impuestos? No, hija mía, este dinero no te lo arrebatará nadie; es para ti. Vas a necesitarlo para reformar la casa de arriba abajo. Es demasiado grande y se ha quedado vieja. Conozco un par de albañiles que podrían hacer un buen trabajo, y además no te harían factura... —Me hizo un guiño de complicidad.

—Te lo agradezco mucho, tía, pero...

—Ni un pero más. Tú eres mi única familia, y esto es tuyo. Eres el último miembro de los Ordóñez y heredarás lo que queda de nuestro patrimonio.

Dejé escapar un suspiro, sobrecogida y desconcertada aún por aquel inesperado regalo.

—¡Eres un caso, tita! Por eso te quiero tanto —dije abrazándome a ella con lágrimas en los ojos.

—Te lo mereces. Quiero que recuperes la vida que perdiste cuando tu padre murió. Él luchó para que nunca te faltara nada.

—Y nunca me faltó nada... Sólo él.

Las lágrimas se derramaban ya sin control por mis mejillas. Lina me abrazó, emocionada, compartiendo mi llanto.

—Únicamente te hago una súplica: no vendas nunca esta casa. Aquí nació tu bisabuela, vivió tu abuelo, tu padre y yo misma... Éstas son tus raíces.

—Te lo prometo. Algún día viviré aquí y criaré a mis hijos, y... seguiré encendiendo una vela por la familia en el altar de san Rafael todos los días.

Los recios muros de aquel pasaje fueron testigos de mi sincera promesa, inundando de paz esa alma moribunda anhelante de aligerar su equipaje de posesiones terrenales para partir con otro más profundo: el de mi amor, mi agradecimiento y mi recuerdo eternos.

Lina se marchó sin hacer ruido. Su estado empeoró apenas dos semanas después de trasladarse a nuestro piso y ofrecernos su dulce compañía. Cuando dejó de ingerir alimentos, mi madre y yo sospechamos que su final estaba cerca y decidimos llevarla al hospital. Murió dos días más tarde, feliz, consciente hasta el último suspiro, estrechando mi mano con una sonrisa serena.

3

Fue unas semanas después de la muerte de tía Lina cuando conocí a Gonzalo. Era un abogado brillante y seguro de sí mismo, además de una acreditada autoridad en su gremio; un triunfador a quien, gracias a su extensa cartera de influyentes clientes, invitaban a cuantos eventos sociales y políticos se celebraban en la ciudad. Había cumplido ya cuarenta y ocho años, pero su mirada traviesa y su seductora sonrisa me cautivaron como a una adolescente. Yo, que tenía treinta y sólo había mantenido un par de relaciones que apenas habían dejado huella en mí, llegué a pensar que era el hombre definitivo en mi vida.

El despacho en el que Gonzalo trabajaba no estaba lejos de mi agencia, y al poco de conocerlo comencé a gestionar todos los servicios de viajes tanto del bufete como de sus integrantes.

Una tarde me invitó a tomar una copa a la salida del trabajo. Congeniamos de inmediato y pasamos una estupenda noche que se prolongó hasta la madrugada. En las semanas que siguieron me hizo sentir como una princesa, cortejándome con flores, cenas románticas y enviándome mensajes al móvil para decirme que estaba pensando en mí.

—Maribel, no te hagas demasiadas ilusiones con Gonzalo. Lo conozco, y también me tiró los tejos hace tiempo; a pesar de su edad, es el típico seductor que todavía no ha superado el complejo de Peter Pan; no le gustan las ataduras ni las relaciones eternas.

A Lola, mi compañera en la agencia, le preocupaba que yo no tuviese los pies en la tierra y me advertía, con suma delicadeza, de la auténtica personalidad que se escondía detrás de aquella atractiva sonrisa. Ella tiene un par de años menos que yo; es menuda y delgada, con un carácter eficiente e infatigable y un dulce rostro que siempre luce pálido y marcado por el acné juvenil que se resiste a abandonarla. Con los años hemos llegado a ser estupendas amigas, y conté con su lealtad y su gran sentido de la amistad en los peores momentos de crisis que me tocó vivir.

—Gracias por el consejo, pero no debes preocuparte, Lola. Tengo edad suficiente para saber dónde me meto —respondí, agradeciendo su franqueza.

Sin embargo, tardé poco tiempo en descubrir el verdadero rostro de Gonzalo, con un alcance que superaba mi comprensión.

En el mes de diciembre decidí comenzar la reforma de la casa familiar que había heredado de mi tía Lina. Con el dinero que me había regalado tenía de sobra para convertirla en un cómodo hogar y conseguir al fin mi ansiada independencia. A Gonzalo le inquietó mi resolución.

—No estarás pensando en arreglarla para mudarte allí, crear una familia y todo eso, ¿verdad?

—Tranquilo, querido —le respondí con una sonrisa irónica—. No entra en mis planes pedirte matrimonio. Es que me apetece volver al casco antiguo; creo que ya es hora de vivir mi propia vida.

Mamá acogió con sorpresa mi intención de iniciar las obras de reforma. También creyó que tenía proyectos de casarme en breve, y advertí su decepción cuando le expliqué mis verdaderos motivos. Ella no confiaba demasiado en mi capacidad para mantener el enorme caserón y habitarlo... sola.

—Quieres independizarte; bueno. De todos modos, te casarás con Gonzalo, ¿no? Supongo que habréis hablado de ello...

La miré y guardé silencio.

—Claro, mamá, con el tiempo. Todavía es muy pronto. Apenas llevamos saliendo un par de meses.

—Pero ya va siendo tiempo, Maribel. Has cumplido treinta años. Gonzalo es un excelente partido, está muy bien situado y a su lado gozarás de un futuro prometedor. Aquella casa es muy grande, y con una chica interna para el servicio tendrías suficiente al principio. Luego, en cuanto te cases, dejas ese absurdo trabajo que tanto te absorbe, hija. No lo necesitas.

—Sí, mamá —respondí, regresando a ese punto final de todas nuestras conversaciones en el que yo encontraba inútil seguir hablando sobre algo de lo que ella siempre creía tener razón y no admitía réplica.

Mi relación con Gonzalo era perfecta para mamá. Él colmaba todas sus aspiraciones sociales. Era un marido con clase y prestigio para su hija, y de paso también para ella. No quise decepcionarla, pero era demasiado pronto para pensar en Gonzalo como el compañero de mi futuro hogar.

Fali, que conocía mi intención de iniciar las obras de la casa, se ofreció a ayudarme para retirar los muebles que aún quedaban en ella. También me trasladó la oferta de su amigo Isaac, el anticuario, de hacerme una visita y ver si parte de ese mobiliario tenía algún interés. Acepté con gusto, pues pensaba renovarlo por completo; bueno, con excepción de la cama del dormitorio principal y algunos detalles. Fali e Isaac vinieron un sábado por la tarde, y tras recorrer las habitaciones, este último se mostró interesado por una mesa y varias sillas que necesitaban una buena restauración y por varias lámparas de cristal tan antiguas como deslustradas. Al llegar al salón centró su atención en las paredes, en las cuales había varios cuadros enmarcados con elegantes molduras labradas.

—Maribel, he observado que tiene por toda la casa unas pinturas excelentes —comentó mientras las examinaba.

Había una con un paisaje de un río y una niña jugando en la orilla; otra era una obra surrealista de colores vivos y contrastados.

—Esos cuadros son obra de mi abuelo. Era un gran artista y vivió en París en la década de 1930. Después regresó a España, pero dejó de pintar y murió relativamente joven.

—¿Está interesada en venderlos?

—Por supuesto que no. Es un legado familiar.

—¿Nunca te has planteado tasarlos? —preguntó entusiasmado mi amigo de la infancia—. Quizá tengas aquí un tesoro de valor incalculable. Te forrarías vendiéndolos en las famosas subastas de Christie's, en Londres. «Y a continuación este cuadro de Tomás Ordóñez. Precio de salida: millones de euros… ¿Alguien ofrece más? ¡Adjudicado!» —concluyó, haciendo un gracioso gesto con la mano como si tuviera un mazo en ella, e Isaac y yo reímos con su ocurrencia.

—Tomás Ordóñez… —repitió el anticuario, y se volvió hacia el cuadro para estudiarlo con más interés.

—Mi padre decía que fue un gran artista; mi abuelo le contó que durante su estancia en París conoció a Picasso y a Dalí, y a muchos otros pintores que hoy se cotizan por las nubes… aunque mi madre se lo tomaba a broma, y yo también. Pero él era muy feliz explicando esas anécdotas.

—Soy experto en la pintura de esa época, la de la Escuela de París y los movimientos de vanguardia como el fauvismo, el expresionismo o el surrealismo, y puedo asegurarle que la obra de su abuelo es de excelente calidad. Lástima que él no corriera la buena suerte que con los años tuvieron los pintores que conoció. Quizá si su muerte no hubiera sido tan prematura, habría llegado a ser un artista cotizado. Por cierto, las molduras están labradas a mano y con gran maestría, aunque algo deslucidas debido el paso del tiempo.

—Tiene razón, Isaac. Cuando termine de rehabilitar la casona y encuentre a estos cuadros un lugar donde colgarlos, a lo mejor le envío los marcos para que los deje como nuevos.

—Estoy a su disposición para cualquier trabajo de restauración.

Al día siguiente regresé a la casa para guardar en cajas de plástico la vajilla antigua y otros enseres que tenía intención de conservar; las dejé en el zulo del dormitorio, donde ya había colocado con cuidado todos los cuadros pintados por mi abuelo.

Consideré que era un lugar seguro, pues di órdenes expresas a los albañiles de no tocar siquiera los armarios, que había cerrado con llave.

El lunes, al salir de la oficina, me dirigí caminando hacia el domicilio de Gonzalo porque había quedado con él para cenar. Al abrirme la puerta advertí su ceño fruncido y me acogió con un frío recibimiento.

—¿Por qué no utilizas tus llaves?

—Lo siento, cambié de bolso y han debido de quedarse en el otro. ¿Sabes qué? Ayer estuve en mi futura casa preparando las cosas para el inicio de las obras.

—Hoy tengo un mal día, Maribel. —Elevó la mano para indicarme que ese tema no le interesaba—. He perdido un juicio a uno de mis mejores clientes, y está bastante enfadado… y yo también —dijo volviéndose hacia la ventana.

—Bueno, trataré de cambiarte el humor… —Me acerqué a él y pegué mi cuerpo a su espalda.

—Ahora no, por favor. —Se dio la vuelta con una sacudida; parecía que aquel contacto aumentaba aún más su irritación—. Tengo que pensar en el recurso de apelación. Es un cliente difícil y exige soluciones rápidas y eficaces.

—Lo siento. Te prepararé una copa. —Pasé junto al mueble que había en un lateral y me acordé otra vez de los cuadros—. Como te decía, el sábado estuvo un anticuario en mi casa y me ha dicho que las pinturas de mi abuelo pueden tener un gran valor…

—Lo último que deseo ahora es hablar de pinturas y de tu abuelo, cariño; tengo demasiadas cosas en la cabeza. —Gonzalo se dejó caer como un fardo sobre una butaca.

—Veo que no es un buen momento; mejor me voy. —Estaba disgustada por el escaso interés que mostraba por mis asuntos.

—No, por favor. Espera. —Se levantó y me siguió hasta atraparme por un brazo—. Discúlpame; estoy algo alterado y lo he pagado contigo. —Me rodeó la cintura y me atrajo hacia él—. Quédate; necesito tu compañía en este momento.

Me besó en los labios y lo abracé tratando de transmitirle toda mi ternura, pero no fue suficiente. Él aún estaba tenso, y mientras me ceñía a su pecho llegué al triste convencimiento de que a su lado me sentía sola. Me aferraba a él, tenía necesidad de un auténtico compañero, de un cómplice; lo idealizaba buscando en su simpatía y su aparente desparpajo los gestos de papá, pero no conseguía espantar el temor de que jamás conseguiría involucrarlo en mi vida.

—Este viernes tengo una cena muy importante. Los socios del bufete Carmona y Maestre están interesados en fusionarse con el nuestro.

—Eso es fantástico, ¿no? —exclamé alzando la cabeza para mirarlo.

—Sí. Ese despacho está especializado en derecho mercantil, asesoría fiscal y laboral, y con nuestro prestigio como penalistas llegaremos a ser el bufete más importante de la provincia. El viernes sal un poco antes del trabajo, ¿vale? Los socios asistirán a la cena con sus parejas, y quiero que te conozcan.

—Esa noche tengo la fiesta de despedida de soltera de Lola, mi compañera de la oficina. Se casa el domingo, te lo expliqué hace unos días. Hemos reservado un buen restaurante y después iremos a tomar una copa.

—Podéis pasar la celebración al sábado, ¿no?

—Imposible. Es la víspera de la boda. Además, hemos tenido que dar muchas vueltas al calendario para ponernos todos de acuerdo.

—No es necesario que vayas.

—Lo siento, pero tendrás que ir solo a esa cena tuya.

—¿Qué estás diciendo? La fusión implicará para mi bufete un aumento considerable de clientes y de volumen de trabajo, y será una excelente oportunidad en mi carrera profesional. Significa mucho para mí, Maribel. No puedes dejarme en la estacada —exigió con tono agrio.

—¿Por qué no cambias tú el día? —Empezaba a fastidiarme que Gonzalo considerase su trabajo más importante que nada.

—¡No puedo creer lo que estoy oyendo! Me siento decepcionado. —Movió la cabeza con gesto enfadado; volvía a ser el hombre estresado que me había recibido.

—No hagas que me sienta culpable, ¿vale? —Al final exploté—. Tú tienes tu trabajo y yo el mío. Valoro mucho tu esfuerzo, sé que es muy importante para ti. Pero para mí también es importante compartir esa cena con mis amigos.

Cogí mi bolso para darle a entender que me iba. Por nada del mundo cambiaría una estupenda velada con mis compañeros en la que habría un simpático ambiente por una aburrida cena en la que sólo se hablaría de pleitos, clientes y anécdotas en los juzgados. Ya había sufrido en un par de ocasiones aquellas reuniones y no pensaba renunciar a mi gran noche. Gonzalo estaba quieto junto a la puerta y no dejaba de observarme, esperando una respuesta.

—Veo que te importo muy poco —masculló con falsa resignación.

Lo miré y no respondí a ese último reproche. Salí del piso con la sensación de haber sido víctima de un intento de chantaje. Estaba dolida por el escaso interés que él mostraba por mis asuntos, por mi trabajo, por mis amigos, por mi casa. Entonces ¿qué era lo que realmente le gustaba de mí? ¿El sexo? Yo aspiraba encontrar a alguien que me infundiera el deseo de amanecer a su lado todos los días, alguien con quien compartir la cocina, los libros, las paranoias, incluso los escondites secretos de mi futuro hogar. Durante la adolescencia sueñas con tener una vida de color rosa junto al hombre de tus sueños, pero a los treinta despiertas para comprobar que los cuentos nunca tienen un final feliz. Bueno, sí, acaban justo en el momento en que la doncella se casa con el príncipe; pero si el autor continuara escribiendo comprobaría que muchos de aquellos enamorados no fueron felices ni comieron perdices. Y si las comieron, se atragantaron con un hueso.

Después de siete días de silencio entre nosotros recibí al fin una llamada de Gonzalo; quería invitarme a pasar una semana en Sierra Nevada. Acepté encantada y me dispuse a preparar el equipaje para ir a la nieve. Iban a ser unas tranquilas vacaciones para recuperar nuestra relación, alejados de sus pleitos y de mis viajes, disfrutando de nuestra mutua compañía, él y yo, solos al fin.

Lo que no me dijo —¡menuda sorpresa me llevé al llegar!— es que aquel viaje era de una especie de «convivencia de adaptación» que los socios recién incorporados habían organizado junto con sus parejas como preámbulo de la nueva firma resultante tras la fusión.

¿Que no querías una cena aburrida con abogados? Pues toma: una semana entera, y en pensión completa.

Tras el regreso de Granada me reincorporé a mi vida rutinaria: trabajo, cenas más esporádicas con Gonzalo —cada vez estaba más ocupado en su prestigioso bufete— y la eterna reforma de mi casa. Cuando comenzaron los trabajos, el responsable de la empresa que contraté —una constructora seria; esa vez no seguí los consejos de tía Lina— me aseguró que tardarían un par de meses, pero las obras se eternizaron. En principio sólo tenía intención de sustituir parte del suelo, los baños y la cocina. De repente me vi inmersa en una faraónica renovación del sistema eléctrico, de tuberías y desagües, de cierres, de ventanas y puertas, así como en la instalación de calefacción central y aire acondicionado, en el acondicionamiento de las paredes y el tejado… Creo que sólo sobrevivieron las antiguas rejas de los balcones y la cancela de entrada, que, por supuesto, también fueron restauradas.

Cuando llegó el mes de abril, las obras habían finalizado. Durante mi tiempo libre me dediqué a visitar la casa con el propósito de tomar medidas y anotar ideas para decorarla. Aquel domingo inspeccioné el sótano. Había cuidado con especial interés esa estancia por ser tan peculiar, tan diferente del resto del edificio. Cubría su techo un artesonado de madera profusamente labrado formando cuatro aguas; los restauradores habían trabajado duro para limpiar la suciedad incrustada en la misma y recuperar el color y los grabados originales. Los muros estaban acabados en piedras naturales dispuestas de manera irregular y selladas con cemento, excepto la pared del fondo, revestida con ladrillos de barro rojos alineados horizontalmente. Aquel muro había sido levantado por mi abuelo en 1940 y delimitaba el pasaje secreto que había detrás. Lo último que encargué a la empresa responsable de las reformas fue sustituir el suelo por baldosas de barro cocido del mismo color. Recordaba de mi niñez aquel sótano como una oscura estancia llena de trastos inservibles y telarañas, pero ahora se había convertido en una gran sala diáfana y original.

Empotrada en la parte izquierda del muro de ladrillo rojo estaba la alacena, protegida por antiguas puertas de madera pintadas de gris con cristales en el centro y selladas con una cerradura antigua, cuya llave metálica guardaba en casa. No cambié nada durante las obras por no advertir a los operarios acerca del pasaje que había detrás, así que esperé a estar ya instalada para encargarme personalmente de supervisar la remodelación de la vieja despensa.

Abrí la puerta con la llave y retiré los estantes; me introduje en ella, busqué la puerta oculta de acceso al escondite y detecté que del tabique lateral derecho asomaban unos tubos delgados y cilíndricos: eran las bisagras. Exploré con las manos los bordes del ángulo contrario y empujé con fuerza la madera hacia el interior. El panel cedió con el segundo empellón, abriéndose hacia dentro hasta topar con el muro. Ante mí emergió una tenebrosa negrura. Encendí una potente linterna y enfoqué el suelo y las paredes para comprobar que no había insectos o invitados no deseados. Lo que sí había era mucho polvo, además de telarañas en las esquinas de los muros y el techo. La sala estaba llena de cajas y baúles, y olía a madera antigua. Comprobé que el espacio comprendido entre el muro del fondo y el grueso tabique de ladrillo era más amplio de lo que esperaba, pues se extendía hacia dentro creando una amplia sala de tres metros de profundidad por otros cinco que medía el ancho de la estancia exterior.

Entré y caminé hacia un grupo de cajas de madera apiladas junto a la pared. Las había de varios tamaños —rectangulares, cuadradas, bajas y altas—, y también dos baúles de madera deslucida llenos de polvo. El más pequeño tenía una cerradura con un gran candado que estaba abierto y contenía ropa antigua: pantalones bombachos, una blusa de lino originalmente blanca que ahora era sepia, chaqueta de color amarillo oscuro y un sombrero de ala ancha con plumas. Quizá en el París de la década de 1930 se celebraran fastuosas fiestas de Carnaval, pensé.

Todas esas prendas estaban muy bien dobladas y ordenadas, así que no quise sacarlas del baúl, aunque introduje la mano entre las telas por si había algo más. De repente topé con un objeto de pasta dura; parecía un libro. Lo saqué y seguí rebuscando hasta que hallé dos más. Abrí el primero: poemas escritos a mano en una letra gótica y elegante, aunque en francés; su autor era un tal Marcel Ménier. Había una dedicatoria en la primera página para mi abuelo; parecía una declaración de amor. Los poemas estaban fechados entre los años 1932 y 1941. Por una vez me alegré de que mi madre se empeñara en que aprendiera idiomas, gracias a lo cual pude traducir sin problemas aquellos poemas, la mayoría de amor y desengaño; bueno, lo típico en este tipo de arte. No sé si seré un tanto insensible, pero la poesía no es mi lectura favorita; por el contrario, prefiero una buena novela negra o histórica.

La encuadernación del segundo libro era de tapa dura, cartoné. Se trataba de *Le mur* [El muro] de Jean-Paul Sartre, publicado en 1939. Abrí la primera página y… ¡cuál no sería mi sorpresa al leer una dedicatoria, manuscrita, del propio autor para Tomás Ordóñez!

El otro libro era una novela, *Murphy*, del irlandés Samuel Beckett, de 1938, y de nuevo vi en él una dedicatoria a mi abuelo de puño y letra del autor, esa vez en inglés. En aquel momento me convencí de que papá decía la verdad: su padre tuvo una vida intensa en París y realmente conoció a gente famosa, desde pintores hasta filósofos, como contaba a sus hijos en sus cartas desde la cárcel.

Había también otro baúl más grande que contenía esculturas y vasijas de porcelana y bronce. Resolví que cuando renovara mi casa expondría algunos de aquellos adornos que llevaban demasiado tiempo dormidos en aquel sótano. Quizá a mi abuelo le habría gustado disfrutarlos en su hogar cuando los trajo de Francia, pero por desgracia apenas vivió en él.

El resto de las cajas de madera estuvieron también aseguradas con un candado, antiguo y grande, que ahora permanecía colgado en su ranura por uno de los lados en posición de abierto. Algunas estaban vacías, y supuse que en ellas habían estado los lienzos que mi padre y su hermana rescataron e hicieron enmarcar para adornar sus hogares. Me acerqué a la más grande y vi que contenía numerosas pinturas perfectamente embaladas y separadas entre sí. Eran obras muy pesadas, pero no me resistí a sacarlas para echarles una ojeada. Algunas eran del estilo de las que había en la casa, aunque otras no tenían nada que ver. Entonces, al inclinarme para comprobar sus firmas, advertí que no las había hecho mi abuelo. Había cuadros de Henri Matisse, de Marc Chagall, de Claude Monet, de Maurice Utrillo, incluso de Vincent van Gogh. Decidí sacarlos todos, y descubrí otros de August Renoir, de Paul Gauguin y algunos más de Matisse.

Durante unos segundos me invadió una súbita alarma: ¿y si eran auténticos? Comencé a registrar todas las cajas para buscar algún tipo de documento, pero no hallé nada ni en las que contenían los cuadros ni en los baúles. El hecho de que mi abuelo los escondiera en aquel pasaje secreto cuando los traía de Francia me parecía inquietante, pues la siguiente pregunta era en qué circunstancias se había hecho con ellos. Si fueran originales y los hubiera adquirido de forma legal, habría dejado instrucciones antes de morir para que ese patrimonio fuese gestionado correctamente por sus herederos, pero no lo hizo… o quizá no pudo hacerlo debido a su enfermedad…

Chagall o Matisse —de la Escuela de París— quizá coincidieron con el abuelo Tomás en la capital de Francia durante la década de 1930; y si realmente llegó a conocerlos, cabía la posibilidad de que le regalaran algunas de sus obras. Sin embargo, otros como Van Gogh, Gauguin o Renoir no fueron contemporáneos suyos, luego era imposible que hubiera recibido de ellos alguna obra original. Según me había contado Lina, mi abuelo informó a sus hijos antes de morir de que algunas de aquellas obras no eran suyas, pero añadió que todo pertenecía a la familia y que debían mantenerlas guardadas hasta que alguien fuera a buscarlos para hacerse cargo tanto de los cuadros como de ellos. Sin embargo, nadie los reclamó nunca.

¿Y si eran imitaciones? Eso podría explicarlo todo: quizá el abuelo Tomás no alcanzaba a vivir de sus trabajos y tenía que mantener a su familia realizando copias de aquellos famosos pintores. Los lienzos estaban desnudos, sin marcos, y después de más de sesenta años allí guardados era imposible para mí, que era lega en la investigación de obras de arte, asegurar si tenían sesenta o doscientos años.

Pero no para un experto.

Devolví las pinturas a sus cajas mientras pensaba qué hacer con ellas. Recordé a Isaac Goldman, el anticuario. Tal vez él podría ofrecerme alguna información, aunque dudaba si debía mostrárselas. Yo no conocía su procedencia, y si fueran auténticas podría tener serios problemas. Resolví que quizá iba a necesitar ayuda legal. Al menos tenía algo de positivo ser la pareja de un abogado.

Gonzalo no me había hecho el menor ofrecimiento para ayudarme a amueblar mi casa. Así que yo dedicaba los fines de semana a recorrer tiendas de muebles y complementos para el hogar. De vez en cuando Lola me acompañaba en aquellos trajines, en los que también compartíamos almuerzo y confidencias. Ella había conocido el verano anterior —durante sus vacaciones en la playa— a un profesor de inglés, y tras un corto período de relación se habían casado. Se la veía muy feliz. No obstante, en una de aquellas comidas me confesó que tenía miedo de que su matrimonio acabara siendo monótono y aburrido, como el de las parejas convencionales que conocía.

—¿Por qué iba a pasar? Eso depende de ti, bueno, de los dos. Debéis poner de vuestra parte para que funcione.

—Y lo hacemos, te lo aseguro. Pero creo que nos queda mucho por recorrer; de repente nos dio un pronto y nos casamos. Quizá debimos tomarnos las cosas con más calma. Aún estamos en la primera etapa, lo pasamos muy bien juntos y lo compartimos todo. Mi temor es que no sea siempre así.

—No lo será, te lo aseguro. Yo llevo menos tiempo en mi relación con Gonzalo que tú con tu marido, pero he pasado ya a la segunda fase.

—¿Y cómo es?

—Al principio tratamos de mostrar a nuestra pareja lo mejor de nosotros, pero después comenzamos a comportarnos como realmente somos, con nuestros defectos y virtudes. Es entonces cuando las parejas descubren que no todo es sexo y rock and roll. Después las aguas vuelven a su cauce, y si la relación es sólida se supera fácilmente. Otras veces ocurre que tu pareja no es como tú creías y descubres que te habías enamorado de una ilusión, de alguien que no existe, por mucho que te empeñes en idealizarlo.

—¿Es así como te sientes ahora con Gonzalo?

—No me preguntes si es el hombre de mi vida —dije encogiéndome de hombros.

—No se me había pasado por la cabeza. Porque estoy segura de que no lo es.

—¿Tanto se me nota?

—Al principio casi me engañaste. Te veía entusiasmada, feliz. Pero después he observado cómo te has ido apagando poco a poco; apenas hablas de él, y en estos momentos debería estar ocupando mi puesto ayudándote a decorar la casa. Los hombres suelen ser los encargados de colocar los cuadros y las lámparas.

—No me imagino a Gonzalo con un taladro entre las manos. —Solté una carcajada. Lola me acompañó, contagiada por mi penoso sentido del humor.

4

¡Al fin en casa!

Aquel primer sábado de mayo rompió con una luz especial. Me había trasladado la noche anterior y por primera vez amanecía en mi nuevo hogar. Los tímidos rayos del sol visitaron mi almohada como saludo de bienvenida. Aún hoy siento la misma emoción reviviendo aquella mañana, al despertar en la cama de mis antepasados y celebrar que estaba de vuelta, esa vez para siempre, que aquel hogar rebosante de secretos y recuerdos era mío, y que era allí donde quería estar.

A pesar de los continuos retrasos e imprevistos, debo reconocer que el resultado valió la pena. Caminé descalza para disfrutar de la cálida luz que penetraba a través del patio central; recorrí una a una todas las habitaciones y bajé la escalera para recrear mi vista en las plantas situadas alrededor de la fuente, que regalaba su manso rumor en el centro de aquel espacio circundado de arquerías de ladrillo antiguo sobre columnas de piedra. Pensaba, mientras me acomodaba en uno de los sillones junto a la fuente, que solemos establecer nuestro territorio en un sitio determinado, en el lugar donde atesoramos recuerdos acogedores y amables y donde las posibilidades de sorpresa se reducen razonablemente. Ese lugar induce a proceder según el esquema que allí perdura y que marcará para siempre nuestras futuras actuaciones. Yo sentía una agradable sensación de paz y percibía la presencia cercana de mi familia. Estaba de regreso en el hogar donde mi padre vivió, y mi tía, y mi abuelo, y mi bisabuela. Había recuperado mis raíces y estaba segura de que nada malo podía ocurrirme en aquella casa, bajo su protección. Las vivencias de los últimos años parecían haberse desvanecido, prisioneras dentro de un largo paréntesis, y mi vida retomaba el ritmo de antaño, cuando tenía quince años y pertenecía a aquel lugar.

Salí a la calle para sentirme parte de ella, como en mi adolescencia. La zona había cambiado mucho desde entonces: las aceras eran nuevas y había numerosas tiendas de recuerdos, así como varios hostales y restaurantes. Sin embargo, aún perduraba su esencia, aquel ambiente de calma y sosiego que imprimen los viejos muros de piedra, los hermosos y coloridos patios llenos de flores que se exhiben a través de rejas profusamente labradas, los portales con suelo de guijarros formando mosaicos, las puertas de madera antigua, las persianas de esparto en los balcones, las enormes losas de granito de la plaza del Potro.

Paseaba frente a esa centenaria plaza cuando oí que alguien pronunciaba mi nombre. Al volverme hallé la afable sonrisa de Isaac Goldman, el anticuario, quien, advertido de mi presencia, me invitaba a compartir su mesa en la terraza del hotel de Fali. Acepté con placer aquel ofrecimiento y celebré con él mi regreso. Estaba feliz aquella mañana de azul brillante, en el lugar de mi niñez y en agradable compañía.

Entablamos de nuevo una interesante conversación que se desvió, como era de prever por mi innata curiosidad, hacia la historia de su pueblo. Conocí también parte de su historia familiar y personal, que tampoco estaba exenta de interés: sus antepasados habían salido de Castilla hacia Francia tras la expulsión de los judíos en 1492, y a través de los siglos se fueron dispersando por todo el continente europeo. Él nació en Varsovia y apenas era un niño cuando en 1939 su familia fue detenida tras la invasión de Polonia por el ejército de Hitler. Lo sacaron clandestinamente de la ciudad y lo enviaron a Francia junto con otros niños cuyos padres también habían sido apresados. Los encargados de ayudarlos a escapar fueron un grupo de jóvenes franceses y algunos voluntarios pertenecientes a la Iglesia católica de Polonia. Isaac jamás volvió a saber de su familia. Su siguiente hogar fue un orfanato cercano a París, pero cuando las tropas alemanas invadieron la capital francesa fue trasladado al sur del país, desde donde partió hacia Jerusalén unos años después de la guerra, en 1948, tras la creación del Estado de Israel. Fue testigo también de las numerosas convulsiones que se sucedieron en aquella tierra y de la guerra con los países árabes vecinos. Ya en la década de 1970 decidió viajar a España en busca de sus ancestros y se instaló en Córdoba. Su labor no sólo se limitaba a la compra y venta de antigüedades; también investigaba los antepasados españoles de numerosos judíos repartidos por todo el planeta que deseaban reconstruir su árbol genealógico, muchos de ellos truncados tras la diáspora del siglo XV o la conversión obligatoria al cristianismo de los que decidieron quedarse.

—¿Ha descubierto quiénes eran los antiguos inquilinos de la casa de Fali?

—Los he incorporado a un archivo en el que guardo las direcciones, fechas y ciudades donde aparecen. De vez en cuando coinciden con alguna petición, pero sólo muy de vez en cuando. Es un trabajo minucioso que requiere gran paciencia. Colaboro con una asociación de genealogía en Israel a la que envío los datos hallados para su proceso, aunque también realizo investigaciones por encargo.

—El pueblo judío es muy genealogista.

—Los patriarcas y profetas anunciaron que el Mesías había de nacer del propio pueblo. Por este motivo la tradición induce a conservar actualizada la historia de la estirpe, con la esperanza de que el Hijo de Dios los honre con su nacimiento en el seno familiar.

—Y el Hijo de Dios nació entre los suyos, pero no lo creyeron.

—Esta discusión dura ya más de dos mil años —dijo Isaac exhibiendo su afable sonrisa—. ¿Y su casa, Maribel? ¿Ha terminado ya de decorarla?

—Pues casi. Sólo me queda colgar los cuadros, pero para eso necesitaré la ayuda de Fali, que es un manitas. ¿Sabe?, he encontrado algunas esculturas y pinturas que mi abuelo tenía guardadas, y también voy a exponerlas en algún rincón.

—Así que tiene más cuadros…

—Sí, algunos más. Y además de un excelente pintor, creo que mi abuelo se inclinó también por el mundo de la literatura, pues he encontrado libros de Sartre y de Samuel Beckett dedicados a él por los propios autores.

—Entonces realmente gozó de una intensa vida cultural y artística en París —resolvió Isaac.

—Sí. He comprobado que las historias que le contó a mi padre eran reales. Es una lástima que su carrera como pintor se truncara tan pronto. Al menos me queda un buen puñado de obras suyas.

—Sí, y le aseguro que de excelente calidad.

—Bueno, Isaac —dije levantándome con pesar—, ahora que vuelvo a vivir en esta zona, espero que nos veamos con más asiduidad. Ha sido un placer charlar con usted.

—El placer ha sido mío, no le quepa duda. —Se incorporó para despedirme—. Maribel, ¿le importaría enseñarme el resto de las obras que tiene? Aunque sé que no va a venderlas, me gusta contemplar toda muestra de arte, sobre todo si esas pinturas tienen la perfección de las que me mostró hace unos meses.

—¡Claro! Será un honor.

—Quedamos emplazados mañana a las doce en el patio de los Naranjos, ¿le parece bien? Daremos un paseo hacia la sinagoga y la invitaré a almorzar.

—Estupendo. Hasta mañana.

«Eres una bocazas, Maribel. No debiste mencionar que tenías más cuadros. ¿Y si te metes en un lío?», me decía a mí misma de regreso a casa. Aunque, por otra parte, Isaac me inspiraba confianza y quizá podría aclararme si aquellos cuadros eran originales. Como medida de prudencia, sólo mostraría al viejo anticuario un par de obras con la firma de Matisse. En el hipotético e improbable caso de que fueran auténticas, podría aducir que el propio pintor se las había regalado a mi abuelo.

5

Mi Córdoba favorita es la de mayo, con el inicio de la fiesta de las Cruces y de los Patios. En esos días mi espíritu sale a pasear para impregnarse del color de los geranios, las petunias y las gitanillas que pueblan los balcones y las rejas del casco histórico.

Era un espléndido domingo, de cielo azul perfecto y perfume de azahar por las aceras repletas de naranjos en flor. Mientras caminaba hacia el lugar de mi cita con Isaac, regresé a una templada tarde de Semana Santa, cuando no tendría más de ocho años. Estaba cogida de la mano de mi padre bajo un naranjo en la calle San Fernando, cerca del Arco del Portillo, y la procesión del Cristo de la Misericordia pasaba a nuestro lado. Papá me miró y, respirando hondo, expresó el placer que le producía la fusión del olor del azahar con el del incienso. Le pregunté qué era el incienso, y señaló unos niños vestidos de nazarenos que sostenían un cesto plateado colgado de una cadena que balanceaban de un lado para otro, esparciendo humo perfumado. Aún hoy esa sensación me encoge el alma.

Encontré a Isaac sentado en el inicio de la rampa junto a la puerta del Perdón del patio de la mezquita-catedral, en el mismo lugar donde reparé en él por primera vez. Nos saludamos con jovialidad y me acomodé a su lado. Durante unos minutos nos dedicamos a observar los grupos de turistas que se arremolinaban junto a las puertas de acceso al monumento. A una señal, aquella masa humana comenzó a moverse cual tropa de un ejército, bajo las órdenes del jefe de filas que, con el brazo en alto y un paraguas en la mano, los dirigía hacia el interior. Un grupo de japoneses con diminutas cámaras de vídeo en la mano enfocaban a todas partes. Otro grupo, éste compuesto por jóvenes, descansaba en el suelo con sus pesadas mochilas a la sombra de un naranjo. Se sentó frente a nosotros entonces una pareja de mediana edad, y la mujer desplegó un plano de la ciudad.

Salimos por la puerta situada en la fachada oeste y paseamos por las angostas callejas repletas de tiendas de recuerdos y de bandadas de turistas. Al llegar a la plaza del Cardenal Salazar tomamos el estrecho callejón de San Bartolomé que rodea la facultad de Filosofía y Letras hasta alcanzar la plaza de Maimónides; nos adentramos en la calle Judíos, cuyas grandes losetas de granito rosa invitaban al paseo, y nos detuvimos en la acogedora plaza de Tiberiades, presidida por la estatua de nuestro filósofo más universal, Maimónides. Por fin llegamos a nuestro destino, la sinagoga, aunque tuvimos que esperar durante unos minutos la salida de un numeroso grupo de franceses desde el patio que da acceso a la sala de oraciones. La mayoría de las inscripciones de los muros se ha perdido con el paso del tiempo, pero aún puede adivinarse el aspecto deslumbrante que exhibiría sin duda cuando fue construida. Todavía quedan restos de decoración mudéjar con atauriques formando estrellas y abundantes motivos vegetales, alternando con las inscripciones en escritura cuadrada hebrea que debió de estar pintada originariamente en rojo sobre fondo azul.

Como una turista privilegiada, escuché las interesantes explicaciones que mi acreditado guía iba desgranando para mí al tiempo que traducía los escasos grabados que se conservan en las paredes que aluden a la fundación de la sinagoga y a fragmentos del libro de los Salmos. Isaac me hablaba, con su característico tono de voz y su acento tan especial, del anhelo de todos los judíos dispersos por el mundo de volver a la tierra prometida; la estancia en tierra extraña tenía un sentido de provisionalidad, y visitar el templo hacía que se sintieran amparados. La sinagoga se construyó en 1315 durante el reinado de Alfonso XI de Castilla y debió de ocupar las casas anejas como estancias de servicios del templo, aunque por desgracia sólo se conservó una sala y apenas se mantuvo durante dos siglos. Tras la expulsión de los judíos, el edificio fue utilizado para diferentes funciones —hospital, ermita cristiana o parvulario, incluso— hasta que en 1884 fue declarado Monumento Nacional.

Tras un sabroso almuerzo a base de tapas en la taberna Casa Pepe, Isaac me expuso con exquisita sutileza su interés por conocer las obras de las que le había hablado, así que nos dirigimos a mi casa.

—Ha hecho un buen trabajo —comentó mientras dirigía su mirada al patio—. La última vez que estuve aquí visité una casona antigua, pero ahora usted la ha convertido en un confortable hogar.

Invité a Isaac a recorrerla para mostrarle las reformas que había realizado. Subimos hasta la azotea, donde disfrutamos de una espléndida vista del río Guadalquivir a su paso por los puentes del Arenal y Miraflores. Después le expliqué cómo se habían restaurado los balcones de los dormitorios que dan a la calle y las rejas, todos ellos centenarios. Por último bajamos al sótano a través de la escalera situada en la esquina izquierda del patio. Allí, sobre el sofá, había colocado dos cuadros con la firma de Matisse. Sobre la mesa había puesto los jarrones de fina porcelana y varias esculturas en bronce de pequeño tamaño, y los cuadros enmarcados de mi abuelo que el anticuario ya había examinado meses atrás descansaban también apoyados sobre las paredes, a la espera de ser colgados.

Isaac se mostró interesado por saber cómo se habían conservado aquellas obras, y le conté que las había encontrado en diferentes cajas de madera situadas en el extremo opuesto del muro donde se veía la despensa, convertida ahora en una bonita vitrina en la que guardaba una vajilla de la Cartuja. Sentí no poder indicarle la auténtica ubicación, pero no podía hablarle sobre los refugios ocultos de la casa. Era secreto entre mi tía y yo. No tenía intención de mostrárselos a nadie; ni siquiera mamá sabía de su existencia.

—Recuerdo que cuando visité la casa, usted no me mostró el sótano. ¿Qué había en esa estancia?

—¡Uf...! Había de todo: envases, cajas de madera, botellas, baúles repletos de ropa vieja...

—¿Ha conservado algo?

—No. Antes de morir, mi tía se deshizo de una gran parte de aquellos trastos; después yo ordené tirar lo que quedaba a los operarios que trabajaban en la reforma.

—¿Qué hizo con los cuadros durante la rehabilitación? —preguntó señalando los muros.

—Me... los llevé a... al piso de mi novio. Es muy grande y había una habitación libre, así que guardé allí todo lo que quería utilizar después —mentí con pesar.

—Éstos son los nuevos. —Señaló los cuadros que descansaban en el sofá.

—Sí. Observe que tienen la firma de Henri Matisse. Mi abuelo era muy bueno imitando a grandes artistas. —Esperaba que me hiciera algún comentario al respecto de esa insinuación, pero se limitó a asentir con la cabeza sin dejar de mirarlos.

Dedicó unos minutos al cuadro en el que había pintada una mujer mayor sentada junto a una mesa; estaba vestida al uso de finales del siglo XIX. Los colores eran vivos e intensos, en contraste con la adusta mirada de la protagonista.

—El estilo de algunas obras de mi abuelo es parecido al de Matisse, ¿verdad? —De nuevo traté de sonsacarle alguna observación, pero Isaac seguía callado, analizando aquel lienzo—. En mi antigua casa había uno parecido a éste. Era el retrato de mi abuela pintado por él.

—¿Tiene ese cuadro todavía, Maribel?

—No. Quizá lo guarda mi madre. En su piso tiene también varios de él.

—Observo que tanto las figuras como los cuadros, después de permanecer almacenados durante más de sesenta años, se conservan muy bien... Dice que estuvieron embalados en cajas de madera. ¿Aún las tiene?

—No, lo tiré todo. Esas cajas eran muy viejas y las envié al contenedor.

—Es una lástima, me habría gustado verlas.

Durante unos segundos estuve a punto de derrumbarme y contarle la verdad, pero una luz encendida en mi mente me conminaba a la prudencia, pues Isaac no se mostraba demasiado locuaz.

—¿Qué le han parecido estas nuevas obras? —pregunté al fin.

—Muy interesantes… —respondió sin apartar de ellas los ojos.

—¿Cree que tienen algún valor, aunque sean imitaciones?

—Por supuesto. Su abuelo fue un gran artista.

A la vista de sus reservas, resolví dejar mis pesquisas para otra ocasión.

Después subimos al patio y mientras tomábamos café conversamos sobre los judíos relevantes de la historia. Isaac era un pozo de sabiduría; abordaba cualquier materia con la erudición digna de un filósofo griego. Escuchándolo me sentía transportada al Ágora de Atenas, donde el orador, enfundado en una túnica blanca enredada en su brazo, hablaba desde lo alto del templo, en pie, entre columnas dóricas, mientras los ciudadanos se arremolinaban para oír su discurso alrededor de las escalinatas. Se refirió entonces a nuestro judío más universal, Maimónides. Debo confesar que sólo sabía de él que era un filósofo y médico hebreo nacido en Córdoba, pero ignoraba la gran influencia que ejerció en su tiempo y durante los siglos posteriores, haciéndose merecedor del sobrenombre de Segundo Moisés y destacando como intérprete de la ley hebrea. Isaac fue disertando sobre la especial importancia que Maimónides adquirió en los múltiples aspectos de la vida judía, aunque su interpretación bíblica, sus ideas sobre la resurrección (decía que sólo el alma es inmortal) y la defensa de la razón armonizada con la fe fueron condenadas durante siglos por los rabinos ortodoxos, quienes se inclinaban por una interpretación literal de los textos sagrados. Él sostenía que la fe pura y el pensamiento lógico convergían entre sí, sin contradecir la una al otro en los conceptos básicos. Pensaba que la razón podía demostrar la existencia de un único Dios.

—¿Eso significa que aproximaba la filosofía a la religión?

—Exacto. En su obra cumbre, *Guía de los perplejos*, concilió el judaísmo y la filosofía griega. De hecho, recibió una gran influencia de Aristóteles, aunque estaba alejado de él en cuanto a la interpretación de las Escrituras; el filósofo griego afirmaba que el mundo no fue creado por Dios, como se dice en el Antiguo Testamento, sino que es eterno, y Maimónides, sin embargo, sostenía que, en aquellos conflictos en los que la razón no puede demostrar ni una teoría ni la otra, ésta podría acudir en favor de la fe.

—Fe y razón, la eterna lucha del hombre durante siglos.

—¿Está usted de acuerdo con el filósofo, Maribel?

—En estos tiempos que corremos, he llegado a pensar que la humanidad ha perdido la fe, a veces incluso la razón. No hay más que leer a diario las noticias… Hay tanta manipulación, tanta violencia en nombre de la religión… —reflexioné tras un breve silencio—. Vivimos momentos difíciles en los que fe y razón resultan incompatibles.

—Pero usted tiene fe… —afirmó con una mirada extraña.

—Sí, la tengo. Actualmente vivimos una corriente de laicismo radical, pero no lo comparto. La fe es para mí una defensa psicológica que me ayuda a seguir en pie cuando estoy a punto de derrumbarme; es una válvula de escape cuando todas las puertas se me cierran alrededor. He adoptado la filosofía de los estoicos: hoy eres feliz, pero no te confíes porque mañana serás desgraciado; hoy sufres, pero no te hundas porque mañana serás feliz. Ante esta perspectiva, procuro evitar que las emociones influyan en mis decisiones. Cuando algo va mal procuro mantener la calma y capear el temporal, en la confianza de que pronto volverá a lucir el sol, porque sé que hay alguien que cuida de mí aunque no pueda verlo.

—Es una buena prueba de que usted también concilia fe y razón.

—Pues le aseguro que nunca me había detenido a filosofar hasta este momento —respondí en broma.

6

El sábado siguiente bajé al sótano y, tras limpiar el pasaje secreto de polvo y mugre, decidí sacar la ropa antigua que llevaba demasiados años en el viejo baúl para llevarla a una lavandería especializada. Al tirar de la última prenda, un par de zapatos forrados en raso dorado aparecieron envueltos en ella y uno de ellos cayó de nuevo al cofre. No sé por qué, pero me resultó extraño el sonido que produjo al chocar contra el fondo. Me incliné y lo golpeé con los nudillos. Efectivamente, sonaba a hueco. Observé que la base estaba demasiado alta y no se correspondía con el exterior. Tanteé el interior, recubierto con una tela de algodón marrón. Una de las esquinas estaba despegada. Tiré con fuerza de ella y advertí que debajo había una tabla delgada que no estaba asegurada al baúl. Al levantarla hallé varios cuadros pequeñitos. Eran miniaturas enmarcadas, retratos de mujeres y hombres vestidos a la usanza de la Edad Media. Parecían realmente originales…

Fui sacándolos uno a uno e hice otro nuevo hallazgo en el fondo: un cuaderno antiguo con tapas de de pasta verde unido mediante grapas en las páginas centrales. Las hojas se habían tornado amarillas por el tiempo. Lo abrí con expectación y me topé con una letra grande y masculina escrita a pluma. Era un listado de obras de arte en francés. Cada página se dividía en cuatro columnas: en la primera constaba el título; en la segunda, el nombre del autor; en la tercera, el del propietario, y la última señalaba una fecha. Observé que todos aquellos datos habían sido anotados de forma correlativa durante los años1940 y 1941.

Aquel cuaderno estaba tan celosamente escondido que me hacía pensar que no era normal. Las páginas iniciales correspondían a una misma fecha, y reconocí en ellas la descripción de los cuadros, las porcelanas y las figuras de aquel inventario, pues estaban allí guardadas en las cajas de madera. El nombre del propietario se repetía en esas primeras hojas: Herbert Rossberg; septiembre de 1940. ¿No era ésa la fecha en que papá y su hermana habían llegado con su padre a España procedentes de París tras la muerte de su madre? Tía Lina me contó que se quedaron al cuidado de su tata, Juana, mientras mi abuelo viajaba continuamente, hasta que un año después fue encarcelado.

Las siguientes páginas pertenecían a meses posteriores y enumeraban pinturas pertenecientes a diferentes artistas y propietarios, pero sólo algunas de aquellas obras estaban allí, embaladas en cajas de madera que tenían en el lateral unas letras rotuladas en color negro.

La canícula apareció como siempre, de repente y sin aviso previo. Estábamos a mediados de mayo y el calor era ya sofocante. Al día siguiente era domingo, y por la tarde visité la casa de Isaac Goldman, en la calle Velázquez Bosco (también llamada calle de las Comedias). Me adentré en un viejo zaguán con suelo de baldosas rotas y ajadas de color verde indefinido que daba acceso a un pequeño patio común a través del cual se accedía a las viviendas de aquella antigua casa de vecinos. El muro del patio, tapizado por una cortina de jazmines, ofrecía al visitante una agradable acogida. Isaac vivía en la planta alta, y subí una escalera de grandes y deslucidos peldaños de piedra gris cuyos cantos acusaban una suave hendidura en el centro provocada por el desgaste sufrido a través de los años. La balaustrada era maciza, recubierta de cal, como el resto de los muros exteriores.

Llamé con los nudillos a la puerta, y en cuanto ésta se abrió pude advertir el gesto de sorpresa del anticuario al verme allí. Pero enseguida me franqueó la entrada con su bondadosa sonrisa, y accedí a su hogar, compuesto por una pequeña cocina, un dormitorio y un salón, que hacía las veces de estudio y daba paso a una terraza con una hermosa vista de la torre del campanario de la mezquita-catedral. El olor a madera vieja y papel antiguo inundaba aquella estancia; las paredes estaban cubiertas de estanterías repletas de libros y documentos, y la estrella de David presidía el muro que quedaba desnudo junto a la cristalera de la terraza, donde el sol se despedía enviándonos sus últimos destellos con una cálida luz anaranjada. El único signo de modernidad en aquella sala era el ordenador, que reposaba sobre la mesa de estudio al lado de la menorá, el candelabro de siete brazos, uno de los símbolos más antiguos del pueblo judío.

—¿Qué la trae por aquí, Maribel?

—Pues… una curiosidad. Isaac, cuando alguien tiene un cuadro de valor, ¿debe presentar algún tipo de documentación para demostrar que es su propietario?

—¿Acaso piensa vender alguno? Si es alguno de su abuelo, no necesita más que indicar que usted es un familiar directo.

—¿Y si el cuadro fuera… de otro pintor?

—Bueno, lo normal es tener algún tipo de documento de compra, como factura o recibo que acredite la transacción si se ha realizado en una sala de arte, subasta o tienda de antigüedades. La mayoría de las obras dejan un rastro cuando salen al mercado, quiero decir que suele existir información sobre el museo donde se encuentra, las operaciones que se han realizado con ellas o dónde se vendieron o subastaron. Y si tienen relevancia por su valor artístico o histórico y un valor económico determinado, deben estar inscritas en el Inventario General de Bienes Muebles. Cualquier propietario particular o entidad que se dedique al comercio de bienes muebles o que posea obras de arte con esas características tiene la obligación de comunicar su existencia y ofrecer información puntual tanto del precio como de las condiciones en caso de venta.

—¿Y si no se tiene nada de todo eso?

—Pues es algo más complicado. Existen acciones legales para impedir que alguien que haya robado un cuadro pueda quedárselo por el simple hecho de haberlo tenido en su poder durante años. Debería aportar alguna prueba, como factura, referencias en catálogos o exposiciones, fotos del cuadro tomadas dentro del hogar, declaraciones de patrimonio de años anteriores... —Se encogió de hombros indicándome que no podía ayudarme demasiado—. También, a efectos fiscales, Hacienda considera que son una ganancia no justificada de patrimonio los bienes cuya posesión o adquisición no se correspondan con la renta o el patrimonio declarado.

—¡Vaya! Cuánta complicación...

—Está pensando en las pinturas de su abuelo firmadas por el otro artista, ¿verdad?

Asentí con un gesto.

—He encontrado un cuaderno y es algo... inquietante. Hay un listado de pinturas que no están en casa, pero sí los dos cuadros que le mostré el domingo pasado y las figuras de bronce y porcelana, y junto a cada obra está el nombre del artista y de su anterior propietario.

—Es... interesante. Me gustaría examinarlo, si no tiene inconveniente.

—No he traído el cuaderno, lo siento.

—¿Recuerda el nombre del propietario de los cuadros que me mostró?

—Sí. Herbert Rossberg. Y una fecha: septiembre de 1940.

—Herbert Rossberg... —repitió pensativo—. ¿Dónde dice que encontró ese cuaderno?

—En el fondo de un baúl, junto a los libros de Sartre y Beckett que tenían escritas dedicatorias a mi abuelo.

—¿Tiene más cuadros, además de los que me enseñó el otro día?

—No. —Tuve que mentir de nuevo; no podía hacer otra cosa.

—Herbert Rossberg fue un importante coleccionista judío de París en los años previos a la Segunda Guerra Mundial, y era propietario de numerosos cuadros de Matisse.

Unas traviesas mariposas alzaron sus alas en mi estómago. Cada vez estaba más segura de que aquellos cuadros podrían...

—¿Sabe, Isaac? Tengo una especie de corazonada. Quizá sea una tontería, pero... no sé... —Me alcé de hombros sin atreverme a seguir.

Isaac movió la cabeza con aire absorto. Oía su pausada respiración, aguardando con impaciencia algún otro comentario.

—Presiente que los cuadros de Matisse podrían ser auténticos...

Mantuve su mirada y afirmé con la cabeza.

—No sé qué pensar... He buscado en internet, y en mis libros de historia, pero no los encuentro ni por el nombre de Matisse ni por su obra. Quizá mi abuelo se los compró a Rossberg, aunque no tengo ningún tipo de documento. Otra posibilidad es que mi abuelo conociera a Henri Matisse y que los cuadros fueran un regalo de éste. Le confieso que estoy algo inquieta y me da miedo sacarlos a la luz. Mi novio es abogado. Debería hablarlo con él, es lo más sensato, ¿no cree? —Lo miré implorando una respuesta tranquilizadora.

—Aguarde unos días, se lo ruego. Estoy esperando la visita de un experto en arte contemporáneo y me gustaría llevarlo a su casa para que examine tanto los cuadros de Tomás Ordóñez como los firmados por Matisse, si no es mucha molestia...

—En absoluto. Estaré encantada de recibirlos. Isaac..., confío en usted.

—Se lo agradezco, y le prometo que no voy a defraudarla. Tengo una valiosa información sobre su abuelo y le aseguro que muy pronto todas sus dudas quedarán resueltas. Quizá se lleve una sorpresa —concluyó enigmático.

—¿Buena o mala? —demandé con aprensión.

—Excelente.

—Entonces esperaré impaciente su visita. —Respiré más tranquila y me levanté para despedirme—. Me voy. Son más de las once, y mañana es lunes y tendré que madrugar. Gracias otra vez, Isaac.

7

A veces un encuentro fortuito sucede como caído del cielo. Mi antigua profesora y catedrática de Historia Antigua, Nuria Luque, me visitó en la agencia al día siguiente para reservar un vuelo a Barcelona. En el transcurso de nuestra animada conversación le pregunté si conocía a alguien en la facultad de Filosofía y Letras que pudiera analizar los cuadros de mi abuelo, pues estaba convencida de que tenían un gran valor debido a la época en la que los pintó. Ella mencionó al catedrático de Historia del Arte Contemporáneo y gran experto en pintura del siglo XX Moisés Pérez de la Mata, y me proporcionó el teléfono de su despacho. Lo llamé desde la oficina y quedé citada con él esa misma mañana después del trabajo.

Hallé al profesor Pérez de la Mata en el patio del claustro de la facultad charlando con un alumno. Era un hombre menudo, de unos sesenta y tantos años, con escaso cabello blanco cubriendo su nuca. Tenía fama de áspero y de parco en palabras. Esperé pacientemente el final de su conversación y observé a su interlocutor, quien asentía a sus palabras con inclinaciones de la cabeza en señal de respeto. Era un chico joven, con gafas, pelo corto y maneras de empollón. Tras ver que se despedían me acerqué con mi mejor sonrisa, y el profesor respondió con amabilidad, invitándome a seguirlo hasta su despacho.

Después de las oportunas presentaciones y de mencionar a nuestra común amiga, entramos en materia y le mostré un par de cuadros que llevaba conmigo cuidadosamente en una gran bolsa de papel, explicándole que se trataba de unas pinturas realizadas en la década de 1930 en París por mi abuelo.

—En casa hay más obras suyas, pero como no podía traerlas les he hecho unas fotos —dije extrayendo de la bolsa varias instantáneas de tamaño folio de las pinturas—. Tengo un amigo anticuario y opina que son muy buenas, pero yo quería asegurarme con la opinión de un experto como usted.

Esperé a que Pérez de la Mata se colocara las lentes de aumento. Tras examinar el primer cuadro, se detuvo en el segundo. Después de una pausa silenciosa me confirmó que, efectivamente, aquellas pinturas eran de gran calidad.

—Algunas son de estilo fauvista. El fauvismo fue un movimiento pictórico de características expresionistas de inicios del siglo veinte cuyo rasgo más sobresaliente es el exceso y la fuerza expresiva del color, que se utiliza con gran intensidad y da lugar a marcados contrastes en la obra. Los artistas utilizaban colores distintos a los que se corresponderían con los objetos en la realidad; por ejemplo, aplicaban verde en un rostro o amarillo en unos árboles. Las pinturas fauvistas presentan trazos deformes y toscos, con poca perspectiva, donde el dibujo queda relegado a algo secundario. Realmente este artista tenía talento. Su obra tiene una clara influencia de Matisse.

—El anticuario de quien le hablo se ha interesado por ellas; es un buen amigo, tiene su tienda junto a la calleja de las Flores.

—Sí, sé quien es, pero le aconsejo que averigüe su auténtico valor antes de sacarlas al mercado.

—No tengo intención de venderlas, sólo quiero, en efecto, conocer su valor real. ¿Sabe de alguien que pueda tasar estos cuadros?

—Las empresas independientes dedicadas en exclusiva a las tasaciones son más imparciales que los anticuarios o los marchantes. Suelo colaborar como experto en una de ellas, y son profesionales de acreditada solvencia. Déjeme estas fotos y sus datos para examinarlas con más detenimiento.

Di mi número de móvil al catedrático y éste lo apuntó en el reverso de una de las imágenes. Después las guardó en un expediente de cartulina blanca y puso el nombre de mi abuelo en él.

—En cuanto tenga un rato libre, haré gestiones para que se pongan en contacto con usted. Le advierto también que estas tasaciones no son baratas, así que le recomiendo que pida presupuesto antes de iniciar cualquier trámite.

—De acuerdo. Gracias por su colaboración. Ha sido usted de gran ayuda, profesor —dije despidiéndome y ofreciéndole mi mano con una amplia sonrisa.

Salí de su despacho con una euforia descontrolada. Los cuadros de mi abuelo podrían tener un alto valor artístico. Quizá ésa era la excelente noticia que Isaac quería darme cuando se reuniera con el experto que estaba esperando. No sería la primera vez que un pintor alcanzara la fama después de muerto. Les ocurrió a Van Gogh y a Utrillo, de los cuales, por cierto, había pinturas guardadas en casa. ¿Sería una premonición?

Esa noche pasé por la casa de Isaac para hablarle de mi entrevista con el catedrático de Historia del Arte y exponerle las opiniones tan positivas que había vertido sobre la obra de mi abuelo, pero después de insistir ante su puerta durante un buen rato me convencí de que no había nadie.

8

Habían transcurrido dos días desde mi último intento de ver a Isaac. El miércoles le hice otra visita tras salir de la agencia, pero volví a encontrar la casa a oscuras y la tienda cerrada. Aquella tarde recibí en la oficina una llamada suya y noté su voz anormalmente excitada. Me rogaba que nos viésemos después del trabajo en los jardines de Colón, junto al palacio de la Merced.

—Por favor, no falte a la cita. Es urgente que hable con usted.

—¿De qué se trata, Isaac?

—De las pinturas que tiene usted. Han surgido serios problemas...

—¿Problemas? ¿Qué clase de problemas?

—No hable con nadie sobre Rossberg, se lo suplico, y guarde bien el cuaderno con el listado. Esos cuadros son suyos, pertenecen a su familia.

—¿Se refiere a los cuadros de Matisse?

—A todos. Escóndalos bien, no los cuelgue en su casa ni los muestre a nadie. Ellos no deben saber que usted los tiene. Podría correr un serio peligro.

—¿Esconderlos? ¿Por qué? ¿Quiénes son ellos? ¿Qué clase de peligro?

Pero la línea se cortó bruscamente, provocándome una extraña sensación de peligro.

Alrededor de las ocho salí de la oficina y transité por las calles comerciales de Cruz Conde y Ronda de los Tejares hasta llegar a la plaza de Colón. Recorrí de un extremo a otro los jardines atestados de niños acompañados de sus abuelos que a esa hora corrían y jugaban alrededor de la fuente, pero Isaac no dio señales de vida. Eran casi las nueve cuando me convencí de que no iba a acudir a la cita y resolví ir de nuevo a su casa.

Me inquietó la visión de la estrecha calle de las Comedias bloqueada por varios coches de policía y ambulancias con las sirenas encendidas, impidiendo el acceso peatonal. Conseguí sortearlos y entrar en el viejo zaguán, pero cuando me dirigía hacia la escalera un hombre alto y atlético me detuvo, negándome el acceso. Me miró durante unos segundos desde el escalón superior y comenzó a interrogarme sobre los motivos por los que estaba allí. Le hice a él la misma pregunta; entonces se abrió la cazadora y me mostró un arma colgada bajo la axila y su placa de inspector de Policía.

—¿Ocurre algo con Isaac? —pregunté, pues presentía que algo iba mal.

—¿Lo conoce bien? —respondió ignorando mi pregunta.

—Somos amigos. ¿Hay algún problema?

—Suba y lo comprobará usted misma. —Se volvió para dejarme paso y fue detrás de mí.

La sala de estudio de Isaac estaba revuelta; los libros que cubrían las estanterías yacían por el suelo junto a las lámparas de mesa, la pantalla del ordenador y los muebles. Parecía que aquella vivienda había sido arrasada por un ciclón.

—¿Dónde está Isaac? —pregunté alarmada.

El policía me hizo una señal para que lo siguiera hasta la cocina. Allí hallé a dos hombres inclinados sobre un cuerpo tendido en el suelo del que sólo pude ver sus piernas.

—¿Está… muerto?

El inspector asintió.

—¿Cómo ha ocurrido?

—Lo han golpeado en la cabeza. ¿Cuándo lo vio por última vez?

—Hace menos de una semana.

—Concrete un poco más.

—El domingo pasado.

—¿Qué clase de relación mantenían ustedes?

—Éramos amigos, ya se lo he dicho.

—Acláreme qué clase de amistad los unía —insistió.

Sus penetrantes ojos oscuros me taladraban como si estuviera dispuesto a no creer nada de lo que fuera a contarle.

—Lo conocí hace unos meses. Desde entonces nos hemos visto en algunas ocasiones y hemos charlado, eso es todo. —Me encogí de hombros.

—¿A qué se dedica usted?

—Soy agente de viajes; trabajo en el centro. A veces hablaba con Isaac sobre el pasado de Córdoba, la sinagoga…, en fin, esas cosas. Es que soy licenciada en Historia.

—¿El señor Goldman tenía familia… o amigos, alguien que lo visitara además de usted?

—Lo ignoro. No lo conocía lo suficiente.

—¿Sabe si tenía algún enemigo?

Me encogí de hombros expresando mi ignorancia.

—Muéstreme su documentación.

—¿Por qué? —pregunté, intimidada por aquella orden—. ¿Soy sospechosa?

—En estos momentos se ha iniciado la investigación. Durante los próximos días no salga de la ciudad, quizá necesitemos su colaboración —dijo suavizando el tono.

—No pensaba hacerlo. —Le tendí mi DNI—. ¿Puedo irme ya?

—Sí. Vaya mañana a primera hora a la comisaría. Una última pregunta: ¿para qué ha venido esta tarde? ¿Tenían una cita concertada?

—No. A veces tomo este camino para ir a mi casa. Vivo cerca, y al ver las patrullas en la puerta he sentido curiosidad; entré para comprobar si a Isaac le había ocurrido algo.

Preferí no ofrecerle aún información sobre la llamada que había recibido aquella misma tarde; primero debía averiguar qué había sucedido.

—La espero mañana en mi despacho —insistió, a modo de despedida, y me ofreció su tarjeta de visita.

Salí del portal profundamente consternada. Había varios agentes uniformados a la puerta de la tienda de antigüedades y, aunque no me dejaron acceder, vi el desastre que se había consumado también allí. Había muebles destrozados y objetos valiosos tirados por el suelo. Varios corros de curiosos, la mayoría de ellos vecinos y comerciantes de la zona, se arremolinaban en torno a aquel inusual despliegue policial. Al llegar a la esquina de la calle de las Comedias con Cardenal Herrero alguien me abordó bruscamente. Era un hombre alto, de unos cuarenta y cinco años, con el cabello corto y gris peinado hacia atrás. Vestía de forma elegante y me habló con un acento parecido al de Isaac. Se identificó como miembro de la embajada israelí, informándome de que estaba colaborando con la policía española en la investigación del asesinato de Isaac Goldman. Le ofrecí las mismas respuestas que al inspector, pero no pareció quedar satisfecho.

—¿Le habló en alguna ocasión del trabajo que estaba realizando en la ciudad? —Me miró fijamente.

—No. Sólo sé que era anticuario. Ignoraba que estuviera realizando un… trabajo —dije intentando deshacerme de él.

—¿Le hizo algún comentario sobre un hallazgo de obras de arte robadas?

—¿Obras robadas? —repetí aturdida, y me dio un vuelco el corazón.

Mi primer impulso fue salir corriendo, pero tras una pequeña pausa en la que me sentí analizada por aquellos ojos del color del acero respiré hondo para responder con toda la serenidad que pude reunir.

—No —dije ratificando con la cabeza y mirándolo con forzada ingenuidad—. ¿Lo han matado para robarle?

—Eso parece —respondió sin dejar de observarme.

—Lo siento, pero no puedo ayudarle… No sé nada de ese asunto.

Me despedí de aquel hombre con la incómoda sensación de no haberlo convencido y recorrí como alma que llevara el diablo las calles que circundan la mezquita-catedral. Al pasar por el hotel de Fali me detuve para tomar aliento. Por suerte estaba allí y le pedí que fuéramos a su despacho.

—¿Qué te ocurre? Parece que has visto a un fantasma…

—Isaac ha muerto. Lo han asesinado —solté de golpe.

—¿Qué? ¿Cuándo? ¿Cómo…?

Me senté frente a él y le expliqué lo que acaba de vivir esa tarde cuando había tratado de visitar a Isaac. También le hablé de la llamada que, horas antes, el anticuario me había hecho a la oficina para rogarme que guardara los cuadros que estaban en mi casa.

—¿Los de tu abuelo? —Fali estaba sorprendido.

—Bueno… yo tenía un par de cuadros en el sótano. Eran… diferentes. Quiero decir que eran de otro artista. Se los enseñé a Isaac la semana pasada.

—¿Crees que eso tiene que ver con su muerte?

—No lo sé, pero estoy muy asustada. Su voz transmitía alarma, parecía que deseaba protegerme… y ahora lo han asesinado.

—¿Acaso opinas que se había metido en un lío? Hay muchas historias sobre anticuarios que trafican con obras de arte robadas —sugirió Fali con inseguridad—. ¿Recuerdas que te ofreció comprarte los cuadros de tu abuelo?

—Sí, y precisamente hace unos días se los mostré a un experto en arte contemporáneo y me dijo que eran de gran calidad.

—¿Quieres que te los guarde aquí? Por lo menos hasta que pase este jaleo.

—No te preocupes, sé dónde puedo esconderlos bien. Gracias. De todas formas, me parece que no debemos hablar de ellos. —Fui más franca—: Fali, si la policía nos pregunta, nosotros no los hemos visto nunca, ¿de acuerdo?

—No mentiría, Maribel, pues realmente no los he visto. —Sonrió, con esa ternura de hermano que siempre me tranquilizaba.

Al llegar a casa cerré con llave la puerta del zaguán y la de la cancela. Por primera vez me asustaba estar sola en aquella casona tan grande. Isaac me había llamado esa misma tarde, horas antes de su muerte, suplicándome que escondiera los cuadros y el cuaderno. Y después aquel intimidante miembro de la embajada me pregunta por obras de arte robadas…

Era demasiada casualidad.

En un estado de crisis total y dominada por el pánico, bajé al sótano y abrí la vitrina, vacié las baldas de platos y tazas y comencé a trasladar al zulo todos los cuadros de mi abuelo que aún descansaban en los muros de la sala exterior. Después cogí las dos obras de Matisse que había mostrado a Isaac y las devolví a sus cajas originales. Cuando todo estuvo de nuevo en orden, fui arriba y escondí también el cuaderno en el pasadizo secreto de mi dormitorio, dentro del armario, donde mi tía Lina guardaba el dinero y las cosas de valor. Me fui a la cama pasadas las doce, pero apenas pude dormir en toda noche, conmocionada por la violenta muerte de Isaac y aterrorizada por las insinuaciones del miembro de la embajada israelí. Las últimas palabras del anticuario me martillearon hasta el amanecer.

9

A la mañana siguiente acudí a la comisaría, donde el inspector De la Torre —con quien había hablado la tarde anterior— me recibió en su despacho con formal amabilidad. Tras interrogarme sobre mi vida laboral y familiar, las preguntas se centraron en mi amistad con Isaac. Le relaté cómo nos conocimos por mediación de mi amigo Fali en el hotel de su propiedad. Le hablé de la historia que me contó sobre sus orígenes: su nacimiento en Polonia, el traslado a París cuando era un niño y después a Israel, antes de instalarse en España. También le conté que realizaba investigaciones genealógicas. Pero no mencioné nada acerca de sus visitas a mi casa ni sobre los comentarios que me hizo de los cuadros, ni tampoco referí su llamada ni nuestra fallida cita el día de su asesinato.

—Explíqueme qué hizo ayer entre las diez de la mañana y las seis de la tarde.

—Llegué a las nueve a la oficina y estuve allí hasta las dos. Almorcé con mi madre en el restaurante El Blasón y regresé al trabajo a las cinco. Terminé a las ocho y al salir di una vuelta por la calle Cruz Conde para mirar escaparates; regresaba a casa cuando me detuve en la de Isaac al ver los coches de la policía; ya le dije ayer que paso delante de su puerta habitualmente en mi camino de regreso. Entonces me topé con usted.

—¿Puede demostrar todos sus movimientos?

—Por supuesto. Mis compañeros en la oficina le confirmarán mi horario, así como los clientes a los que atendí durante todo el día. Pregunte también en el restaurante.

—Muy bien, lo comprobaremos. ¿Dónde vive?

—En la calle Lineros, en el número cuarenta y siete.

—Ésa no es la dirección que aparece en su documentación.

—Antes vivía con mi madre en la avenida de la Victoria.

—¿Y ahora?

—Sola.

—¿La casa es de su propiedad?

—Sí, la heredé de mi familia. He hecho reformas y me he trasladado hace poco.

—¿Cuándo?

—A primeros de mayo.

—Bien, ahora hábleme de Isaac Goldman. ¿Estaba últimamente centrado en alguna investigación? —El inspector cruzó los brazos sobre la mesa y me observó con interés.

Respondí con un gesto de ignorancia encogiendo los hombros.

—¿Tiene algo que ver con su muerte? —pregunté.

—No lo sabemos. Sospechamos que no ha sido un allanamiento con intención de robo.

—No creo que en su casa hubiese algo valioso. Era un hombre sobrio y austero. Pero imagino que en su tienda sí habrán robado, ¿no?

El investigador me miró fijamente, pero no respondió a mi pregunta.

—Veo que lo conocía bien. ¿Con qué frecuencia lo visitaba?

—Pues sólo estuve en su casa una tarde. Coincidimos más veces fuera, en la judería o en el hotel de nuestro común amigo Rafael Quintero, el propietario del hotel La Ribera.

—Vamos, señorita Ordóñez, necesito su ayuda —murmuró retrepándose en su asiento.

—No sé cómo puedo colaborar con usted…

—Detallándome las conversaciones que mantuvo con el señor Goldman durante los días previos a la muerte de éste. ¿En qué estaba trabajando?

—Pues no lo sé…

—¿De qué hablaron la última vez que lo vio?

—De los hechos relevantes ocurridos en la ciudad de Córdoba y su provincia durante la Edad Media relacionados con la cultura hebrea —improvisé, con la intención de despistar.

El inspector me miró incrédulo y trató de pillarme en un arresto.

—¿Y qué ocurrió de interesante con los judíos en esa época?

—Bueno, muchas cosas… Por ejemplo, en 1473 se produjo una revuelta en la ciudad contra los judíos. Hubo un señor feudal en la provincia, don Alonso Fernández de Córdoba, que protegió a los que estaban siendo atacados y asesinados por los cristianos viejos y los llevó a su feudo de Aguilar de la Frontera, donde les permitió establecerse, granjeándose la enemistad del obispo de Córdoba y la mala fama en los pueblos de los alrededores.

—¡Qué interesante! —ironizó el policía—. ¿Y de qué más hablaron?

—De la judería de Lucena. Durante el dominio del islam, Lucena alcanzó un gran desarrollo económico y cultural y se convirtió en uno de los centros más prósperos del comercio; entre los siglos diez y doce, los judíos lucentinos llegaron a ser los más ricos de todas las comunidades hebreas ubicadas en la península y…

—Está bien —me interrumpió levantando la mano—. Así que las conversaciones entre usted y el anticuario se limitaban a la investigación histórica. No me ayuda demasiado, Isabel —dijo escéptico.

—¿Puedo irme ya? —pregunté, ignorando su comentario—. Tengo que trabajar.

—Creo que ya ha conocido a Efraín Peres, el miembro de la embajada israelí —continuó, sin autorizar mi marcha.

—¿Se refiere al hombre que me abordó ayer a la salida de la casa de Isaac?

—Sí, y parece estar muy interesado en los estudios de su amigo. Y en usted.

—¿En mí? ¿Qué puedo ofrecerle yo?

El inspector hizo un gesto de ignorancia. Había algo en su mirada que me inquietaba, como si no estuviera demasiado conforme con mi declaración. Con todo, debo reconocer que era tremendamente atractivo; le calculé unos treinta y tantos años, tenía un rostro cuadrado marcado por la raya del pelo —castaño, lacio y no demasiado corto—, que reposaba sobre la parte derecha de la cabeza; los pliegues de expresión en la frente y los surcos desde el final de la nariz hasta la comisura de la boca le provocaban una extraña sonrisa, más bien una mueca, que no dejaba traslucir sus especulaciones. Guardaba cierto parecido con Harrison Ford cuando era más joven y hacía de Indiana Jones, y su acento no era andaluz.

—No lo sé, pero si tiene algo que decir, le ruego que sea a mí a quien lo transmita. Ya tiene mi teléfono. Una cosa más: necesitamos tomar sus huellas. Hemos analizado varias muestras diferentes en la casa y en la tienda del señor Goldman, y sería interesante ir descartando algunas.

—Por supuesto —acepté, sin recelos.

Después de conducirme hasta una sala donde un agente me tomó las huellas de los dedos, el inspector De la Torre me acompañó hasta la puerta.

—Llámeme a cualquier hora si recuerda algo que pueda ser de interés.

—De acuerdo, pero no le prometo nada —dije con mi mejor sonrisa.

Se detuvo unos segundos para observarme mientras yo trataba de imaginar qué estaría elucubrando sobre mi relación con Isaac.

Llegué tarde a la oficina, y aunque no me apetecía, tuve que ofrecer a mi superior las oportunas explicaciones sobre la visita a la comisaría. Era mejor así, pues la investigación estaba en curso y apostaba a que la policía me molestaría en más ocasiones.

Aquel viernes fue muy duro. Estaba agotada por la larga vigilia de la noche anterior, afligida por la violenta pérdida de Isaac y a la vez angustiada por las extrañas preguntas tanto del miembro de la embajada israelí como del inspector De la Torre. Después del trabajo decidí retrasar al máximo el regreso a casa y convencí a mis compañeros para tomar una copa en la plaza de la Corredera. La tarde estaba fresca y el ambiente de penumbra en la extensa explanada invitaba a trasnochar. Me despedí de ellos alrededor de la una de la madrugada y regresé a casa a través de la plaza de las Cañas. Las calles estaban oscuras y desiertas, y sentí una extraña sensación, como si una sombra me siguiera de cerca. Aligeré el paso y por fin llegué a la calle Lineros.

Pero las sorpresas de aquel día aún no habían acabado.

10

Al llegar a casa me enfrenté con otro desagradable sobresalto: la puerta interior de la cancela estaba entreabierta. Entré y encendí la luz para descubrir, horrorizada, que alguien había penetrado en ella y puesto patas arriba muebles, cajones, librerías, armarios... Parecía tener la misma autoría del huracán que había arrasado la casa de Isaac.

Subí al dormitorio y comprobé que el refugio secreto no había sido profanado, a pesar de que la ropa de los armarios estaba desparramada por el suelo. Entonces tomé el móvil y llamé al inspector De la Torre.

—¿Dónde está en estos momentos?

—En mi habitación...

—¿Se ha asegurado de que la casa está completamente vacía?

—Pues... no...

—Los asaltantes podrían estar dentro todavía. ¡Salga inmediatamente! Voy a enviar una patrulla ahora mismo.

Había advertido cierta alarma en el tono de su voz y decidí seguir su indicación. Bajé los peldaños de tres en tres, cerré con llave al salir y me dirigí hacia las Bodegas Campos, donde aguardé junto al amable conserje hasta que la estridente sirena del coche patrulla rompió la armónica paz del vecindario. Divisé a dos agentes uniformados que entraban en el portal y me acerqué a ellos para ofrecerles el acceso al edificio. Luego esperé en la calle la primera inspección. El inspector De la

Torre llegó pasados unos minutos en una moto de gran cilindrada.

Cuando los agentes salieron de la casa para confirmar que estaba desierta accedí con el inspector, recorriendo en primer lugar la planta alta; nos miramos con significativa sorpresa al comprobar que mis joyas —un par de juegos de pendientes, dos pulseras y varios anillos de oro— seguían en el cofre de plata colocado sobre el mueble tocador. Los cajones de este último, sin embargo, estaban en el suelo. En el estudio anejo al dormitorio apenas podían verse las baldosas, cubiertas por cientos de folios, carpetas y libros que habían sido separados de las tapas. Después bajamos a la planta principal; las figuras de porcelana habían sido destrozadas contra la esquina de la mesa del salón, no así la cadena musical, el vídeo ni el televisor. De hecho, todos los electrodomésticos estaban en perfecto estado y en su sitio. Por último bajamos al sótano y comprobé, aliviada, que apenas habían removido los muebles. La vitrina de acceso a la sala secreta seguía intacta, y aunque los cojines de los sofás estaban por el suelo, no se habían ensañado con las estanterías ni con la mesa colocada en el centro.

—Éste no es un asalto corriente. Parece que los intrusos buscaban algo concreto. ¿Sospecha de alguien que pueda haber hecho esto?

—No, no tengo la menor idea —dije angustiada.

—¿Está… segura, Isabel? —Me miró como si creyera que podría tenerla.

—Completamente —respondí con incomodidad ante su insinuación.

—¿Tiene algún sitio donde dormir esta noche? No debería quedarse sola en medio de este alboroto.

—No quiero preocupar a mi madre. Prefiero ir a un hotel. Iré al que está frente a la plaza del Potro; el dueño es amigo mío, como le dije.

Esperó pacientemente a que reuniera un poco de ropa y me acompañó caminando hacia el hotel de Fali. Él no estaba, pero el amable recepcionista me conocía y se deshizo en atenciones conmigo. Después el inspector subió hasta la puerta de la habitación y me entregó la bolsa de viaje que amablemente había transportado.

—¿Estarás bien? —dijo tuteándome por primera vez y ofreciéndome una amable sonrisa de aliento.

Asentí con la cabeza procurando mantener el tipo. Estaba aterrada por la amenazadora visita que alguien había realizado a mi casa aquella noche, y sólo la compañía de aquel hombre me confortó en ese momento de angustia.

—Gracias por acompañarme.

—Esta noche habrá una patrulla policial en la puerta del hotel. Llámame si me necesitas, a cualquier hora… —Me puso una mano en el hombro en un afectuoso gesto de consideración.

Al día siguiente era sábado y me levanté temprano para regresar a casa. Fali acudió en mi auxilio y se encargó personalmente de contratar a un cerrajero que cambiara las cerraduras tanto de la puerta exterior como de la cancela mientras me afanaba en poner orden en medio de aquel desbarajuste. Por primera vez mi hogar me parecía ajeno, como si los intrusos, además de revolverlo todo, hubiesen esparcido una capa de energías negativas por todos los rincones. Se me hacía que hasta las flores habían languidecido y que la luz que penetraba a través del patio se había debilitado, temerosa de alumbrar aquel desastre. Intentaba imaginar el rostro de los asaltantes, pero sólo veía siniestras manos que revolvían mis efectos personales.

Lloré de rabia.

Me sentía profanada en lo más íntimo; estaba agotada, asustada y enfadada. Lola llegó a mediodía y me ayudó a devolver las cosas a su lugar, aunque no consiguió levantarme el ánimo. En cuanto a Gonzalo, llamó por la tarde para expresar su indignación por el asalto y lamentar no poder visitarme debido a un compromiso con unos clientes. Sólo al oír la voz del inspector Daniel de la Torre a través de la cancela hallé un momento de consuelo en mi caótico estado. El inocente contacto de su mano la noche anterior me había hecho cambiar de opinión sobre él y ahora lo sentía más cercano. Sin embargo, el espejismo duró poco, pues después de dedicarme un impersonal saludo se limitó a informarme de que no habían hallado ni una pista fiable sobre los asaltantes.

—Las cerraduras no están forzadas. ¿Hay alguien, además de usted, que tenga llaves de la casa? —preguntó regresando al tono oficial, aparcando el tuteo de la noche anterior y marcando las distancias.

—Sí. Tanto mi madre como mi novio tienen copias.

—Su novio… Bien. ¿Han tenido alguna discusión en los últimos días?

—¿Acaso cree que esto puede haberlo hecho él?

—No debemos descartar ninguna opción. El objeto de este allanamiento no ha sido el robo.

—Gonzalo y yo no nos hemos enfadado. Además, él sería incapaz de hacer algo así, es abogado…

—Gonzalo Conde Fernández. Es socio de un bufete ubicado en la avenida Gran Capitán —me interrumpió.

—Posee mucha información sobre mí —insinué, manifestando mi incomodidad.

—Es parte de mi trabajo —contestó mecánicamente.

El teléfono comenzó a sonar.

—¡Otra vez…! No ha parado en todo el día, pero nadie contesta al otro lado.

El inspector se acercó para comprobar en la pantalla del aparato que era una llamada sin identificar. Lo descolgó y se mantuvo en silencio. Tras unos segundos volvió a depositarlo en su lugar.

—Vamos a intervenir su línea, si usted lo autoriza…

Asentí con la cabeza. Entonces llamó a la central desde su móvil y dio instrucciones para llevar a cabo la intervención.

—No debería quedarse sola estos días, Isabel.

—Gracias por su interés; esta noche también dormiré en el hotel La Ribera —respondí, enfrentándome a su impenetrable mirada con la ilusión de recuperar un rastro de la amabilidad que la madrugada anterior me había dedicado. Pero no hallé más que un profesional y correcto gesto de asentimiento.

Durante la jornada del domingo me dediqué a lavar la ropa que los siniestros salteadores habían tocado. El teléfono seguía sonando y decidí desconectarlo. Mi madre me llamó al móvil a las dos y media. Al ver su nombre en la pantalla recordé que tenía una cita en el Círculo de la Amistad con ella y varias amigas suyas.

—Maribel, ¿dónde estás? Ya nos disponíamos a almorzar sin ti... —La voz de mamá sonaba molesta por mi imperdonable falta de formalidad.

—¡Uf! Mamá..., lo siento; no puedo ir. Se ha roto una tubería en el baño y tengo la casa llena de agua.

—Te lo advertí. —Por enésima vez oí su velado reproche—. Es una casa vieja, y por muchas reformas que le hagas siempre será una casa vieja... Bueno, te llamaré mañana.

—Sí, mamá.

Por la noche caí rendida después de comprobar que mi hogar regresaba poco a poco a la normalidad, pero tampoco pude conciliar el sueño. En aquellos momentos necesitaba una fuerte dosis de valor para hacer frente a la incertidumbre que se abría de forma inapelable ante mí.

11

El lunes fue un día especialmente penoso en la oficina. Los clientes esperaban en pie organizándose en ordenados turnos, y los teléfonos no quedaron mudos más de un minuto. Gonzalo me había llamado: quería verme después del trabajo. Lo noté muy cariñoso y me consolé pensando que, al menos, iba a tener una tarde tranquila y relajada…

Pero me equivoqué por completo.

Cuando salí de la oficina Efraín Peres, el miembro de la embajada israelí que me había abordado la tarde del asesinato de Isaac, estaba esperándome en la puerta y se acercó para invitarme a una copa en una terraza de la plaza de las Tendillas.

—Dígame, Isabel, ¿qué sabe de Herbert Rossberg? —preguntó sin rodeos nada más tomar asiento.

—Herbert Rossberg… —repetí con desinterés—. No sé de quién me habla, explíquemelo usted.

—Era el propietario de una de las colecciones de arte más importantes de París antes de la Segunda Guerra Mundial.

—¿Y…? —Con un gesto le indiqué que continuara, manifestando mi ignorancia.

—¿Le gusta la historia?

—Soy licenciada en esa materia, y además curiosa por naturaleza —dije tratando de sonreír. Necesitaba la información que realmente buscaba aquel hombre de inquietante mirada.

—Voy a contarle una, aunque quizá ya la conozca. —Estaba

enviándome un mensaje—. Herbert Rossberg era un rico empresario judío y poseía un palacio en pleno centro de París, donde recibía a la alta sociedad europea. Fue anfitrión de artistas universales como Picasso, Matisse y otros pintores de la época. Había reunido una colección de incalculable valor y comerciaba con ella, comprando y vendiendo a relevantes personalidades de Europa y América. Pero los nazis invadieron Francia y tuvo problemas. Gran parte de su colección quedó atrapada en París y, aunque trató de ocultar las obras en varios lugares seguros, la avaricia de Hitler consiguió dar con algunos de sus escondites y muchas de sus propiedades pasaron a manos del Reich.

—Esto es muy interesante, pero ¿por qué me cuenta todo esto? Sigo sin comprender qué relación tiene esta historia con Isaac o conmigo.

—Isaac Goldman encontró una pista relacionada con algunos de esos cuadros expropiados a Rossberg por los nazis, que aún siguen en paradero desconocido.

—¿Una pista? ¿Obras robadas? ¿Nazis? ¿Isaac…? —balbucí, pasmada, procurando a duras penas ocultar mi estupor.

Efraín Peres asintió con un gesto sin dejar de mirarme.

—Un listado.

—¿Un… listado? ¿Qué clase de listado?

—Una relación de obras de arte que salieron del Museo Jeu de Paume de París, el lugar que los alemanes convirtieron en un gran almacén donde depositaban los objetos de arte requisados a familias judías, galeristas y marchantes franceses. Durante los cuatro años de ocupación alemana en Francia, el museo se convirtió en un gran centro de distribución de cuadros, libros o esculturas dirigidos hacia museos, edificios públicos alemanes o directamente a formar parte de colecciones privadas de altos cargos del nazismo, aunque también existió durante la guerra y la posguerra un turbio mercado de arte alrededor de esos saqueos; desde entonces numerosas obras permanecen aún perdidas. El inventario que Isaac Goldman halló contenía cuadros que salieron de allí y que aún continúan desaparecidos y reclamados por sus propietarios.

—Desaparecidos —repetí como una autómata—. ¿Y cómo se enteró usted de la existencia de esa lista?

—Isaac se puso en contacto con el Museo del Holocausto de Washington. Es una institución, que, junto con otras organizaciones judías, ha elaborado una base de datos con nombres y descripciones de las obras robadas y de los antiguos propietarios que fueron esquilmados; algunas fueron devueltas, pero aún quedan miles sin aparecer.

—¿Y dijo quién tenía ese listado?

—¿Por qué me hace esa pregunta?

—¿Qué pregunta?

Durante unos instantes perdí el aplomo al caer en la cuenta de que yo misma me había delatado al formularla. Mientras tanto, los ojos de aquel hombre parecían escarbar en mi subconsciente; estaba entrenado para interrogar y trataba de atraparme con preguntas ingenuas para hacerme hablar.

—Esperaba que se interesara por los cuadros, no sobre quién tenía el listado... Lo más probable es que lo tuviera él, ¿no cree?

Volvió el silencio a la mesa. Peres seguía mirándome sin parpadear. Yo conocía la técnica de interrogatorio de los Servicios de Seguridad de Israel. Había viajado un par de veces a ese país en la compañía aérea El Al y recordaba aún con fastidio las preguntas que nos hicieron a los pasajeros antes del embarque. El mejor sistema era responder rápidamente y sin titubeos; el menor error o vacilación era utilizado en tu contra y les ofrecía la excusa perfecta para lanzarse sobre tu cuello como un perro de presa.

—¡Claro! Es una forma de hablar —dije recobrando la compostura y aparentando normalidad—. Esta historia es increíble, en su auténtica acepción de la palabra. Por favor, cuénteme qué había en esa lista.

—No lo sabemos. Isaac Goldman se limitó a enviar los nombres de algunas obras que siguen aún sin aparecer. ¿Sabe usted algo de esos cuadros?

—¿Está insinuando la posibilidad de que estén aquí, en esta ciudad? —pregunté con aparente incredulidad para no responderle.

—Por supuesto. ¿Goldman le habló en alguna ocasión de ellos... o de alguien que pudiera tener alguna relación? —insistió con suavidad.

—¡Claro que no! Estoy tan sorprendida como ustedes por el rumbo que ha tomado su asesinato.

—Esta investigación la incomoda, por lo que veo.

—¡Y a quién no en mi lugar! Me imagino que estará informado de que mi casa ha sido asaltada, desde hace días me siento vigilada, recibo llamadas a todas horas... y ahora usted viene a hablarme de cuadros robados por los nazis. ¿Qué está pasando?

—Cuénteme lo que el anticuario descubrió, deseo protegerla —dijo en tono paternal.

—¿Protegerme? ¿De quién? Isaac jamás me habló de cuadros ni de listas, se lo aseguro. Dedíquese a buscar al asesino y olvídese de mí —le pedí con energía.

—Se equivoca de persona, yo no soy policía.

—Usted es del Servicio de Inteligencia.

—Estoy aquí para averiguar las circunstancias de la muerte de un ciudadano israelí —respondió, impasible, sin negar mi afirmación.

—¿Cree usted que la muerte de Isaac está relacionada con el hallazgo de esa lista?

—Isaac Goldman era un activo colaborador del Museo del Holocausto de Washington y una autoridad en la investigación de obras de arte robadas por los nazis. Encontró numerosos de esos cuadros y consiguió que fueran devueltos a sus legítimos dueños o a sus herederos. Pero esta vez tuvo mala suerte; quizá estuvo muy cerca, tanto que lo pagó con su vida.

—¿Isaac buscaba obras robadas? —pregunté perpleja—. Nunca me lo mencionó.

—¿No? —inquirió, de nuevo con aquella mirada de rayos X.

—Apenas me comentó nada referente a su vida ni sobre esa dedicación; me dijo que buscaba árboles genealógicos de antepasados judíos en España. En nuestras tertulias hablábamos de costumbres hebreas, de Maimónides, incluso de Aristóteles.

—También hablaron de Matisse… —dejó caer tras una estudiada pausa.

—No, se equivoca —mentí con mirada ingenua—. No recuerdo haber comentado con él nada de ese pintor.

Tras un silencioso minuto preguntó, como si no hubiera estado escuchando mi respuesta:

—¿Invitó a Isaac Goldman a su casa alguna vez?

—No —respondí después de unos segundos de vacilación.

—Ya que usted lo visitaba, no sería extraño que él también fuera a verla.

—Bueno, de hecho fui a su casa sólo una vez. Tenía muchos libros antiguos y de historia. Su hogar resultó ser una valiosa biblioteca para mí.

—Vamos, Isabel… Tiene más información de la que revela. Cuénteme lo que sabe —suplicaba con inquietante mirada.

—No sé nada más, créame —repliqué en tono cansado tratando de convencerlo.

—Querría hacerlo, pero la aparición de ese listado está removiendo los instintos más bajos de algunos indeseables.

—¿Cree que asesinaron a Isaac para quitárselo? —Esa vez no pude ocultar mi temor, aunque traté a duras penas de mantener el tipo.

—Quien lo hizo buscaba los cuadros. Isabel, déjeme ayudarla, no deseo que corra la misma suerte que el anticuario…

—¿Trata de asustarme, señor Peres? —inquirí mientras me levantaba con intención de finalizar aquella intimidante conversación.

—Me preocupa su… seguridad. —Alzó los ojos, enviándome un amenazador mensaje.

Por mi seguridad, decidí, mientras me alejaba de aquel hombre, que al día siguiente colocaría un gran cerrojo de hierro macizo en la puerta del zaguán y otro en la cancela, y una alarma. La confusión inicial se había transformado en miedo. Los cuadros de Matisse quizá habían sido el detonante de aquel caos, incluso de la muerte de Isaac, y mi temor aumentaba al constatar que todos parecían creer que yo podía tenerlos.

¡Y lo más terrible es que era verdad!

La confirmación definitiva sobre la autenticidad de los cuadros que guardaba en el sótano me dejó abatida. Muchas preguntas me golpeaban una y otra vez: ¿por qué los tenía mi abuelo? ¿Cómo se hizo con ellos? Y la más dolorosa: ¿y si fue a la cárcel por robar esos cuadros y no por motivos políticos, como me había contado tía Lina?

12

Estaba tan alterada con aquella entrevista que casi olvidé la cita con Gonzalo. Cuando llegué a su piso abrí la puerta con mi llave, pero él estaba esperándome y tras un cariñoso beso apenas me dio oportunidad para entrar, conduciéndome hacia el ascensor.

—Gonzalo, siento el retraso.

—No te preocupes, cariño, ya estás aquí —dijo introduciendo una llave en el panel del ascensor para bajar al garaje.

—Tengo algo importante que contarte. Es sobre el asalto a mi casa. La policía cree que guarda relación con la muerte del anticuario judío.

—¿Qué anticuario? —me preguntó mientras me abría la puerta de su coche.

—El amigo de Fali de quien te hablé el otro día.

—Ah, sí... El que apareció muerto en su casa. Bueno, después me contarás esa historia. Ahora quiero llevarte a un sitio. Tengo una sorpresa para ti.

Salimos en su Audi descapotable y nos dirigimos hacia la zona residencial norte, en el Brillante. Aparcó junto a una bonita casa rodeada por un extenso jardín y extrajo unas llaves de la guantera; abrió la cancela exterior y me invitó a entrar. La casa estaba vacía, sin muebles; tenía dos plantas, sótano y buhardilla, y había sido construida recientemente con un gusto excelente.

—Ven, mira el salón. Es enorme, ¿verdad? Me han asegurado que es muy luminosa. La chimenea es de madera tallada a mano y...

—¿Qué significa esto, Gonzalo? —lo interrumpí, desconcertada—. ¿Vas a comprar esta casa?

—Eso… depende de ti.

—¿Qué quieres decir?

—Vayamos a la planta alta. —Tiró de mi mano—. Los dormitorios son muy amplios y el baño del principal tiene incluso sauna.

Me detuve, zafándome de él y haciendo que se volviese hacia mí en medio de la escalera.

—Gonzalo, ¿me explicas ya de qué va esto?

—Antes debes verla completa. Y después hablamos, ¿vale?

—Pero ¿por qué? ¿Qué interés tienes en que vea esta casa? Acabo de mudarme a la mía y no estoy interesada en…

—Hablaremos más tarde de eso. Ahora acompáñame, por favor —me pidió con una sonrisa.

Lo seguí dócilmente y visité todas las estancias. Bajamos al sótano también y luego recorrimos el jardín, cubierto por un cuidado y uniforme césped, con una piscina, un jacuzzi al aire libre y una amplia terraza. Gonzalo trataba de convencerme de la belleza de aquel lugar mientras mis recelos aumentaban en la misma proporción que su entusiasmo.

Había anochecido cuando salimos de la casa; Gonzalo condujo hasta el centro y nos sentamos a una mesa al aire libre de un bar.

—Bueno, ya la has visto… ¿Qué te parece? Es preciosa, ¿verdad?

—¿Tiene algún valor mi opinión?

—Por supuesto. Escucha, Maribel… He cumplido cuarenta y ocho años y creo que es hora de poner en orden mi vida.

—¿Es que acaso estaba desordenada? —pregunté sarcástica.

—Me siento un hombre afortunado por tener a mi lado a una mujer como tú: guapa, inteligente y con clase —dijo tomando mi mano sobre la mesa.

De repente mis alarmas comenzaron a sonar, aquello parecía una encerrona en toda regla.

—Gracias. Pero hay algo más, ¿a que sí?

—Veo que estás impaciente. Yo también lo estaría si estuviera en tu situación…

—¿Tú crees?

—Sé que te parecerá un poco precipitado, pero es una ocasión única y no debemos desperdiciarla.

—¿Qué clase de «ocasión única» es ésa?

—Es exactamente lo que he deseado toda mi vida. Una gran casa donde recibir invitados, una estupenda mujer a mi lado y dirigir uno de los mejores despachos de abogados de la ciudad. ¿Se puede pedir más?

—Espera, Gonzalo…

Pero él había puesto sobre la mesa un pequeño estuche forrado de terciopelo; lo abrió y extrajo un espectacular anillo de oro blanco con un enorme brillante rodeado de otros más pequeños.

—Maribel, cásate conmigo. Sé mi mujer, quiero ofrecerte una vida cómoda y extraordinaria. Vamos a ser muy felices, te lo aseguro —dijo mientras me colocaba el anillo en el dedo.

De repente no supe qué responder, estaba paralizada por la sorpresa.

—Gonzalo… es muy… bonito… Pero… no sé, tengo ya una casa y estoy muy a gusto en ella —balbucí ofuscada finalmente.

—¡Vamos, Maribel…! La tuya es una casa antigua, no la compares con la que acabamos de ver. Además, no tiene medidas de seguridad, ya lo has comprobado. —Llamó al camarero y le pidió una botella de champán francés para brindar—. Organizaremos una gran boda y después nos iremos de luna de miel al lugar que elijas. Eso te lo dejo a ti, que eres la experta —planeaba con gran entusiasmo.

Brindamos varias veces hasta terminar la botella. Apenas abrí la boca mientras escuchaba, como un eco, los planes de futuro que Gonzalo había previsto para mí… ¡sin consultarme!

—Vayamos a mi piso celebrémoslo a lo grande. Estoy muy orgulloso de ti, querida —afirmó tomándome por la cintura para conducirme hacia el coche.

El trayecto de regreso se me hizo demasiado corto y apenas me dio tiempo a preparar un argumento convincente para explicarle que no deseaba casarme aún, y mucho menos dejar mi recién estrenado hogar. Me sentía atrapada, y el anillo parecía cortarme la circulación en el dedo.

—Gonzalo, no debemos precipitarnos —comencé a decirle cuando cerró la puerta del piso—. Esa casa es muy bonita, pero prefiero vivir en la mía. En cuanto a casarnos...

—Aún no te lo he contado todo. Me he reservado lo mejor para este momento. Alguien está muy interesado en tu casa, ¿sabes? No he comentado absolutamente nada del atraco que has sufrido, porque eso la devaluaría...

—Pero ¡no voy a venderla! —lo interrumpí con energía—. Es el hogar de mis antepasados, y quiero que mis hijos crezcan en esa casa llena de historia y recuerdos de mi familia.

—Eres demasiado tradicional, Maribel. Por muchas reformas que hagas, no deja de ser una casa antigua. Tienes que venderla ahora —insistió con mal disimulada impaciencia—. Es una gran oportunidad para ti.

—¿Por qué tendría que venderla? —pregunté sentándome junto a la mesa del salón mientras daba vueltas al anillo que acababa de regalarme.

—Porque me han pedido que te haga llegar una excelente oferta que no podrás rechazar.

—¿Quién te la ha hecho?

—El gerente de una inmobiliaria; me visitó en el bufete hace unos días. Representa a un cliente que desea vivir por la zona y que, por lo visto, le comentó que tu casa es ideal para su familia y que desea comprarla. Entonces le encargué la búsqueda de una vivienda adecuada para nosotros antes de iniciar el primer contacto —soltó del tirón. Luego añadió—: Maribel, voy a comprar ese chalet y viviremos allí. Reconocerás que es más confortable que tu casa.

—Gonzalo, no tengo intención de vender mi...

—Espera, espera... Escucha antes lo que tengo que explicarte: ¿sabes cuánto ofrecen por ella? —Estaba entusiasmado, convencido de que iba a darme una gran noticia.

—Dímelo tú. —Emití un suspiro de cansancio.

—¡Dos mi-llo-nes de eu-ros! —vocalizó despacio, aguardando con expectación una reacción de sorpresa.

Lo miré impasible, con los codos apoyados en la mesa y la barbilla en las manos entrelazadas. Nos quedamos en silencio; él, desconcertado por mi escaso interés; yo, asqueada por su egoísmo.

—Me parece muy bien —repliqué con indiferencia.

—¿Es que no me has oído?

Era un estupendo plan; de un solo golpe iba a adquirir una casa y a una mujer valorada en dos millones de euros.

—Perfectamente. Y te informo de que mi casa no se vende por dos, ni por diez ni por cincuenta millones.

—¿Eres consciente de lo que estás diciendo? —exclamó enojado—. Ese precio está muy por encima de su valor real. No puedes rechazarlo sin detenerte a meditar siquiera.

—Puedo, y lo estoy haciendo. Creo que has dado demasiadas cosas por sentadas, Gonzalo; debiste consultarme antes.

—Eres una inconsciente, Maribel —protestó enfadado detrás de mí—. No debes responder con ligereza. ¿Quién en su sano juicio rechazaría una oferta como ésa?

—Yo, por ejemplo. El asunto está zanjado definitivamente.

Me levanté.

—Es la mejor oportunidad que tendrás en toda tu vida…

—¿Cuál de las dos? ¿Mi matrimonio contigo o la venta de mi casa?

—Las dos van unidas —respondió. Y añadió—: No pienso vivir en tu casa. —¡Al fin se había despojado de la máscara!

—Pues yo sí. Será mejor que me vaya.

—Recapacita, Maribel —dijo en un tono que me pareció amenazador.

—Ya lo he hecho, y he tomado una decisión: no voy a casarme contigo. —Me quité el anillo y se lo entregué—. No eres la persona que yo creía.

Gonzalo no respondió de inmediato.

—¿Es que no te das cuenta del futuro que te ofrezco? Vas a tener una posición privilegiada a mi lado. ¿Quieres convencerme de que prefieres seguir viviendo en una casa vieja, con un trabajo donde no llegas a los mil euros al mes y completamente sola? ¡No seas ridícula! —Se volvió con furia, dándome la espalda en señal de desacuerdo.

—No soy ridícula; es que no permito que nadie decida en mi nombre lo que cree que es mejor para mí —estallé de una vez—. No acepto tu propuesta porque aún no me he planteado el matrimonio, y no pienso vender mi casa porque en ella estoy muy a gusto.

—Cometes un gran error.

—En absoluto. Lo que hago es enmendar la torpeza que cometí al confiar en ti. —Me di la vuelta desde el umbral—. No sé si esa propuesta tuya obedece al profundo amor que dices sentir por mí o al fabuloso negocio que te traías entre manos.

—No tengo entre manos ninguna clase de negocio. Ese dinero sería tuyo, en régimen de separación de bienes. ¿Por quién me has tomado? —gritó, ahora ofendido y enojado.

—Por alguien que no me conoce. Nunca te ha interesado mi vida ni mi trabajo; ni siquiera has ido a ver mi casa, a pesar de que tienes llaves. Das por sentado que tengo las mismas ambiciones que tú y no es así, pero no te has molestado en descubrirlas.

—Te daré un tiempo para que reflexiones —dijo más sereno e ignorando mis reproches.

Salí sin decir adiós.

Jamás me había sentido tan humillada. Eran las dos de la madrugada y necesitaba respirar aire fresco. Lo que más me reconcomía no era que Gonzalo hubiera tratado de manipularme de aquella manera, sino que realmente me creyera tan estúpida para aceptar su propuesta de matrimonio con las condiciones anexas. ¿Es que no le provocaba sonrojo hacerlo? Ni siquiera se había molestado en irse por las ramas; podría haber propuesto primero que vendiera la casa y más adelante seguir con el plan de la boda. Al menos así no habría quedado tan feo. Aunque si hubiera tenido una fibra de romanticismo, habría comenzado con la petición de mano.

¿Acaso era yo la rara? ¿Era la única que encontraba inaceptable esa oferta?

Reflexionaba ensimismada mientras me encaminaba a la avenida del Gran Capitán con la esperanza de hallar algún taxi en la parada que hay junto al Corte Inglés cuando, de repente, la quietud de la madrugada se vio interrumpida por un coche que torció derrapando desde la avenida de América a gran velocidad. Advertí, atemorizada, que el vehículo aminoraba la marcha y se situaba muy cerca de la acera, acomodándose a mis pasos. Aligeré el ritmo, rezando para que el coche siguiera su camino, pero mi pesadilla no había hecho más que empezar. Oí el chirrido de los neumáticos al frenar en seco, y después un grito masculino: «¡Vamos a por ella!».

Presa del pánico, eché a correr a lo largo de la calle. De repente el rugido de una moto irrumpió desde la oscuridad. Se detuvo bruscamente ante mí, impidiéndome el paso. ¡Dios mío! ¡Estaba rodeada! Me habían cazado. El motorista llevaba un casco negro con visera oscura y una cazadora de cuero del mismo color.

—¡Por favor, no me haga daño! —supliqué a punto de romper a llorar.

—¡No se mueva de aquí! —ordenó a voz en cuello. Después se dirigió hacia sus colegas sin bajar de la moto.

Al instante comprendí que los atacantes no eran de los suyos. Yo estaba a su espalda y vi que sacaba un arma de la cazadora y que apuntaba hacia ellos. Sonaron varios disparos, y me agaché tras un coche aparcado. No pude ver qué ocurrió después, pero oí de nuevo el chirrido de los neumáticos de un vehículo que partía a toda velocidad. Seguía paralizada por el miedo y esperé unos segundos agazapada hasta que el agradable sonido de la sirena de varias patrullas de la policía me devolvió la tranquilidad. Me incorporé despacio. El motorista charlaba con uno de los agentes que permanecía allí mientras las demás unidades perseguían al coche que había salido de estampida. El misterioso hombre se dirigió hacia mí y advertí que me observaba bajo la visera de su casco, impidiéndome ver su rostro.

—No debería caminar sola a estas horas de la noche, Isabel.

Un escalofrío me recorrió la espalda al oír mi nombre, y el primer impulso fue salir corriendo otra vez. Pero aquel desconocido adivinó mi miedo e inmediatamente se deshizo del casco para identificarse.

—No tema, soy yo —dijo el inspector De la Torre.

De súbito perdí el control y me eché a llorar como una idiota. Había llegado a acumular demasiada tensión durante aquel largo día que comenzó con las veladas amenazas de Efraín Peres, siguió con la desagradable ruptura con Gonzalo y terminaba —por el momento— con la persecución en plena calle por parte de unos desconocidos. Daniel se acercó a mí y me abrazó con calidez. Por primera vez me sentí segura en brazos de aquel hombre y agradecí que no me ofreciera palabras de consuelo ni golpecitos en la espalda. Después se separó y me dirigió por los hombros hacia su moto.

—Vamos, la llevaré a su casa —dijo mientras alzaba el asiento para extraer un casco del cofre, que me ofreció a continuación.

Me senté detrás de él y me pegué a su espalda. Tenía un cuerpo fuerte y musculoso y olía a colonia fresca. Aquel contacto fue la mejor sensación de todo el día.

Al llegar a mi puerta el inspector esperó a que descendiera de la moto y acto seguido lo hizo él.

—No sé cómo agradecerle lo que ha hecho por mí. Me ha librado de una buena…

—¿Podría identificar a alguno de los atacantes?

—Ni siquiera he tenido tiempo de verles el rostro… Sólo oí el ruido de un coche a mi espalda y voces masculinas.

—¿Las reconocería si las oyera de nuevo? ¿Tenían algún acento? —preguntó con interés.

—No, creo que no… Bueno, no lo sé… Estaba tan nerviosa que no presté atención a esos detalles.

—Está bien, no debe preocuparse.

—¿Quiere entrar en mi casa y tomar un café?

—No, gracias. Otro día. Procure descansar —respondió mientras iniciaba el arranque de la moto, que emitió un ronroneo intermitente—. Y, por favor, sea prudente.

—De acuerdo. Gracias de nuevo.

Después se puso el casco y se marchó. Esa noche apenas conseguí dormir; en mi duermevela las imágenes de aquellos hombres detrás de mí se repetían una y otra vez... y el abrazo del inspector De la Torre también.

13

Al día siguiente, después del trabajo, decidí visitar a mi madre. Acogió con decepción mi ruptura con Gonzalo, así que opté por no hablarle de la oferta de compra de la casa, mucho menos de su propuesta de matrimonio porque la conozco bien y estoy segura de que jamás me habría perdonado que rechazara una oportunidad como ésa. Me limité a insinuarle que no estaba enamorada de él y que nunca sentí que fuera mi pareja definitiva.

—En el fondo presentía que esto llegaría tarde o temprano.

—Estoy esperando tus reproches, recordándome mi edad y esas cosas, mamá...

—Es tu decisión. En fin... —Suspiró—. Aún eres joven; confío en que encontrarás a alguien que sabrá valorar tus virtudes, que tienes muchas.

Esas palabras en boca de mi madre inyectaron nuevas energías en mis debilitadas defensas. Su peculiar punto de vista unido a una franqueza que a veces rayaba la crueldad habían conseguido más de una vez sacarme de quicio. En aquellos difíciles momentos agradecí su cariñoso halago. Sin embargo, la sensación de bienestar duró poco porque después de esa obra de caridad vino la pregunta fatídica:

—Y ahora ¿qué vas a hacer?

Lo dijo como si me hubiera ocurrido una tragedia que no me permitiera continuar mi vida con normalidad, como si mi futuro se hubiera ido al traste. No podía confesarle que ahora estaba igual que antes, sola, aunque liberada de un compromiso con un hombre a quien no quería y aturdida por otro a quien apenas conocía.

—Seguir adelante, como antes —respondí para quitar hierro a lo que mi madre consideraba una catástrofe.

Estábamos sentadas en su terraza, observando desde lo alto la multitud que cruzaba la gran avenida en dirección al centro mientras el sol se despedía con cálidos reflejos que iluminaban los amplios jardines de la Victoria. La miré y pensé que me gustaría llegar a su edad en las mismas condiciones físicas de ella. A pesar de que había rebasado los sesenta años, apenas mostraba arrugas alrededor de los ojos, en un cutis terso y bien maquillado; lucía siempre una melena corta, moldeada y teñida de rubio. Es de complexión delgada, incluso usa la misma talla que yo, aunque ella es más alta y viste de forma clásica y elegante.

De regreso a mi casa reflexioné sobre las últimas convulsiones que había sufrido en aquel corto espacio de tiempo: la muerte de Isaac, el allanamiento de mi hogar, la ruptura con Gonzalo. El rumbo de mi vida se había desviado cuando heredé la propiedad de mi tía y me mudé a ella. Sin ese quiebro quizá nunca habría conocido a Isaac y puede que ahora estuviese vivo. La tarde anterior se había producido otro giro del destino, y de nuevo esa casa era la protagonista de mi ruptura con Gonzalo. ¿Y el asalto de aquellos hombres? ¿Fue también otro efecto de mi decisión de residir en ella? ¿Qué más obstáculos por esquivar me esperaban todavía? Era cuestión de tiempo: cada vez que cambiaba de dirección, uno desaparecía, pero más adelante tropezaba con otro mayor. Y presentía que aún quedaban más por sortear.

El sonido del móvil interrumpió bruscamente mi profundo sueño. Miré el reloj: eran las siete de la mañana. Respondí con voz cansada y oí una voz enérgica y ronca; era el inspector De la Torre rogándome que lo visitara en la comisaría.

—¿Ahora? —pregunté tras una pausa.

—¿Tiene algún inconveniente? Sé que comienza a trabajar a las nueve; no deseo alterar su jornada laboral.

¡Qué considerado! Y qué bien conocía mis horarios.

—De acuerdo. Estaré allí en veinte minutos.

No fueron veinte, sino treinta los minutos que tardé en llegar, y eso que ni siquiera me detuve a desayunar con el fin de aprovechar el tiempo en maquillarme más de lo habitual y probarme al menos tres conjuntos de ropa diferentes con la intención de impresionar a mi atractivo inspector de policía. Me decidí al final por un modelo de falda corta y chaqueta de lino marrón y un top de algodón blanco con generoso escote.

Después de un escueto saludo, Daniel de la Torre me recibió en el despacho con su gravedad habitual y me indicó que me sentara frente a él. Acto seguido abrió un cajón y extrajo un dossier.

—Lea, por favor —dijo volviéndolo hacia mí.

Aquel documento era un informe detallado sobre mis movimientos, situación familiar, económica y laboral, costumbres, horarios, amigos, novio…

—¿Son siempre tan exhaustivos? —exclamé, incómoda por los minuciosos detalles que había en aquel escrito—. ¿Todo esto es necesario para la investigación?

Durante unos instantes nos miramos en silencio.

—Ese informe no es obra nuestra.

—¿Del Servicio de Inteligencia israelí, entonces?

Volvió a negar con un gesto.

—Estaba en el ordenador de Isaac Goldman.

—¿Isaac tenía esta información sobre mí? —pregunté alarmada.

—Sí. Todos los ficheros fueron eliminados, pero la Brigada de Investigación Tecnológica ha trabajado en el disco duro y ha conseguido recuperarlos.

Mi turbación aumentaba por momentos.

—La fecha de este informe… ¿es correcta?

—Eso indica el escrito.

—Pero pone diciembre del año pasado, antes de que…

—¿Antes de qué? —inquirió con interés.

Estuve a punto de dejar escapar que fue antes de iniciar la restauración de mi casa, y antes de que Isaac supiera que yo tenía allí las pinturas de Matisse y antes de que le hablara del cuaderno con el listado de los cuadros.

—Antes de que nos viéramos con más asiduidad. Apenas lo trataba en esta fecha... Creo que sólo lo vi una sola vez, cuando nos presentó Rafael Quintero.

Tuve que mentir de nuevo. No fue en diciembre, sino en septiembre del año pasado cuando nos conocimos en la terraza del hotel de Fali. En el mes de diciembre, tras la muerte de mi tía Lina, Isaac fue a mi casa con mi amigo Fali y compró unos muebles antiguos. Recuerdo que aquel día me ofreció adquirir los cuadros de mi abuelo y restaurar los marcos. Pero ¿por qué no me dijo que se dedicaba a investigar y localizar obras robadas durante la Segunda Guerra Mundial?

—Pues él sí la conocía muy bien. Lea la última frase del informe.

Decía así: «Hay posibilidades. Es confiada y vulnerable».

Alcé la mirada hacia el inspector, aterrada. ¿Acaso Isaac me había engañado?

—Isabel, ¿por qué hay tanta gente interesada en usted?

—No lo sé. Le aseguro que no lo sé... —respondí, tratando de controlar mi ansiedad.

—Efraín Peres me ha informado de la entrevista que mantuvo con usted.

—Sí. Me abordó hace dos días para hablarme de unas obras de arte robadas por los nazis. Sospecha que Isaac Goldman pudo haber hallado algún indicio y que por esa causa fue asesinado.

—¿Habló alguna vez de esas obras con el señor Goldman?

—No, nunca.

—¿Y de su abuelo?

—No..., tampoco. —Intenté aparentar naturalidad, aunque no sé si lo conseguí.

—¿Tiene alguna idea de dónde podrían estar los cuadros de los que dio referencia al Museo del Holocausto de Washington?

Volví a responder con un gesto de negación.

—¿Visitó él su casa después de trasladarse a vivir allí?

—No. ¿Por qué todos me hacen esa pregunta? ¿Hay alguna mención especial sobre ella? ¿Es ésa la razón por la que la asaltaron?

El inspector volvió a abrir el expediente y extrajo otra hoja.

—¿Reconoce algo en este dibujo?

Al extenderla sobre la mesa observé en ella unos trazos lineales hechos a mano, sin reglas ni medidas. En un borde descubrí una dirección: calle Lineros, 47. No podía dar crédito a lo que tenía ante mis ojos: realmente era un dibujo fidedigno de la distribución de las habitaciones de la planta alta, de la planta baja y el patio, de la cocina. Excepto el sótano.

—¡Pues claro! Es el plano de mi casa. ¿Dónde lo han encontrado? —pregunté impresionada—. ¿También estaba entre los papeles de Isaac?

Daniel de la Torre asintió sin apartar los ojos de mí.

—¿Por qué lo tenía él?

—Esperaba que fuera usted quien me diera esa respuesta. Declaró que lleva apenas un mes viviendo en esa dirección…

¡Claro que tenía una respuesta! Recordé que cuando invité a Isaac a mi casa para enseñarle los cuadros él comentó que no había visto el sótano la primera vez que estuvo allí, en diciembre, y me preguntó por las cajas donde estuvieron embalados los cuadros… Definitivamente, Isaac sabía algo más sobre ellos que no me confesó el día que fui a verlo.

—¿Conoce la historia de su abuelo paterno, Tomás Ordóñez?

—¿A qué se refiere?

—Estuvo en la cárcel desde 1941 hasta 1956.

—Sí. Algo me contó mi tía antes de morir. Estuvo preso por motivos políticos, pero no sé nada más.

—¿Políticos? No fueron asuntos con el gobierno, sino de delincuencia común. Se lo acusó de robo.

—¿Qué? ¿Robo? ¿Mi abuelo era un ladrón? Pero si mi padre me contó que era un gran artista... ¿Qué robó? ¿A quién?

—Fue denunciado por un miembro de la embajada de Alemania en Madrid por la desaparición de numerosas obras de arte.

—¿Mi abuelo robó a los alemanes? —La noticia me dejó bloqueada—. Pero... ¿cómo? ¿Entró en la embajada para desvalijarla?

—El expediente policial es del año 1941 y no ofrece demasiados detalles sobre los hechos. Sólo especifica el nombre del denunciante: un ciudadano alemán adscrito a la embajada y la denuncia por sustracción de obras de arte al gobierno alemán interpuesta por éste contra Tomás Ordóñez. Entre las diligencias realizadas están los registros de varias propiedades de su familia, una de ellas es una casa en la calle Ramírez de las Casas Deza y otra en la calle Lineros, donde usted vive actualmente, pero no se halló rastro de las obras.

—Entonces... fue un ladrón. —Mi estupefacción aumentaba por momentos.

—Eso parece. Y consiguió acumular un buen botín, pues el número de obras denunciadas es considerable y de incalculable valor. Es posible que las vendiera en el mercado negro. ¿Ha oído hablar de estos detalles a sus familiares?

—No, en mi familia nadie conocía este asunto. Mi tía me dijo que su padre fue encarcelado por cuestiones de política, que era un tanto rebelde y que en esos años todo era muy difícil.

Mis temores se habían confirmado: los cuadros que tenía en casa eran el botín acumulado por un ladrón. Apenas podía creerlo. Ahora estaba claro el inventario del cuaderno de mi abuelo Tomás: las obras consignadas en él eran las que había sustraído y probablemente vendido en el mercado negro. Quizá no esperaba ser encarcelado y no tuvo tiempo de vender el resto, por eso estaban todavía en casa. Recordé que tía Lina me explicó que cuando su padre se instaló de nuevo en Córdoba se dedicó a viajar, y cuando regresaba traía aquellas cajas que guardaba en el pasaje secreto. Había llegado el momento de contar toda la verdad.

—Inspector…, yo…

—¿Qué clase de relación mantuvo con Isaac Goldman? —me interrumpió con estudiada frialdad.

—¿Qué quiere decir?

—¿Intimaron?

—¡No! ¿Qué está insinuando?

Daniel de la Torre se desplazó hacia atrás en su asiento sin inmutarse por mi disgusto.

—Según el informe realizado por él, usted perdió a su padre en plena adolescencia. Los psicólogos sostienen que tendemos a buscar en nuestra pareja un reflejo de…

—Gracias por su lección de psicología, pero no siga, señor Freud. ¡Yo no soy vulnerable!

—Tiene todo el derecho a serlo. No la juzgo.

—Y no estoy justificándome. Me limito a contarle la verdad. ¡Jamás intimé con ese hombre! —exclamé con vehemencia.

—¿Su novio conocía esa amistad?

—No es asunto suyo.

De la Torre emitió un suspiro de cansancio, como si tratara de contener su impaciencia ante mi actitud defensiva.

—Isabel, no intento inmiscuirme en su vida personal; mi interés se centra únicamente en el análisis de todos los acontecimientos y las personas en torno al asesinato del anticuario. Usted es nuestra testigo, quizá la única, y necesito aclarar su relación con él, ¿me entiende?

Afirmé bajando los ojos tras unos incómodos instantes.

—¿Su novio tenía relación con Isaac Goldman? —preguntó de nuevo.

—No. Gonzalo y yo no compartíamos amigos comunes, pero teníamos la suficiente confianza el uno en el otro.

—¿Teníamos? —Levantó una ceja a modo de interrogación, pero no me dio la gana de ofrecerle detalles sobre nuestra ruptura. Al ver que no le respondía, continuó con otras cuestiones.

—En cuanto a su casa… ¿Ha decidido aceptar la oferta de compra?

—¿Qué sabe usted de eso?

—Tengo entendido que va a venderla.

—Pues le han informado mal. Jamás me he planteado tal cosa. Y menos ahora, con lo que he gastado en acondicionarla.

—Pero su novio está negociando la venta.

—Él no puede hacerlo porque es mía. Además...

—Además ¿qué...?

—Que Gonzalo y yo...

Silencio.

—Hemos terminado nuestra relación.

—¡Vaya...!

Silencio.

—Bueno, creo que ya hemos aclarado algunos puntos. Estaremos en contacto, por si necesitamos alguna otra aclaración. —El inspector De la Torre cerró el expediente y dio por finalizada la entrevista.

—Compruebo que está al corriente de todos mis pasos. ¿Me considera sospechosa del asesinato de Isaac Goldman?

—No —dijo intentando esbozar una sonrisa—. Me preocupa su seguridad.

—Gracias —respondí, aún más inquieta que antes.

Era la segunda vez que oía esa frase en menos de tres días, así que decidí aplazar mi confesión sobre los cuadros. Había mentido sobre la visita de Isaac a casa, sobre mi ignorancia del listado y sobre muchas cosas más. Ahora tenía que detenerme a elaborar una coartada creíble, sin cabos sueltos ni despistes de esos en los que suelo caer con facilidad.

14

Durante el fin de semana creí haber vuelto a la normalidad; parecía que los malos se habían olvidado de mí; ya no recibía llamadas a deshoras y los investigadores tampoco hicieron acto de presencia. Los cuadros seguían guardados en el sótano y cada día deshojaba la margarita sobre la posibilidad de llamar al inspector De la Torre y entregárselos; pero siempre que me decidía una voz interior me aconsejaba esperar un poco más hasta saber con certeza el motivo del asesinato de Isaac y quién estaba detrás. Por las noches buceaba en internet tratando de buscar alguna referencia sobre ellos, pero en las páginas oficiales de esos artistas no aparecía ninguna de las obras que había en el sótano.

Me ahogaba en un mar de dudas. Mi abuelo había explicado a su hija Lina que aquellos cuadros pertenecían a la familia, y lo mismo me había dicho Isaac antes de morir. Sin embargo, la policía tenía pruebas de que Tomás Ordóñez los había robado. ¿A quién debía creer?

Aquel domingo sentí una agradable sensación mientras asistía a misa en la catedral. La penumbra del interior contribuía a bajar unos grados la calurosa temperatura de la calle, y el ambiente sereno que emanaba de las milenarias columnas me transportó a otro tiempo en que todo se arreglaba tomando la mano de papá. Su presencia cercana me conforta todavía en esos momentos íntimos cuando te diriges a Dios y deseas creer que realmente te escucha porque hay alguien a su lado que le pide un poco de atención para ti; sobre todo en esas circunstancias, pues mi vida se había convertido en un intrincado laberinto y necesitaba una mano firme que me guiara hacia la salida.

—Perdón, ¿es usted la señorita Isabel Ordóñez? —preguntó alguien a mi espalda con marcado acento argentino cuando salía del patio de los Naranjos.

Se trataba de un hombre mayor, delgado y de corta estatura vestido con elegancia. Lucía una amplia calva bronceada y rodeada de cabello blanco en la parte posterior de la cabeza. Su barba blanca y bien cuidada casi ocultaba una boca grande y carnosa bajo la nariz, recta y ancha.

—Sí —respondí, poniéndome en guardia—. ¿Quién es usted?

—Mi nombre es Benjamín Sinclair. —Me ofreció la mano e hizo una pequeña reverencia con exquisita educación—. Querría charlar unos instantes con usted, si no la incomoda.

—¿Sobre qué?

—Sobre Isaac Goldman y su investigación. Tengo entendido que colaboraba con él…

—Lo siento, pero le han informado mal. Yo no participé en ninguno de sus estudios.

—Pero, el señor Peres me sugirió que usted podía ayudarme —dijo contrariado.

—El señor Peres está en un error.

—Afirmó que me ofrecería detalles sobre unos cuadros desaparecidos durante la Segunda Guerra Mundial.

—Pues le ha mentido. Se ha equivocado de persona —aseguré, intentando deshacerme de él.

—¿Puedo invitarla a un refresco… para charlar con más calma? —preguntó señalando hacia una terraza en la plaza de Santa Catalina.

Iba a decir que no, pero accedí al observar que la calle estaba repleta de turistas.

—Tengo entendido que es licenciada en Historia y que fue la última persona, creo que la única, que habló con Isaac de este tema. Pero dejémonos de rodeos y vayamos al grano. ¿Cuánto quiere?

—¿De qué está hablando? ¿De dinero? —pregunté atónita.

Benjamín Sinclair afirmó con la cabeza.

—¿Qué es exactamente lo que desea comprar?

—Los cuadros, por supuesto.

—¿Acaso cree que están en mi poder?

—He oído que tiene alguna idea al respecto. Mire, señorita Ordóñez, soy el conservador del Museo Rossberg de Buenos Aires. El presidente de esa institución me pidió que viajara hasta España porque recibió una llamada desde el Museo del Holocausto de Washington informándolo de la aparición de unos indicios que podrían conducir a la localización de varias obras pertenecientes a su colección, las cuales fueron requisadas por los nazis y, por desgracia, no han aparecido hasta el momento. A través de ellos me puse en contacto con el experto en búsqueda de obras robadas Isaac Goldman, quien me confirmó que había localizado ya algunas y estaba realizando gestiones para recuperarlas.

—¿Goldman les dijo quién tenía esos cuadros? —pregunté con desazón.

—No, pero me aseguró que estaban en esta ciudad, y llegamos a un acuerdo para que colaborase con el museo con el fin de restituirlos a su legítimo dueño.

—¿Cuándo llegaron a ese acuerdo?

—Hace un par de semanas. Cuando hablé con él me exigió una importante suma de dinero por la información, un hecho que nos desconcertó de manera extraordinaria y que censuré durante nuestra conversación. De todas formas, aceptamos sus condiciones y el museo acordó efectuar el pago cuando los cuadros fueran recuperados. Días después traté de contactar con él y recibí la terrible noticia de su asesinato. De nuevo estamos como al principio: sin información sobre ellos.

«Esos cuadros son suyos, pertenecen a su familia… No los cuelgue en su casa ni los muestre a nadie.»

Las palabras de Isaac seguían repitiéndose en mi cabeza y me impedían contar la verdad a aquel desconocido. No iba a entregarlos a la primera persona que llegara afirmando que era la propietaria.

—Lamento no poder ayudarlo, señor Sinclair. Isaac jamás me habló de esa investigación, y no he sabido nada de esas obras hasta que las mencionó el señor Peres, quien, por cierto, está intentando averiguar las circunstancias de la muerte de Goldman y conoce lo sucedido mejor que yo —le dije levantándome y despidiéndome de él.

—Por favor, llámeme si... recuerda algo. Estoy alojado en el hotel Amistad.

Mi confusión crecía de regreso a casa. Isaac había llamado al Museo de Washington y hablado con Sinclair al ver los cuadros de Matisse. Quizá se refería a este último cuando me dijo que deseaba mostrar a alguien las pinturas de mi casa.

Pero había más preguntas que no tenían respuestas: ¿por qué Isaac había escrito en diciembre un informe sobre mí y dibujado un plano de mi casa? ¿Es que conocía ya la historia de mi abuelo y sus antecedentes delictivos con los nazis? ¡Eso era...! Quizá al ver sus obras y oír su nombre la primera vez que estuvo en mi casa, Isaac investigó el pasado de mi abuelo. Con ello se explicaría el seguimiento que me hizo a partir de entonces. Pero... ¿por qué no me reveló cuando volvió a visitarme que los cuadros de Matisse eran auténticos? Si estaba tan especializado en obras de arte robadas hubo de reconocerlas enseguida; sin embargo, no me sacó de mi error. Si me hubiera aclarado la verdad en aquel momento o cuando le hablé de mis dudas sobre la autenticidad de las obras, yo las habría devuelto sin vacilar a sus legítimos dueños. Aquel domingo, en su casa, Isaac me dijo que pronto me ofrecería una excelente noticia sobre mi abuelo y los cuadros. Pero entonces... ¿por qué pidió al Museo Rossberg una importante suma por esa información?

«Hay posibilidades. Es confiada y vulnerable», había escrito de mí en el informe. ¿Acaso pensaba engañarme para obtener un beneficio a mi costa? Me sentía manipulada. Isaac se había servido de mi confiada amistad para concluir una investigación por la que habría conseguido mucho dinero. Lo que yo no lograba entender era el móvil que lo había impulsado a llamarme antes de morir para advertirme del peligro que me acechaba e instarme a esconder los cuadros. ¿Y si se trataba de alguno de mis interlocutores quien había ordenado la muerte de Isaac y el allanamiento de mi casa?

Aquella noche, en la que apenas concilié el sueño, me convencí de que nada sucede por casualidad. Nuestros movimientos ya han sido ensayados previamente y están a la espera de que comencemos a ejecutarlos, convencidos de que los realizamos por propia iniciativa. En realidad existe algo que no podemos comprender pero que nos impulsa a obrar según sus instrucciones, como el agua del arroyo que discurre en zigzag siguiendo el rumbo marcado por las piedras colocadas a lo largo de su curso. En diversas ocasiones estuve tentada de hablar de mi gran secreto, pero había algo que me impedía hacerlo, una voz en el subconsciente que me advertía del peligro, incitándome a desconfiar de todos y a callar, desviando mi trayectoria hacia un improvisado atajo.

Recordé mi adolescencia y el augurio de la gitana: «Veo lobos vestidos con piel de cordero. Nada es lo que parece, nadie es quien dice ser…».

Al amanecer, el agotamiento y el miedo me indujeron a tomar una drástica resolución: no facilitar información alguna sobre los cuadros durante un tiempo y continuar pregonando mi ignorancia con respecto a ellos, a la espera de aclarar todas las incógnitas y de la detención del asesino de Isaac por parte de la policía.

15

El trabajo se me acumulaba. Siempre pasaba igual por estas fechas: todos mis clientes decidían reservar las vacaciones al mismo tiempo. No conseguía recargar mis energías durante aquella estresante semana en la que el miedo no me abandonaba; vivía en un estado permanente de ansiedad, y la falta de apetito empezaba a apreciarse en mi ropa. En cuanto a Gonzalo, lo desalojé de mi vida para siempre, a pesar de sus intermitentes llamadas y esporádicos envíos de flores en los que seguía ofreciéndome amor eterno y pidiéndome una segunda oportunidad, si bien con menos convicción cada vez ya que la respuesta que recibía de mi parte era siempre de total indiferencia.

Cerramos la puerta de la agencia a las ocho y media, pero a las nueve aún seguíamos dentro tramitando documentaciones para el día siguiente. Oí los familiares golpes en la cristalera. Seguramente algún cliente despistado pretendía hacer una reserva de última hora; sin despegar la vista del ordenador, pedí a Lola que fuese a informarle del horario. Estaba tan concentrada en mi tarea que ni siquiera percibí que la puerta se había abierto y que alguien había entrado, acercándose a mi mesa. Di un brinco al oír aquella voz tan familiar que me saludaba y al alzar la cabeza me topé con mi Indiana Jones particular —el inspector Daniel de la Torre— y su característica mueca que hacía pasar por sonrisa ladeando la boca hacia el lado derecho. Vestía de modo informal, con vaqueros y camisa. Durante unos segundos olvidé por completo lo que estaba haciendo, absorta en él.

—Hola, inspector —dije al fin—. ¿Qué lo trae por aquí? ¿Ha habido alguna novedad?

—Nada de relevancia. Quería intercambiar impresiones con usted. ¿Está muy ocupada? —Paseó la mirada por mi mesa, cubierta de carpetas, folios y folletos de viajes.

—No. Bueno, sí… Pero… no importa —respondí, a punto de perder el control, insultándome a mí misma por la falta de madurez. Amontoné los papeles en una esquina de la mesa—. En unos minutos termino de recoger todo esto.

—De acuerdo, la espero afuera.

Lo dejé todo como estaba, apagué por las bravas el ordenador y pedí disculpas a Lola por dejarla sola.

Encontré a Daniel junto a su moto de gran cilindrada. Me ofreció un casco, me senté tras él y me agarré a su cintura. Mientras circulábamos por la avenida de la Victoria percibía su peculiar olor a colonia fresca y su calor a través de la camisa. Era agradable estar unida a él, y pensé en aquel instante que nunca antes había sentido algo así junto a Gonzalo. Salimos en dirección oeste por la carretera que conduce al conjunto monumental de Medina Azahara y durante varios kilómetros recorrimos un zigzagueante camino comarcal bordeado por un espeso bosque hasta llegar frente a una verja, cuyas rejas se abrieron al accionar Daniel un pequeño mando a distancia. Ante nosotros apareció una casa aislada en plena sierra, rodeada por un muro que recorría el recinto. Era ya noche cerrada y el calor daba una tregua en aquella altura, donde una fresca brisa nos había recibido. Descendimos de la moto en un garaje junto a un coche deportivo.

—¿Dónde estamos?

—En mi casa. —El inspector De la Torre cogió mi casco y lo puso junto con el suyo en un estante—. Necesitaba hablar contigo… a solas.

Me estaba tuteando otra vez y exhibía un aire relajado.

—¿Vives aquí?

—Sí, aunque únicamente vengo a dormir. La casa es alquilada.

—Te gusta el campo.

—Lo que me gusta es desconectar del trabajo, y aquí lo consigo. ¿Tienes hambre? He encargado comida a un restaurante.

Fuimos a la cocina y lo ayudé a prepararla y distribuirla en los platos. Nos sentamos en el porche posterior, rodeado de un jardín algo descuidado en cuyo césped, que necesitaba hacía tiempo un buen corte, habían crecido matas de flores silvestres. El mantel ya estaba puesto en la mesa y cenamos con la única luz que emanaba de una pequeña vela dentro de un cuenco de cristal.

Se había tomado demasiadas molestias para llevarme hasta allí, y aguardé a que iniciara la conversación; estaba impaciente por conocer el motivo de aquella inesperada cita.

—Háblame de ti. ¿Tienes más familia, además de tu madre? —preguntó con aquella seductora mirada que me hacía perder la concentración.

—No. Soy hija única. Mi madre también lo era y mi padre sólo tuvo una hermana, que murió soltera.

—Es la que vivió en la casa donde resides ahora, que te dejó en herencia.

Afirmé con la cabeza.

—Entonces ¿no tienes primos ni tíos?

—No.

—Tu infancia debió de ser muy solitaria.

—No, en absoluto. Tenía una enorme pandilla de amigos. Nos reuníamos en la plaza del Potro a jugar a las canicas, al trompo, con el monopatín…

—Son juegos de niños. —Exhibió una sonrisa divertida.

—Tuve una educación algo masculina, y lo pasaba mejor con los chicos; me consideraban uno de ellos.

—Vaya, nunca había conocido una mujer a la que le gustaran los juegos de chicos.

—Pues algo he conservado, porque todavía suelo escuchar programas radiofónicos de deportes.

—¡Eso ya es para nota! —Volvió a sonreír—. ¿Qué edad tenías cuando tu padre murió?

—Diecisiete.

—Un año más de los que él tenía cuando falleció tu abuelo.

—Parece que has estudiado con detalle la historia de mi familia...

—Constaba en el dossier de Goldman. Háblame de él.

—¿De mi abuelo?

—De tu padre.

—¿Quieres un informe financiero o personal?

—Personal, por ahora. ¿Cómo era vuestra relación?

—Está bien, señor Freud —accedí, y me crucé de brazos sobre la mesa—. Mi padre fue precursor de la educación no sexista, de la que tanto alardean ahora los políticos. A falta de un hijo varón, se amoldó bien a su situación, aunque sin resignarse del todo. Él seleccionaba personalmente mis juguetes, y en Navidad, los Reyes Magos en vez de muñecas me regalaban coches con mando a distancia, o un monopatín o un Escalextric. Aunque estaba muy ocupado con sus negocios, siempre hallaba un momento para jugar conmigo. Yo lo acompañaba a los partidos de fútbol y compartíamos nuestra afición a la lectura de comics, incluso aprendí a conducir a los quince años en la explanada de la fábrica; allí mi padre dejaba sus asuntos durante un rato para enseñarme a maniobrar el coche. Mis compañeras de clase no entendían mi pasión por las carreras de motos y jamás habían oído hablar de Sito Pons.

Daniel sonrió moviendo la cabeza hacia ambos lados.

—Pero no todo eran diversiones —continué—. En el bando contrario, mi madre y las monjas se encargaron de enseñarme buenos modales, historia y literatura. Así todo quedaba compensado. ¿Satisfecho?

—¿Cómo es la relación que mantienes con tu madre?

—Normal. —Lo miré, indicando que las confidencias habían terminado.

Cuando conozco a alguien, a veces intento imaginarme su entorno, su pasado, su presente, y le compongo una vida imaginaria en un tablero de ajedrez. Después, al profundizar más, voy eliminando las piezas que había colocado en el lugar equivocado, y a menudo la partida termina en jaque mate, como me ocurrió con Gonzalo. Sin embargo, en esta que acababa de comenzar ni siquiera tenía la seguridad de que las piezas de mi adversario estuvieran colocadas ya en el tablero, ni si jugaba con blancas o negras. Daniel no mostraba su juego mientras yo tenía eliminados ya la mitad de mis peones.

—A tu lado me siento en desventaja. Tú lo sabes todo de mí; me psicoanalizas, conoces mis movimientos, a mis amigos, me interrogas y te doy respuestas, pero yo no sé nada de ti —dije invitándolo a iniciar la partida.

—Mi vida no tiene demasiado interés. —Terminó su café—. Pero si quieres conocerla, sólo tienes que preguntar.

—¿Tienes familia? —comencé con timidez.

—Sí. Tengo una hermana y dos sobrinas. Mis padres murieron hace unos años.

—¿Las ves a menudo?

—No, hace tiempo que no viajo a Asturias.

—Eres asturiano, pues. ¿Y cuánto tiempo llevas viviendo en Córdoba?

—Unos cinco años.

El silencio volvió a la mesa. Daniel me miraba como si estuviera preparado para disparar las respuestas; era rápido, iba al grano y no daba detalles, y yo seguía impaciente por averiguar algo más sobre él.

—¿Estás casado?

—Divorciado.

—¿Tienes hijos?

—No.

—¿Ella vive en Córdoba?

—No, en Madrid. Es abogada.

—Como mi ex —dije con un cómico gesto que él acogió con su peculiar sonrisa.

Ante sus escuetas respuestas no me atreví a sonsacarle la causa de su divorcio y me mordí la lengua para no preguntar si mantenía una relación con alguien. La partida había terminado demasiado pronto.

Tras la comida me invitó a sentarme en el sofá balancín al borde de la terraza. Desde aquella altura se disfrutaba de una maravillosa vista de la ciudad, que aparecía como un manto de luces doradas esparcidas por el suelo. Se sentó a mi lado y volvimos a quedarnos callados mirando el frente.

—¿Creciste en la casa donde vives ahora?

—No. Aunque viví muy cerca. Mi familia se instaló en la calle Lucano poco antes de que yo naciera. Cuando mi padre falleció, mi madre vendió esa casa y nos trasladamos a un piso en el centro. Hace varios meses heredé de mi tía la casona y decidí restaurarla para regresar al casco antiguo.

—Volviste para recuperar tu infancia.

—Sí; aún conservo allí algunos amigos. Por uno de ellos siento un gran aprecio… Me refiero al dueño del hotel La Ribera, Rafael Quintero.

—Ese nombre me resulta familiar.

—Era amigo de Isaac Goldman y fue quien nos presentó. ¿Sabes si a él también lo investigó?

—Sí. Algo escribió sobre él.

—¿Lo consideraba como a mí «confiado y vulnerable»?

—Trataba de arrancarle algo más de un monosílabo.

Daniel sonrió ante mi pregunta.

—Compruebo que no te gustó la definición que el anticuario hizo de ti.

—No es agradable sentirse analizada. Exhibir las debilidades sólo sirve para que alguien las utilice en tu contra y te infravalore. Nunca he contado a nadie mis problemas.

—¿Y crees que eso te hace más fuerte? No —respondió él mismo al tiempo que volvía el rostro para mirarme—. Sólo te aísla de los demás. No tienes que aparentar un valor del que careces. Ya no estás en la calle jugando con los chicos y habiendo de demostrar que eres uno de ellos.

—Ahora utilizas la información que te he dado para juzgarme tú también —repliqué, poniéndome a la defensiva.

—No, Isabel, no te juzgo; estoy de tu parte y deseo ayudarte —contestó tras una incómoda pausa.

—No necesito ayuda.

—Sabes que no es verdad; eres más transparente de lo que crees, y si pasas un mal momento no debe avergonzarte reconocerlo.

—Estás empezando a cansarme con tus psicoanálisis. —Mi irritación iba en aumento. ¿Quién era él para afirmar con esa rotundidad cómo me sentía yo? Apenas me conocía, y yo no le había pedido ayuda—. Será mejor que regresemos —dije levantándome.

—Siéntate de nuevo, por favor. Aún no hemos hablado sobre el objeto de este encuentro.

Puso su mano en mi brazo y sentí su fuerza. Creo que no tenía intención de permitir que me marchara, así que obedecí y volví al sofá esperando al fin una respuesta.

—Quiero que dejes de ir al trabajo durante unos días y que te encierres en casa.

—¿Por qué?

—Hemos detectado movimientos extraños en torno a ti que no competen a nuestro departamento. Tenemos serios indicios de que podrías estar en peligro.

—¿Qué clase de peligro?

—Secuestro, extorsión… No lo sabemos con certeza y no podemos quedarnos sentados a esperar. Te mantenemos estrechamente vigilada, pero es imposible controlar a todos los clientes que acceden diariamente a tu oficina. Tememos que, en un inesperado instante, alguien entre, saque un arma y te apunte con ella.

—Ahora sí me estás asustando.

—Ya ha habido un asesinato. Los autores son los mismos que asaltaron tu casa, y estamos convencidos de que aún no han conseguido lo que buscan. Tú estás en su punto de mira.

—¿Sólo yo? Me refiero a que si algún otro amigo o cliente de Isaac está siendo molestado también.

—No; tú eres el único blanco de estos extraños sucesos.

—La otra noche… cuando me persiguió aquel coche, tú no estabas allí por casualidad, ¿verdad?

Daniel confirmó mis sospechas asintiendo.

—Corriste un gran peligro.

—Pero ¿por qué van tras de mí?

—Dímelo tú. Eres la última persona con quien Isaac Goldman mantuvo contacto. Y no hay que olvidar los antecedentes de tu abuelo… Estoy realmente intranquilo por lo que pueda sucederte, Maribel. —Se había dirigido a mí con el apelativo familiar que utilizan mis allegados—. Necesito que confíes en mí. —Alzó su mano y me acarició el rostro.

Diez años atrás, aquel gesto me habría rendido a su voluntad y respondido a él con entusiasmo. Pero tenía treinta y había vivido lo suficiente para desconfiar de las pieles de cordero que en los últimos días me habían abordado ofreciéndome dinero, matrimonio o protección.

—Y para eso me has traído aquí, ¿verdad? Crees que tengo los cuadros y no escatimas medios para conseguirlos.

—No, no era ésa mi intención. Escucha…

—¿Sabes lo que creo? —lo interrumpí, enfadada—. Que has preparado esta romántica cena para seducirme y tratar de conseguir la información que supones que tengo. Necesitas resolver el caso como sea. ¿Éstos son los nuevos métodos de interrogatorio que utiliza la policía?

Me levanté, pero él también lo hizo y se interpuso en mi camino. Traté de esquivarlo, pero me tomó por los hombros para impedir que me moviera.

—¡Quítame las manos de encima!

—Después. Ahora vas a escuchar lo que tengo que decirte: eres una testigo clave en este caso y yo soy el responsable de velar por tu seguridad. Me preocupaba que hubieras reaccionado con miedo cuando te informé oficialmente de la complicada situación en que te encuentras; por esa razón te he traído aquí, para advertirte con delicadeza de que corres serio peligro. Pero veo que he cometido un error. De todas formas, ya estás sobre aviso. —Entonces me soltó.

—Lo siento, soy una imbécil. Me cuesta mucho confiar en…

—Yo no soy el abogado; no tengo intención de manipularte en mi propio beneficio como hizo él.

—¿Qué sabes tú de él y de mí?

—Conozco las condiciones de la oferta que le hicieron por tu casa y sé que compró un anillo para ti; después até cabos al enterarme de que habías roto con él y que no vendías la casa.

—¡Vaya! ¿Hay algo de mí que ignore todavía, señor inspector? —pregunté sarcástica.

Daniel acercó su rostro al mío encorvando la espalda; me miró a los ojos y después se desvió hacia mis labios, y cuando creí que iba a besarme, regresó a su postura erguida.

—Sí; pero aún es pronto para averiguarlo —dijo en voz baja.

Dio media vuelta y se dirigió al interior de la casa. Cuando salió me indicó con un gesto que lo siguiera hasta el garaje. Esa vez montamos en un coche deportivo con el que regresamos a la ciudad en un embarazoso silencio que ninguno quiso romper. Al llegar a mi puerta me miró, pero no hizo ademán de bajar.

—Tómate unos días de vacaciones —ordenó. De nuevo volvía a ser el inspector de Policía.

—No puedo ahora. El trabajo se me acumula, estamos en plena temporada y…

—Si no lo haces, yo mismo montaré guardia aquí para impedir que salgas a la calle.

—No serás capaz…

—¡Ponme a prueba!

Silencio.

—Déjame trabajar mañana. Tengo muchas tareas pendientes y no puedo desaparecer. Prometo encerrarme en casa en cuanto regrese de la oficina.

—De acuerdo. Sólo mañana.

Silencio otra vez.

Esperé un gesto en la despedida, pero Daniel no movió un músculo, ni siquiera los ojos, que seguían inmóviles sobre los míos. Era parco en palabras y parecía no exteriorizar nunca sus emociones.

—Siento lo de antes. En estas últimas semanas me han pasado demasiadas cosas, una detrás de otra. Me cuesta confiar en las personas. —Alcé los hombros tratando de disculparme.

Él seguía callado; elevó un brazo y me acarició una mejilla con el dorso de los dedos.

—Ahora debes confiar en mí. —Se me acercó despacio y rozó mis labios con los suyos. Después volvió a su posición—. Maribel, cuando todo esto termine me gustaría… conocerte más a fondo… y por razones muy personales.

—A mí también.

De nuevo su boca se unió a la mía en un beso más profundo. Me rodeó la espalda con un brazo y me atrajo hacia él. Estaba tan aturdida que sólo pude acertar a ponerle una mano en el pecho, pero rocé algo frío y metálico y di un respingo. Daniel se echó a reír al advertir mi sobresalto por tocar su arma. Entonces caí en la cuenta de que era la primera vez que lo veía reír abiertamente, y que aquel gesto lo hacía aún más atractivo.

—Nos vemos mañana —dijo.

Me soltó despacio y me tomó la mano entre las suyas. Eran grandes y fuertes, totalmente diferentes a las de Gonzalo.

—De acuerdo. Buenas noches.

Me despedí con la ilusión de que volviera a retenerme, pero no lo hizo. Él había puesto un plazo, una condición —cuando todo aquello acabara, había dicho—, así que decidí no forzar la situación y salí del coche de una vez. Entré en casa con una sensación entre ofuscada y dichosa. Ofuscada por la invisible amenaza que, según Daniel, se cernía sobre mí, y dichosa por haber arrancado del flemático policía unos agradables segundos de cordialidad, incluso la propuesta de una futura relación.

No oí el ruido del motor del deportivo al ponerse en marcha y subí a mi dormitorio. A oscuras, y a través del visillo, observé que seguía en el mismo lugar. En escasos minutos llegó un coche patrulla y se detuvo justo detrás. Bajó un policía de uniforme y se dirigió a Daniel, y después de intercambiar unas palabras, éste arrancó y se marchó dejando allí al relevo. Hasta aquel momento no tuve conciencia de la rigurosa vigilancia a la que estaba siendo sometida. Me tendí en la cama en la penumbra y no concilié el sueño hasta bien entrada la madrugada.

16

Aquel último viernes de mayo creí desfallecer en la agencia; el director y mis compañeros aceptaron con espanto mis forzadas vacaciones y se prepararon para trabajar duro. Repartí mis expedientes entre ellos y nos quedamos durante toda la jornada encerrados en la oficina, con un breve paréntesis para una pizza. Nos despedimos pasadas las diez. Bajaba por Claudio Marcelo y me disponía a torcer hacia la calle Diario Córdoba cuando me crucé con Benjamín Sinclair, que subía por Espartería desde la plaza de la Corredera. Me saludó con su habitual cortesía, inclinando su cuerpo hacia delante y estrechando mi mano.

—Vive usted en una ciudad preciosa, Isabel. Estoy recorriéndola, y reconozco que tienen un patrimonio histórico digno de ser visitado: templos romanos —dijo señalando con la mirada hacia los restos situados al final de la calle, junto al Ayuntamiento—, iglesias medievales, grandes palacios, como el de Viana, la impresionante mezquita-catedral…

—Muchos creen que Córdoba sólo es famosa por esta última, pero se necesitan varios días para conocerla a fondo, y no sólo para visitar sus monumentos, sino para disfrutar de la gente tan acogedora que la habita y de la calma que se respira. Es una ciudad muy tranquila.

Apenas había pronunciado aquellas palabras cuando un automóvil se detuvo a nuestro lado con un brusco frenazo. Dos hombres descendieron de él y nos apuntaron con sendas armas. Uno de ellos estaba tan cerca de mí que pude sentir el olor que transpiraba a través de su camisa. El segundo, de menor estatura pero infinitamente más siniestro, me ordenó que subiera al coche. Tenía acento latinoamericano y sus ojos brillaban con una luz despiadada. Quedé paralizada por el pánico, pero de repente oí gritos masculinos a mi espalda dando el alto e identificándose como policías. Los dos atacantes se olvidaron de nosotros y comenzaron a disparar hacia el lugar de donde provenían las voces. Un ensordecedor estruendo resonó por encima de mi cabeza, haciendo vibrar los naranjos de la acera. Instintivamente me agaché. Segundos más tarde Benjamín caía a mis pies sangrando por un brazo.

—¡Corra, Isabel! ¡Salga de aquí! —me pidió el argentino desde el suelo.

Me incorporé como pude y corrí para escapar del tiroteo cruzado entre la policía y los asaltantes; giré hacia la calle Maese Luis y a través de las oscuras callejuelas alcancé a divisar el claustro del convento de San Francisco.

De pronto una sombra surgió de la oscuridad y se abalanzó sobre mí. Chillé y traté de deshacerme de ella, pero sólo al oír su voz dejé de pelear y recuperé la calma: era Daniel.

—¿Estás bien?

—Sí… Sí. ¡Dios santo! He tenido tanto miedo… —dije rompiendo a llorar y abrazándome a él.

—Ya pasó todo. Tranquila… No hay peligro.

Me rodeó la espalda con sus brazos. Percibí que la amenaza se había esfumado; su cuerpo me cubría como una coraza protectora, y sentí que a su lado nadie me haría daño. Después me enjugó las lágrimas con los dedos, acercó su rostro y unió sus labios a los míos. Fue un beso apasionado, fruto de la excitación que habíamos experimentado; me alzó en vilo y reculamos poco a poco hasta que mi espalda quedó entre su cuerpo y el muro de un edificio de aquel callejón, en la penumbra. El tiempo dejó de existir, y supliqué que aquel instante no acabara nunca.

De repente un sonido agudo se interpuso entre nosotros. Era el móvil de Daniel. Aflojó su abrazo para responder, informando de nuestra situación y de mi estado, aunque su mano aún se movía bajo mi suéter de hilo mientras hablaba con su compañero.

—¿Los han detenido? —pregunté cuando finalizó su conversación.

—No. Han huido en el coche. De todos modos uno de ellos ha sido alcanzado durante el tiroteo.

—¿Y Benjamín? ¿Cómo está?

—Está herido, pero no es grave. Lo han trasladado en ambulancia al hospital.

—Tenías razón. No debí salir de casa. Lo siento.

—Lo que importa es que estás bien. Ahora yo cuidaré de ti.

Esas palabras resonaron como una melodía en mis oídos. Daniel se acercó otra vez y tomó mi cara con ambas manos para besarme; de nuevo nos fundimos en un cálido abrazo. Jamás había experimentado tantas emociones a la vez; aquello era distinto, quería estar unida a él para siempre.

—Debo trasladarte a la comisaría para que intentes identificarlos —me dijo mientras caminábamos abrazados hacia la calle San Fernando, donde los coches patrulla y las ambulancias despabilaban al vecindario con sus ruidosas sirenas.

Siempre recordaré aquella noche en que Daniel entró en mi vida. Bueno, siempre recordaré aquella noche, debería decir… pues lo que sucedió a continuación también me resultaría difícil de olvidar.

Me dirigí con Daniel a la comisaría para identificar a los asaltantes. Después de una infructuosa búsqueda en archivos fotográficos y de realizar una descripción física para el retrato robot de los dos delincuentes, me condujo a su despacho, donde nos esperaba Efraín Peres, el miembro de la embajada israelí que seguía colaborando con la policía española. Ambos se interesaron por la conversación que días atrás yo había mantenido con Benjamín Sinclair, así como por los verdaderos motivos de su estancia en la ciudad.

—Usted debe saberlo, Efraín —contesté—. Él me dijo que le había recomendado que hablase conmigo.

—El señor Sinclair me preguntó sobre la última persona que había tenido contacto con Isaac Goldman y yo me limité a darle su nombre, señorita Ordóñez, eso es todo —respondió Peres tratando de eludir su responsabilidad.

—Cuéntanos qué es exactamente lo que deseaba de ti, Maribel —pidió Daniel.

—Me explicó que Isaac Goldman había contactado con el Museo del Holocausto de Washington y que desde allí se comunicaron con el Museo Rossberg de Buenos Aires para anunciarles que había aparecido una pista sobre unos cuadros pertenecientes a esa familia que aún permanecían desaparecidos desde la Segunda Guerra Mundial.

Les detallé mi conversación con Benjamín Sinclair, desde la oferta de dinero que me hizo por cualquier información hasta la suma que Isaac había pedido para que los llevara hasta ellos. Durante unos instantes me quedé mirando la pared del despacho. En un tablón había colgadas varias fotos; me resultaron familiares. ¡Claro! Eran instantáneas de la casa de Isaac: la cocina, el estudio, la escalera… En una de ellas vi la imagen de un hombre mayor vestido con pantalón negro, de cabello moreno y lacio; estaba tendido en el suelo, inconsciente y con el pecho desnudo.

—¿Quién es ese hombre? —pregunté al tiempo que me dirigía hacia el tablón a fin de ver de cerca esa última foto.

Al volverme para recibir una respuesta hallé cuatro ojos clavados en mí. Después los dos investigadores caminaron hacia donde yo estaba y me flanquearon para examinar también ellos la instantánea.

—¿Lo conoces? —preguntó Daniel a mi derecha.

—No. ¿Debería?

El mutismo que se produjo en la sala llegó a inquietarme.

—Es el hombre que apareció muerto en la casa de Isaac Goldman —respondió Efraín Peres.

—Pero no es Isaac… —repliqué desconcertada.

—Lo sabemos —afirmó Daniel—. Sin embargo, tú lo reconociste aquel día en su casa.

—No pude distinguir su rostro. Estaba en el suelo y había dos personas sobre él. Sólo alcancé a verle las piernas.

¿Qué estaba pasando?

—Ese cadáver no ha sido aún identificado y continúa en el depósito. No llevaba documentación encima, aunque las gafas redondas de Goldman estaban junto al cuerpo —aclaró Peres.

—Pero si Isaac no está muerto ¿quién es ese hombre?

—Es una buena pregunta —manifestó Daniel—. ¿Tienes tú la respuesta?

—¿Yo? —exclamé pasmada—. ¿Cómo voy a saberlo?

—¿Cuándo viste por última vez a Goldman? —preguntó Daniel, de pie a mi lado.

—El domingo anterior al asesinato. Ya lo he contado más de una vez. Estuvimos paseando por la judería, visitamos la sinagoga y después tomamos un café en su casa.

Bueno, no había sido en la suya sino en la mía y había ocurrido el domingo anterior al que les decía, pero ¡qué más daba! No podía revelarles que ese día Isaac estuvo allí estudiando un par de cuadros de Matisse que mi abuelo había ocultado en el pasaje del sótano, y que fue el domingo siguiente cuando fui a verlo para hablarle del cuaderno con el listado de obras robadas que ahora buscaba todo el mundo.

—En la casa del señor Goldman hallamos diferentes huellas: las tuyas, las del cadáver y varias desconocidas que no están fichadas, entre ellas unas que descubrimos por todas partes.

—No hay duda de que ésas deben ser de Isaac. Vivía allí.

—¿Visitó Goldman tu casa, Maribel? —preguntó Daniel.

—No —dije sin dirigir la vista hacia él.

Entonces advertí con el rabillo del ojo que los dos hombres se miraban y presentí que algo no iba bien.

—Maribel, debes contarnos la verdad. Intentamos identificar a un asesino y al individuo que allanó tu morada. Es posible que sean la misma persona.

—Y esa persona podría ser Isaac Goldman —apostilló el agente israelí—. Sus huellas están también en su casa, Isabel.

—¿Sólo las de Isaac?

—No. Se han descubierto otras que estaban asimismo en la vivienda y en el negocio de Goldman.

—Isaac no fue el responsable de esos actos criminales —afirmé dirigiéndome a los dos—. Me mintió, de acuerdo, pero estoy segura de que no era un asesino.

—¿Qué mentiras te contó? —Daniel había cazado al vuelo mi comentario.

—Bueno, más que mentir, me ocultó el asunto de la investigación de las obras robadas. —Traté de salir del laberinto en que me había metido sin querer—. Has leído sus informes, tenía una lista detallada de mis movimientos y un plano de mi casa.

—¿Y cómo explicas que tuviera ese plano si, según tú, no había estado allí antes del atraco? —La mirada de Daniel me transmitía incredulidad.

—No lo sé...

—¿Qué piensas que buscaba de ti? Pretendía ganarse tu confianza, te creía confiada y vulnerable. ¿Consiguió lo que quería?

—¿Vuelves a preguntarme si fuimos amantes? —dije disgustada.

—No. La pregunta es más bien si has adivinado ya el motivo por el que se acercó a ti... Quizá para averiguar algo sobre los cuadros que tu abuelo robó a los alemanes. Goldman debía de buscar de ti algo más que una amistad inocente, ¿no te parece?

—No lo sé —respondí con brusquedad.

Sí lo sabía. Daniel tenía razón. Puede que el interés de Isaac por mí fuese económico.

—Maribel, ha llegado la hora de decir la verdad. Tienes que colaborar con nosotros. Goldman estuvo en tu casa antes de que la asaltaran. —Mi apuesto inspector volvía a la carga, pero esta vez no preguntaba.

Durante unos minutos se produjo otro embarazoso silencio. Estaba hecha un lío y la cabeza me daba vueltas. A lo mejor debía confesarles que Isaac había estado en mi vivienda una semana antes del asesinato, me planteé, pero para eso tendría que dar explicaciones sobre el motivo de su visita y desdecirme de lo que había expuesto anteriormente.

—¿Isaac Goldman le reveló algún detalle sobre las obras de arte perdidas? —me tanteó el agente israelí.

—No. Nunca hablamos de ese asunto. En una ocasión me dijo que buscaba a los antepasados españoles de muchos judíos repartidos por todo el planeta que deseaban reconstruir su árbol genealógico, y que colaboraba con una asociación de genealogía adonde enviaba lo que iba encontrando. Eso es todo.

—¿Se interesó por su abuelo?

—No, creo que sólo hablamos una vez de él, y fui yo quien inició la conversación.

—¿Qué le contaste sobre él? —Daniel se inclinó para acercarse más a mí.

—Le comenté que era un excelente pintor y que había vivido en París durante la década de 1930, nada más.

—¿Por qué? ¿Te preguntó Goldman por él?

—Pues… no lo recuerdo. Creo que hablamos de mi casa…

—¿Dónde estaban durante esa conversación? —inquirió el judío.

—Fue en la terraza del hotel de mi amigo Rafael. Acababa de mudarme, y me parece que expliqué a continuación que la casona era una herencia de mi tía, a quien se la había transmitido mi abuelo. Quizá Isaac me preguntó entonces por él… No lo recuerdo demasiado. —Moví la cabeza.

—¿Cómo reaccionó Goldman? ¿Comentaron algo sobre la estancia de Tomás Ordóñez en la cárcel y los motivos?

—¡Claro que no! Yo no conocía los antecedentes de mi abuelo hasta que ustedes me los revelaron. Mi tía me habló por primera vez de este asunto el año pasado, poco antes de morir, y me dijo que fueron motivos políticos los que lo llevaron a la cárcel.

—Ese último domingo que charló con Isaac Goldman, ¿le insinuó que pensaba marcharse? ¿Percibió durante esa conversación alguna señal de despedida? —demandaba Efraín Peres.

—En absoluto; de hecho quedamos para vernos… en otra ocasión.

Mi impulso de confesar la verdad casi me delató de nuevo. Estuve a punto de decirles que Isaac me anunció que iría a mi casa junto con otro experto unos días después.

—¿Para qué? —pidió Daniel.

—Había prometido prepararme una documentación más extensa sobre la historia de la sinagoga de la ciudad y las modificaciones que sufrió desde su construcción, pero después fui un par de veces a su casa y no lo encontré —dije mirando a Daniel.

—¿Cuándo lo visitaste? —indagó con afán, sentándose a su mesa y tomando nota de mis respuestas.

—Pues… el lunes siguiente por la tarde, y también el miércoles después del trabajo… Pero no llegué a verlo en ninguna de las ocasiones. La casa estaba a oscuras y la tienda cerrada.

—¿Mencionó el apellido Rossberg alguna vez? —preguntó el agregado de la embajada.

—Me… me parece que no.

—Haz memoria, Maribel —insistió Daniel. Yo había dudado al responder y me había delatado de nuevo.

—Quiero irme a casa. Estoy cansada.

Aquel interrogatorio se había convertido en una encerrona. Empezaba a bloquearme. Tanto Daniel como Efraín sabían que Isaac seguía vivo desde el principio, pero ninguno me lo había aclarado y durante todo ese tiempo se habían dedicado a sonsacarme información. ¿Cómo no había descubierto antes aquella estrategia? ¿Realmente era yo tan confiada?

—Isabel, ¿sabe dónde están los cuadros? —preguntó Peres con sutileza.

Negué con la cabeza.

—¿Goldman le pidió que custodiara algo, por ejemplo unas hojas con un listado? —sugirió de nuevo.

—¡No! Yo no tengo nada —exclamé enojada—. ¿No ha pensado que quizá los asaltantes encontraron lo que habían ido a buscar a la casa de Isaac?

—O fue el propio Isaac Goldman quien simuló el ataque en su casa y desapareció —replicó el israelí—. Después asaltó la de usted para comprobar si había allí alguno de los cuadros que su abuelo había robado, ya que usted insiste en que nunca le dejó entrar de forma voluntaria. —Me miró enarcando una ceja con escepticismo.

—No lo sé… —Me alcé de hombros en un intento de eludir sus insinuaciones.

Aquel interrogatorio estaba volviéndose tenso; eran más de las tres de la madrugada y estaba exhausta tras la desagradable experiencia bajo las balas vivida horas antes en la calle.

—Bien, recapitulemos… —Daniel se cruzó de brazos. Había estado callado, analizando y escribiendo notas sobre las respuestas que yo había ofrecido al investigador israelí—. Tenemos a un anticuario amigo tuyo con el que sólo hablas de historia antigua; días después de que tú lo visites se produce un asalto en su domicilio y aparece un cadáver; al día siguiente sufres un ataque parecido en tu casa; dos días más tarde un coche te aborda en plena calle, y esta noche intentan secuestrarte unos sicarios. Acabas de saber que el hombre que apareció muerto en casa de Goldman no es él sino un desconocido al que probablemente él asesinó. Pero lo has defendido hace un rato y sigues manteniendo tu ignorancia sobre unos cuadros que quizá estuvieron en tu casa debido a un delito cometido por tu abuelo sesenta años atrás. —Daniel se había levantado e iba acercando su rostro al mío mientras hablaba. Pude percibir su respiración alterada y su mirada escéptica—. Creo que en estos momentos no pasarías la prueba del polígrafo, Isabel Ordóñez.

Un violento silencio se instaló en la sala. La atmósfera se tornó espesa y asfixiante; sentía la presión de aquellos hombres y necesitaba salir corriendo a la calle para coger aire.

—Isabel, hay algo que aún no encaja; el hecho de que usted esté situada en el centro de atención de los asaltantes nos indica que ellos también creen que posee algo que no cuenta o que sabe más sobre este asunto de lo que afirma. —El tono de voz de Efraín Peres era más calmado y persuasivo, diferente al de Daniel, quien se paseaba irritado por el despacho.

—La pregunta clave es: ¿ocultas algo, Maribel? —Y añadió—: ¿Estás encubriendo a alguien?

En la mirada de Daniel se había instalado la incredulidad, y yo no sabía cómo explicarle que todo había sido una chiquillada, que quizá debí contarlo todo desde el principio y entregar los cuadros; pero la llamada de Isaac el día del asesinato y las sucesivas conversaciones con el agente israelí y el conservador argentino habían generado en mí temor y desconfianza.

—¡No! ¿Cómo voy a estar encubriendo a nadie? Son ustedes los que intentan confundirme. Me han ocultado que Isaac sigue vivo, y el día del asesinato usted me abordó en plena calle preguntándome por obras de arte robadas —dije al hebreo—. Después Benjamín Sinclair se acercó a mí asegurando que venía de su parte, señor Peres, y me ofreció dinero porque pensaba que yo tenía unos cuadros de los que no había oído hablar en mi vida. Y tú... —Me dirigí esta vez a Daniel. Me sentía decepcionada, pero en el último instante decidí no mencionárselo. No era el momento de hacer reproches personales—. Este trabajo es de ustedes, no mío. Averigüen quién está detrás de todo esto y déjenme en paz.

—Isabel, el pasado de su abuelo la vincula con los cuadros robados y con Goldman, y podría estar relacionado con el acoso al que está siendo sometida. De haber confiado en nosotros la investigación habría avanzado ya más y quizá el desagradable suceso de esta noche podría haberse evitado.

—Maribel, presiento que tienes la clave que se nos escapa en este caso —manifestó Daniel en un tono más calmado, aunque marcando las distancias.

—Pues estás equivocado. —Le hice frente.

La actitud de Daniel había cambiado. Ya no era el mismo hombre que me había besado unas horas antes en la intimidad de un callejón. En aquel instante era el policía que interrogaba a una testigo hostil y había emergido en él la frialdad que conocí de él la primera vez que lo vi en casa de Isaac. Sin embargo, aquella presión hacía que me enrocara aún más, parapetada tras un muro de inseguridad y confusión que me ordenaba seguir guardando mi secreto.

Observé que Efraín Peres hacía una señal a Daniel. Éste alzó la vista por encima de mi cabeza y se levantó. Acto seguido ambos se dirigieron hacia la puerta, de espaldas a mí. Entonces oí un susurro casi imperceptible de voces masculinas, y tras unos incómodos instantes Daniel se sentó a su mesa de nuevo y tomó el teléfono para dar una orden.

—Isabel Ordóñez —dijo en tono glacial—. Vamos a convocarla en breve para que preste declaración. Los agentes Redondo y Camacho la escoltarán hasta su domicilio. Continuaremos mañana.

Salí del despacho sin pronunciar palabra. Los amables agentes me trasladaron en el coche patrulla hasta mi casa y se quedaron haciendo guardia en la puerta una noche más. Me encerré por dentro, ahogándome en un mar de dudas y torturada por mis errores. ¿Por qué no había contado la verdad desde el principio? Quizá todo habría sido más fácil. Estaba en un aprieto y no encontraba la salida. Los investigadores me habían ocultado información, lo que revelaba que no confiaban en mí. Y con razón. Había hecho méritos para que me considerasen una vulgar embustera. ¿Valía la pena seguir mintiendo? Aún no tenía respuesta para esa pregunta.

En cuanto a Isaac, ya no tenía certeza de su inocencia. Me recriminé que no debía haberme implicado tanto en su defensa. Ahora sabía que me había ofrecido su amistad de manera interesada. Sin embargo, y a pesar de las sospechas que recaían sobre él, me resistía a creer que hubiese intervenido en aquellos actos tan atroces.

¿Y Daniel? ¿Sus muestras de afecto habían sido sinceras o simplemente había tratado de seducirme para ganarse mi confianza? Estaba confusa, deprimida y completamente desamparada en aquel hogar que cada vez me resultaba más tenebroso y solitario. Desnudé por fin mi dolor y lloré hasta desfallecer, añorando una mano a la que asirme, una voz templada que me ofreciera compañía. La soledad nunca se va; es ella quien te elige sin que tú la invoques, la que aparece cuando necesitas hablar y tienes que callar.

El móvil comenzó a sonar y miré la pantalla. Era Daniel. Mantuve el aparato en mi mano mientras decidía si responder o no. Tenía que meditar despacio la posibilidad de confesarle toda la verdad, pero en aquellos momentos mi estado de ánimo no me permitía pensar con claridad para tomar la decisión más acertada. Eran las cuatro de la madrugada, y cerré a cal y canto las ventanas, desconecté todos los teléfonos y tomé una ración doble de Orfidal.

Al fin me rendí a la silenciosa oscuridad.

18

Unos fuertes golpes importunaron la tranquilidad de la casa y los incorporé al sueño: creía estar en la oficina, soportando el detestable ruido que hacían los operarios de una obra cercana. Poco a poco aquel sonido se hacía más real, las sacudidas eran menos rítmicas y se les unía el agudo ulular de una sirena. Abrí los ojos en medio de la oscuridad y miré el reloj luminoso de la mesilla. ¿Aún eran las cuatro? Tenía la sensación de haber dormido profundamente…

Los golpes volvieron a sonar, y esa vez lo hacían dentro de la casa. Alguien estaba aporreando insistentemente la puerta exterior con la aldaba. Abrí las contraventanas del balcón, y una cegadora luz me impactó en el rostro. ¡Eran las cuatro de la tarde! En la calle había un revuelo de coches patrulla y varios agentes uniformados trataban inútilmente de forzar la puerta de entrada al zaguán. Me asomé entonces al balcón para indicarles que bajaba a abrirles.

—¿Por qué te has encerrado? ¿Por qué no has contestado a mis llamadas? ¡Eres una irresponsable! —Daniel entró como un ciclón en el patio—. ¡Creí que te había ocurrido algo grave!

—Lo siento. En estos últimos días he dormido muy mal… He perdido la noción del tiempo.

—No vuelvas a desconectar el móvil —ordenó apuntándome con el dedo índice.

—De acuerdo, inspector —respondí con falsa sumisión.

—Hemos detenido a uno de los asaltantes. Tengo que llevarte a la comisaría para que lo identifiques —dijo más calmado.

La única ventaja de no estar de vacaciones en el sofocante verano del sur es la ausencia de tráfico en sábado y a una hora tan calurosa de la tarde como aquélla cuando el termómetro superaba con creces los treinta y cinco grados. De repente mi móvil comenzó a sonar durante el trayecto e identifiqué en la pantalla el nombre de Gonzalo. Lo ignoré.

—¿No vas a responder? —Daniel me miró de reojo mientras conducía.

—No —respondí al tiempo que abría mi bolso para devolver al interior el móvil.

Daniel frenó el coche bruscamente y alargó la mano indicándome que se lo entregara.

—Contesta —ordenó devolviéndome el aparato después de leer el nombre que aparecía en la pantalla.

Lo cogí sin dejar de mirarlo y pulsé el botón.

—Hola, Gonzalo.

—...

—No, lo siento. Esta noche tengo un compromiso.

—...

—No.

—...

—No. No tengo vacaciones por ahora.

—...

—Dejémoslo así...

—...

—Adiós.

Después Daniel arrancó sin pronunciar palabra.

La rueda de reconocimiento fue rápida e identifiqué sin vacilar al conductor del vehículo que nos había abordado la noche anterior. A continuación me mostraron nuevas fotos en las que señalé al segundo asaltante. Daniel me acompañó al despacho del comisario jefe, José Manuel Llamas, donde me informaron que los dos individuos eran peligrosos sicarios de origen colombiano. El detenido había confesado que lo contrataron para secuestrarme y trasladarme a un barrio marginal en las afueras de la ciudad, pero aseguraba no conocer a la persona que le encargó el trabajo.

—Señorita Ordóñez, necesitamos su colaboración para esclarecer este caso. Le recomiendo que responda con sinceridad. ¿Posee algún dato relevante para la investigación y que haya omitido hasta este momento? —preguntó el comisario Llamas en tono oficial, despojándose de sus lentes bifocales para dirigirse a mí.

—No —dije mirando a la mesa.

Aquel hombre había rebasado los cincuenta, pero me rompió los esquemas —sobre todo televisivos— de la imagen del responsable de una comisaría. Parecía el ejecutivo de una multinacional, elegantemente vestido con traje y corbata a juego con la camisa. Sus ademanes eran seguros y educados, y su cuadrado rostro enmarcado por un oscuro y abundante cabello peinado hacia atrás, sujeto con gomina, le añadía cierta clase.

—¿Reconoce a alguien en estas imágenes?

Abrió un expediente con varias fotos, extendiéndolas sobre la mesa ante mí.

Tras unos minutos en los que me esforcé en estudiar los rasgos de cada una de las personas que examinaba, señalé sin dudar el rostro de Isaac.

—¿Está segura? —preguntó con gravedad.

—Sí —asentí mirándolo con franqueza—. Es Isaac Goldman.

—¿Reconoce a alguien más?

Negué con un gesto.

El comisario telefoneó a Efraín Peres, quien accedió al despacho acompañado por Benjamín Sinclair, aún convaleciente de su herida en el brazo que llevaba en cabestrillo. Él también había confirmado la identidad de los individuos que nos atacaron la noche anterior; sin embargo, declaró no conocer al hombre de la foto cuando el comisario realizó la misma operación. Dijo haber contactado con Isaac Goldman una semana antes del asesinato, pues se recibió en el Museo Rossberg una llamada desde el Museo del Holocausto de Washington para informar del hallazgo en la ciudad de Córdoba del posible rastro de unos cuadros pertenecientes a Herbert Rossberg que aún seguían desaparecidos. Después se puso en contacto con el protagonista del descubrimiento, y en la primera conversación que mantuvieron Goldman exigió una importante suma de dinero. Este hecho les pareció extraño, pero al estudiar su trayectoria como investigador y conocer su brillante reputación, aceptaron sus condiciones, considerándolo una recompensa por el trabajo realizado. Benjamín preparó el dinero, voló hasta España y trató de contactar con él, pero sus gestiones fueron infructuosas. Fue entonces cuando tuvo noticias de su fallecimiento y trató de obtener más información sobre las circunstancias de su muerte, con la esperanza de obtener algún resultado.

—Pues esa esperanza aún puede conservarla —explicó Daniel, sentado a mi lado—. Isaac Goldman está vivo, aunque tenemos serios indicios de que podría ser el asesino del hombre que apareció en su casa.

—¿Por qué sospechan de él? —pregunté, aún incrédula ante esa imputación.

—En primer lugar, por su extraña actuación. Lo correcto habría sido presentarse voluntariamente ante nosotros para aclarar el asesinato y desvelar su auténtica identidad. El hecho de permanecer oculto nos hace creer que participó en los incidentes relacionados con el caso —continuó exponiendo Daniel.

Recordé en aquel momento la llamada desesperada de Isaac la misma tarde del asesinato. Parecía asustado, y me pedía que guardara los cuadros y que no hablara con nadie de Rossberg, pero ¿con qué intención? Quizá él también estaba en peligro y por esa razón se mantenía escondido…

—¿Cuál es la explicación del asalto de mi casa? ¿Por qué, según ustedes, me persigue ahora?

—Quizá para obtener algo que usted guarda… Me refiero al listado de las obras robadas o a los cuadros que él afirmaba haber localizado —insinuó el comisario.

—Pero él sabe que yo no tengo nada de eso…

—Pues el intento de secuestro de anoche nos induce a sospechar lo contrario. —Daniel acababa de lanzarme un nuevo dardo.

—A lo mejor no fue él… —sugerí con timidez.

De repente la sala quedó en silencio y Daniel me dirigió una extraña mirada. Inmediatamente me arrepentí de mis palabras: de nuevo estaba defendiendo a Isaac.

—Y si no fue él, ¿tiene idea de quién podría ser? —intervino Peres con agilidad.

—Por supuesto que no. Ya les he dicho que no sé por qué me encuentro involucrada en este caso. Él nunca me habló de su investigación, y no sé nada de esos cuadros.

—Una pena… El museo tenía grandes expectativas en encontrarlos, y ahora estamos como al principio: con las manos vacías —se lamentó el argentino.

—Barajamos la hipótesis de que Isaac Goldman halló una pista, descubrió dónde estaban los cuadros y resolvió obtener una buena suma de los Rossberg por la información. Es posible que decidiera quedarse con alguno para venderlo por su cuenta en el mercado negro y que contactara con alguien no demasiado recomendable, me refiero a algún traficante o intermediario. Como saben, existe un lucrativo mercado clandestino de obras de arte que mueve miles de millones de euros al año en todo el mundo. A la vista de cómo quedó su casa y la tienda de antigüedades, es posible que tuvieran un desacuerdo, que llegaran a las manos y que Goldman acabara golpeándolo en la cabeza y provocando su muerte. El cadáver no llevaba encima identificación alguna y no ha sido reclamado todavía, algo muy usual entre sicarios y delincuentes profesionales. —Daniel se dirigió a mí entonces con una mirada que quería decir: «¿Te gusta más esta versión?».

Pero estaba equivocado. Y yo no podía rectificarlo en aquellos momentos. El hecho de que Isaac contactara con la institución de Washington y con el responsable del Museo Rossberg daba cuenta de su honestidad y de la voluntad de informarles de que yo tenía los cuadros. Él esperaba a alguien en aquellos días, otro experto en pintura al que pensaba llevar a mi casa para estudiar las obras. Algo extraño debió de ocurrir aquella tarde para que él me llamara con tanta urgencia y me advirtiera sobre el peligro que corría. ¿Y si ese amigo a quien aguardaba fuera el anónimo cadáver que apareció? ¿O acaso era Sinclair el protagonista de su cita? Sólo estaba segura de que Isaac había tratado de protegerme, así que resolví hacer caso a mi intuición.

—¿Ha tenido Isaac Goldman algún problema con la justicia a lo largo de su profesión como anticuario o investigador? —pregunté de nuevo.

—No, su trayectoria hasta ahora ha sido impecable y llena de reconocimientos. El Museo del Holocausto de Washington lo tenía en una merecida consideración por las numerosas obras de arte que había hallado e identificado tanto en subastas públicas como en otras transacciones menos oficiales. Muchos propietarios y descendientes de judíos expoliados durante la guerra, repartidos por toda Europa y América, recuperaron sus propiedades gracias a su valiosa intervención —respondió Efraín Peres.

—¿Han investigado sus cuentas? Me refiero a si saben si tenía problemas económicos… —insistí.

Daniel miró a su superior; parecía estar solicitándole autorización para responderme. El comisario le hizo un gesto de asentimiento.

—Goldman no tiene problemas económicos. Es un hombre austero, y su negocio de antigüedades le ha reportado hasta la fecha grandes beneficios. Tiene abultadas cuentas a su nombre, y desde que desapareció no ha realizado ningún movimiento en ellas.

—¿Y cómo un hombre de ese prestigio y con holgada solvencia económica podría arruinarlo todo por quedarse con un cuadro, cometiendo incluso un asesinato? No le encuentro justificación —rebatí la teoría de Daniel.

—Con justificación o sin ella, en estos momentos es nuestro único sospechoso —sentenció mi atractivo inspector, abortando cualquier intención de disculparle—. Hasta que no aparezca no podremos saber qué ocurrió realmente en aquella casa.

El comisario se revolvió en su asiento dando por terminada la reunión.

—Señores, tenemos a un presunto asesino ahí fuera y, mientras siga en libertad, la señorita Ordóñez quedará bajo protección policial. Inspector De la Torre, continúa usted a cargo de su seguridad.

19

Salí de la comisaría escoltada por un receloso inspector de Policía que tenía la curiosa facultad de aturdirme con su parquedad. La oscuridad había caído sobre las calles y apenas corría una brizna de aire en aquella tórrida noche.

Cuando llegamos a mi casa Daniel accedió detrás de mí, y me fijé en que cerraba por dentro la puerta del zaguán y el cerrojo de la cancela. Después llamó para confirmar que enviarían un coche patrulla que, de nuevo, haría guardia ante mi vivienda.

—¿Vas a quedarte aquí esta noche?

—Sí —respondió con frialdad—. Soy el responsable de tu seguridad. Ya has oído al comisario.

—¿Hasta cuándo va a durar esta pesadilla?

—No veo que tú colabores mucho para que esto acabe. Estoy seguro de que aún no lo has dicho todo… Ocultas algo más.

—¡Por Dios! ¿De qué me estás acusando ahora? —dije a punto de derrumbarme.

Mi teléfono móvil sonó dentro del bolso. Fui a cogerlo, pero Daniel alargó una mano exigiendo que le entregase el aparato antes de responder. Tras comprobar el nombre de la pantalla me lo devolvió y se quedó cerca, apoyado en el quicio de la puerta para no perder detalle de la conversación.

—Hola, mamá —respondí con forzada naturalidad—. ¿Cómo estás?

—…

—Agobiada, como siempre. Tengo mucho trabajo estos días.

—…

—No, lo siento. Este domingo tengo planes para ir a la playa. Quizá la semana que viene.

—…

—Sí, mamá… Te lo prometo. No te preocupes.

—…

—Ya… Entiendo. Te llamo la semana que viene. Un beso. Adiós.

—Eres una excelente actriz —ironizó Daniel mientras me seguía hacia la cocina—. Hace un momento parecías hundida y en pocos segundos has cambiado de registro con increíble facilidad.

—Voy a prepararme algo; no he comido en todo el día —murmuré, ignorando su sarcasmo.

—¿Sabes dónde están los cuadros? —dijo detrás de mí.

Pretendía atraparme con aquellas preguntas sin rodeos que me hacían sentir como una delincuente. Ignoré su demanda y seguí rebuscando en el frigorífico.

—Contesta.

—Eso ahora es lo de menos. —Exhalé un suspiro de cansancio.

—¿Lo de menos? ¿Y qué es lo importante para ti ahora?

—Averiguar quién asesinó a ese hombre y dónde está Isaac.

—Hablas como si fueran dos personas distintas.

Daniel estaba midiendo mis fuerzas, intentando atraparme si realizaba un movimiento en falso, y mis reflejos no brillaban demasiado entonces. En aquel momento era incapaz de ofrecer una respuesta coherente a cada una de sus preguntas.

—¿Sabes dónde está? —insistía él.

Me detuve con la vista fija en la pared y le respondí mecánicamente:

—No.

—Mírame —ordenó al tiempo que me ponía ambas manos en los hombros y me obligaba a volverme para afrontar su severa mirada. Me di cuenta de lo furioso que estaba—. Me estás mintiendo. Tú sabes algo sobre esos cuadros. La codicia ha sacado a la luz tu lado más oscuro. Hoy te he visto sin máscara y he descubierto a una mujer calculadora y ambiciosa que sabe manipular a la gente y se divierte contemplando cómo bailan todos al son de su música. Has estado a punto de engañarme, pero tienes temple, compruebo que te bastas sola... —Ahora vi en sus ojos decepción.

—¡Eres tú quien me ha mentido! Me ocultaste que Isaac seguía vivo —exclamé enfadada—. Pero tienes razón: sé arreglármelas sola. Nunca he necesitado a nadie... ¡Tampoco a ti!

Mis escasas reservas de serenidad se habían agotado y estaba a punto de estallar, pero no podía mostrar mi debilidad ante él... ni ante nadie. Cerré de un golpe el frigo y dejé a Daniel solo en la cocina para escapar de su acoso. Estaba segura de que aquella noche se había quedado en mi casa para obtener información abusando de su superioridad y de mi indefensión.

Me encerré en mi dormitorio y a oscuras, hecha un ovillo en la cama, hice un esfuerzo por no derramar ni una lágrima. Oí que la puerta se abría y a continuación el sonido de sus pasos en el suelo de madera de mi habitación. Sentí que se sentaba en la cama, a mi espalda, y durante unos instantes únicamente oí su respiración.

—Anoche estuve a punto de solicitar mi relevo de este caso —dijo tras un largo silencio—. Estoy implicado emocionalmente. Y ya no sé cuál es el interés que me mueve a resolverlo. Mis sentimientos son... demasiado confusos.

Me volví hacia él y noté su cuerpo muy cerca, sobre el mío. Nos amparaba la oscuridad y la reserva que une a los extraños. Permanecimos callados, en la penumbra profanada por unos débiles hilos de luz de color miel que se introducían con audacia a través del balcón. Su mirada me envolvía sin rozarme, enviando palabras que no existían, aguardando un gesto mío para marcharse o quedarse para siempre. Una parte de mí deseaba perderse en aquella cómplice intimidad junto a un hombre que acababa de declararme sus caóticos sentimientos, y durante unos segundos tuve el impulso de abrazarme a su cuello, contarle mis secretos y disculparme por haberle mentido. Pero había perdido el valor, y la confianza, y en vez de eso le di la espalda, reprimiendo las ganas de suplicarle que se quedara a mi lado para escapar de aquella soledad que me aprisionaba como una cerca de alambres.

—Vete, por favor. Quiero estar sola.

—Pues yo no. —Puso su mano en mi hombro y la paseó por mi espalda—. Necesito confiar en ti…

—Todo esto es… demasiado complicado.

—Déjame ayudarte a hacerlo fácil.

—No puedes.

—Ponme a prueba.

De improviso empujó ligeramente mi hombro hacia atrás y me hizo quedar boca arriba. Antes de que pudiera evitar su contacto, se colocó sobre mí y me besó con avaricia, en un asalto furioso y vehemente, como si temiera ser rechazado. Mi corazón latía demasiado deprisa, y de repente me vi abrazándolo y besándolo a mi vez con una pasión desmedida y atropellada, como si presintiéramos que no habría más oportunidades.

Estaba sobre mí, y en la oscuridad vi el brillo de esos ojos que me envolvían otra vez de aquella forma tan especial, como si suplicara ser aceptado, ignorando que yo había establecido ya una fuerte conexión con él.

—Esto es diferente… Ayer te deseaba, pero ahora te necesito. Dime cuál es tu secreto, por favor… No me dejes fuera —rogó en un susurro.

—Mi secreto es la certeza de que estáis en un error, pero me angustia no poder demostrarlo.

—¿A quién te refieres?

Iba a responder que a Isaac, pero decidí que el solo hecho de mencionar su nombre significaría quebrar de golpe aquel momento de intimidad.

—Tengo miedo. Sé que pronto acabará todo… Ellos van a darme caza.

—Nadie te tocará… excepto yo —replicó con otro beso en mis labios—. Pero tengo que saber a qué y a quién debo enfrentarme.

—Ojala lo supiera…

—Seguro que lo sabes —insistió.

—No, Daniel, no lo sé.

Lanzó un profundo suspiro y se irguió para apartarse de mí.

—Esto no funciona así.

—¿Qué quieres decir?

—Que si tú no confías en mí, yo tampoco puedo confiar en ti.

—Sólo puedo contarte lo poco que sé: Isaac me advirtió de que corría peligro, y por el nerviosismo que percibí en su voz, parecía que él también, pero no me reveló quién estaba detrás.

—¿Cuándo te dijo eso, antes o después del asesinato?

—No lo sé. Fue aquel mismo día y era por la tarde, sobre las seis. Me llamó por teléfono al trabajo.

—¿Dónde estaba? ¿Por qué creía que estabas en peligro? ¿Qué más te dijo?

De nuevo se inclinó sobre mí con vivo interés. Comprobé entonces que había cometido un error. Aquella información no había aplacado su curiosidad; al contrario, la había avivado aún más, así que decidí detener en ese punto mis confidencias.

—¡Qué más da! No tiene ninguna relevancia, créeme. —Traté de que aparcara aquel asunto, pero advertí que estaba concentrado en el caso, no en mí, y que no se conformaba con aquella respuesta.

—¿Cómo que no es importante? Si te lo dijo fue por alguna razón… Maribel, deja que decida yo si tiene o no importancia; quiero todos los datos, dime cuándo lo viste por última vez, por qué estuvo en esta casa… Por favor… —Suplicaba una respuesta con aparente suavidad, separando mi mano de su cara y tomándola entre las suyas con un matiz de impaciencia.

Al ver que yo no reaccionaba, se inclinó para besarme de nuevo, pero entonces resolví ponerlo a prueba.

—Ahora te comportas como Gonzalo. Es importante para ti obtener esa información, ¿verdad?

—¿Qué tratas de decir? —Irguió la espalda.

—Que siento que tú también me estás utilizando para conseguir algo. Quieres resolver este caso y no importa el medio.

—Eso no es cierto —replicó con gravedad.

—Pues entonces deja ya de acosarme.

El momento para las confidencias había terminado.

—No me importa este caso, sino tú, Maribel; estás interpretando estos incidentes de forma parcial porque conoces al protagonista y confías en él, pero es posible que estés en un error. Yo puedo observarlo desde fuera con más frialdad y objetividad que tú. Sólo te estoy pidiendo que compartas conmigo todo lo que sabes para tener al menos una idea de a quién debo enfrentarme. ¿No te das cuenta de que estás en peligro? No lograré protegerte si no conozco todos los detalles desde el principio.

Mi voluntad empezaba a flaquear; durante unos instantes me mantuve inmóvil, decidiendo sobre la conveniencia o no de compartir con Daniel el secreto de los cuadros. Y resolví que aquella carga era demasiado pesada para mí y que él era mi única tabla de salvación. Necesitaba ayuda, y Daniel estaba a mi lado, suplicando una respuesta para protegerme. ¿Qué más podía pedir? Un atractivo inspector de Policía que sería mi protector, mi guardaespaldas… Mi pareja.

—Veo que sigues obcecada en guardar silencio. —Daniel interrumpió mis reflexiones de repente—. Es por Isaac. Hubo algo entre vosotros, ¿no es cierto?

—¡No! No es eso… Daniel, yo…

Pero se había levantado y se dirigía hacia la puerta.

—De acuerdo. Si eso es lo que quieres, allá tú. Seguiré con mi trabajo, y te aseguro que averiguaré la verdad, con tu ayuda o sin ella. —Me señalaba con su dedo índice en señal de amenaza.

—¡Espera, Daniel…!

Pero salió del dormitorio sin pronunciar una palabra más. Permanecí inmóvil en la cama, escuchando sus pasos y maldiciendo mi cobardía por no ir detrás de él para gritarle que regresara. Tras unos minutos de parálisis bajé al patio y lo busqué por toda la casa, pero observé que la puerta exterior de madera estaba cerrada y el cerrojo sin echar. Daniel se había marchado, había vuelto a su condición de investigador, y yo presentía que no regresaría nunca.

20

A mediodía uno de los agentes llamó a mi puerta con la orden de trasladarme a la comisaría. Fui con ellos en la creencia de que sería para identificar al segundo atacante, pero al llegar me crucé con Fali en la puerta y ese encuentro disparó mis alarmas.

—¿Qué haces aquí? —pregunté mientras me daba un cariñoso beso en la mejilla.

—Me han llamado a declarar por el asunto de Isaac. Ahora te toca a ti.

—¿Qué les has contado?

—Nada nuevo, mi amistad con él y contigo…

—Señorita Ordóñez, sígame, por favor —me ordenó una agente uniformada en tono firme pero correcto.

La seguí hasta la segunda planta por una zona desconocida para mí. El eco de mis tacones me acompañó hasta una de las puertas situada al final de un largo pasillo; allí la mujer me invitó a pasar a una sala mientras se quedaba fuera y cerraba la puerta. Entré en una habitación completamente diáfana pintada de gris claro y con un gran espejo que ocupaba una de las paredes. Estaba limpia y olía a pintura. En el centro se hallaban los únicos muebles: una mesa y varias sillas; había aparatos electrónicos instalados en las tres paredes restantes —desnudas por lo demás—, donde unas pequeñas cámaras enfocaban hacia el espacio ocupado por la mesa.

Me senté en una de las sillas de espaldas al espejo, pues me incomodaba la sensación de estar en una pecera. Durante unos minutos que me parecieron eternos me mantuve inmóvil, tratando de evitar las cámaras, que con la fuerza de un imán atraían mis ojos. Resolví hacer un ejercicio de concentración para relajarme: fijé la vista en un punto de la mesa y empecé a listar mentalmente los números de teléfono de mi agenda.

El clic de la puerta al abrirse me anunció por fin una visita: era un agente uniformado que, tras un escueto saludo, se sentó a mi derecha y abrió un dossier marrón para confirmar por medio de una serie de preguntas mis datos personales, indicándome acto seguido que debía prestar declaración y que toda la entrevista iba a ser grabada. Después me pidió el teléfono móvil y salió con él de la sala.

Mi pulso comenzaba a precipitarse. Otro golpe en la puerta me hizo volver la vista para toparme con los ojos de Daniel, que entró haciendo un breve saludo y se sentó frente a mí con actitud flemática. Habló con voz serena y de forma mecánica, argumentando que se habían producido novedades en la investigación y que debía tomarme declaración para contrastarla con la información obtenida a través de un nuevo testigo.

—¿Conoce usted a Rafael Quintero? —preguntó en un tono de voz neutro.

—Sí —contesté. Y expresé mi incomodidad añadiendo—: Ya lo he declarado con anterioridad.

—¿Desde hace mucho tiempo?

—Desde que tenía… seis o siete años.

—¿Mantiene una relación sentimental con él?

—No. Hemos crecido juntos, es como un hermano para mí.

—¿La han tenido alguna vez?

—¡No! —repetí irritada—. Ya le he dicho que es mi mejor amigo, sólo eso.

—Él conocía a Isaac Goldman y usted ha manifestado que fue quien los presentó…

—Sí, es cierto, él nos presentó.

—¿Cuándo tuvo lugar ese encuentro?

—En septiembre del año pasado.

—En septiembre… —repitió Daniel.

Silencio.

—¿Está segura?

—Sí. Era sábado; ese día fui a visitar a mi tía Lina, que aún vivía en la casa donde resido ahora, y me acerqué al hotel de Fali para saludarlo. Isaac estaba con él y me invitaron a sentarme con ellos.

Se produjo otro turbador silencio. Daniel se retrepó en su asiento sin dejar de mirarme. Luego bajó los ojos hacia la carpeta que tenía entre las manos y prosiguió.

—Usted declaró, días después de aparecer el cadáver en casa de Isaac Goldman, cuando le mostré el informe personal que él había realizado sobre usted, que fueron presentados en diciembre, tres meses más tarde.

¡Mierda! Me había pillado. El informe que Daniel me enseñó aquel día en su despacho tenía fecha de diciembre, y recordé que decidí eludir nuestro primer encuentro de septiembre para no darle demasiados detalles sobre nuestra amistad.

—Quizá me confundí entonces… —respondí mirando hacia una esquina de la mesa.

—¿Está segura ahora?

—Sí. En septiembre fuimos presentados, pero mi amistad con él no se inició hasta el mes de mayo siguiente, tras mudarme a la calle Lineros. A partir de esa fecha empezamos a vernos con asiduidad para conversar sobre temas relacionados con la historia de los judíos en Córdoba.

—Así pues afirma que sólo lo vio una vez y que fue en el mes de septiembre.

—Eso es.

—Y dice que él nunca estuvo en su casa…

Negué con la cabeza sin mirarlo.

—Conteste sí o no —ordenó con frialdad.

—No.

Tenía la sensación de que me había lanzado de un avión sin paracaídas y esperaba el golpe al estrellarme contra el suelo. La sala quedó muda durante unos violentos minutos en los que sentí que los ojos de Daniel me atravesaban la piel hasta llegar a mi interior.

—Y no volvió a verlo hasta que se mudó a su actual vivienda, a primeros de mayo de este año… —insistía.

—Así es.

—Ahora quiero que me hable de unos muebles que vendió a Isaac Goldman en diciembre, tres meses después de su primer encuentro y antes de iniciar las obras de su casa.

Esa vez sentí el golpe. Definitivamente, todo había salido mal. Estaba tan obcecada en ocultar que Isaac estuvo en mi casa en mayo estudiando los cuadros robados que no caí en la cuenta de que su visita de diciembre del año anterior para comprar mis viejos muebles había dejado un rastro en su tienda; y ahora Daniel me miraba como un leñador dispuesto a hacerme pedazos con su hacha.

—¿Qué… es exactamente… lo que quiere saber?

—Quiero que me confirme si vendió a Isaac Goldman… —Extrajo unos documentos de su carpeta y leyó en voz alta—: Una mesa de roble labrada, seis sillas tapizadas a juego, dos lámparas de cristal de roca y varios platos grabados en bronce. —Alzó la vista y me dedicó una furibunda mirada—. ¿Va a decirme ahora que él se los compró sin examinarlos antes, que se los llevó usted misma a su tienda? —Nos miramos sin parpadear—. El señor Quintero ha declarado que él los presentó en septiembre y que tres meses después estuvo en su casa acompañando a Goldman cuando le hizo la oferta de compra. ¿Es o no es eso cierto? —Había elevado el tono de voz, casi gritaba, y lo hacía con una vehemencia que llegó a amedrentarme.

—Es cierto —respondí tras una pausa.

—¿Ha recordado ahora que Goldman estuvo en su casa en el mes de diciembre? —Daniel empezaba a acorralarme—. Conteste sí o no.

—Sí.

Todo estaba perdido. Daniel había experimentado una violenta sacudida al descubrir que le había mentido durante todo ese tiempo. Pero se repuso deprisa, más que yo. Aún no estaba preparada para seguir enredando la historia sin un ensayo previo.

—El señor Quintero también ha declarado que usted tenía unos cuadros pintados por su abuelo y que el anticuario le comentó que eran muy buenos. ¿Confirma este hecho?

—Sí.

No podía mirarlo a los ojos. Estaba avergonzada... y asustada.

—Goldman le ofreció comprárselos, pero usted le dijo que eran un legado familiar y se negó. —Se detuvo, esperando una confirmación.

—Sí, es verdad.

—¿Dónde están los cuadros que supuestamente pintó su abuelo? —preguntó con dureza—. No he visto ninguno en su casa.

De repente caí en el error que cometí la tarde del asesinato: pedí a Fali que no hablara de los cuadros de otros artistas que él ni siquiera había visto, pero no le dije que pensaba guardarlos todos, incluso los que había pintado mi abuelo, tal como me aconsejó Isaac cuando me llamó aquella tarde.

—Los tengo guardados en un armario. Todavía no los he colgado.

—¿Eran esos cuadros los que su abuelo presuntamente había robado a los nazis? —Daniel se aproximó lentamente al centro de la mesa para mirarme de cerca.

—¡Claro que no! Son pinturas firmadas por él. Goldman lo sabía y comentó que se trataba de un excelente artista.

—¿Por qué no nos ha hablado de ellos hasta hoy?

—Nadie se interesó por la obra de Tomás Ordóñez.

—¿Tiene cuadros en su casa que no pintara él?

Debía elaborar una estrategia de defensa en cuestión de segundos. Daniel no podía afirmar que los cuadros robados existieran realmente porque sólo había un listado y yo lo tenía a buen recaudo en el pasaje de mi dormitorio, así que decidí lanzarme de nuevo a la piscina.

—Conteste, Isabel —ordenó impaciente.

—No. Todas las obras que hay en casa son de mi abuelo Tomás —respondí adoptando una actitud serena y aparentemente sincera.

—¿Es... consciente de que con sus premeditadas y repetidas mentiras ha estado obstruyendo de manera deliberada una investigación criminal, señorita Ordóñez? —Hablaba despacio, como si estuviera a punto de estallar y se esforzara por controlar su ira.

Asentí retirando mi mirada, cubriéndome el rostro con una anodina máscara tras la que oculté el pánico que me invadía. ¿Qué es lo que permite a los seres humanos ver más allá de las palabras del otro? Porque en aquel momento advertí que Daniel estaba más lastimado que enfadado, a pesar de su mordaz cuestionario. Y presentía que no iba a tratarme con indulgencia a partir de entonces, así que me concentré para hacer frente a sus ataques.

—¿Por qué lo ha hecho? ¿Por qué ha mentido con respecto a sus encuentros con Goldman?

—Yo... tenía miedo de que me relacionaran con él —respondí sin mirarlo.

—¿Por qué? ¿Cree ahora que realmente es un asesino?

—No lo sé...

Daniel estaba preparando el terreno para otra emboscada.

—Vamos a hacer un recorrido desde el principio: en su primera declaración, usted afirmó no haber entablado amistad con Goldman hasta el mes de mayo, después dijo que lo conoció en diciembre del año pasado, y ahora admite que fueron presentados tres meses antes, en septiembre, y confirma que la visitó antes de realizar la reforma en su casa y que le vendió unos muebles, pero insiste en que no sabe nada acerca de la investigación que él realizaba sobre el expolio de los nazis. ¿Por qué deberíamos creerla?

—Porque estoy diciendo la verdad.

Me estaba bloqueando, empezaba a respirar con dificultad, mi corazón latía a un ritmo demasiado rápido y sentía necesidad de salir corriendo de allí.

—Ahora estudiemos los acontecimientos de la otra noche. Alguien intentó secuestrarla. ¿Tiene alguna teoría sobre quién está detrás?

—No. Y no entiendo nada. No sé por qué asaltaron mi casa, no sé por qué alguien intentó secuestrarme… y tampoco sé por qué pierden el tiempo conmigo y no están en la calle buscando al verdadero asesino.

—Porque sus mentiras han contribuido a entorpecer nuestro trabajo, lo que nos hace sospechar que aún no lo ha contado todo —sentenció.

—Le aseguro que no tengo nada más que explicarle.

—¿Sabe dónde se encuentra Isaac Goldman?

—¿Cómo voy a saberlo? —protesté—. Hasta hace dos días creía que estaba muerto…

—¿Sabe dónde están los cuadros que Goldman dijo haber localizado?

—No.

—¿Tiene alguna información que haya omitido hasta ahora?

—No —respondí sin mirarlo.

—Hábleme del día del asesinato. —Se apoyó sobre la mesa y se inclinó sobre mí para intimidarme—. ¿Qué le contó cuando la llamó por teléfono esa misma tarde?

«¡Traidor!», le dije con una fulminante mirada. No esperaba aquella indignidad ni que llegara a caer tan bajo. Había conseguido esa información la noche anterior, a solas los dos en mi cama, donde le confesé mis miedos. ¡El muy hipócrita…!

—No sé de qué me habla. No he tenido ningún contacto con él desde la última vez que estuve en su casa, el domingo anterior al asalto. —Esa vez no bajé los ojos y lo observé de frente.

«Adelante, ahora explica a tu superior cómo y dónde conseguiste esa información, inspector», le insinué con la mirada.

—¿Está segura? —insistió con fina ironía.

—Completamente.

—De acuerdo —asintió, encajando el desafío con su característica mueca.

Tras otro embarazoso silencio, Daniel me dejó marchar.

—Hemos terminado por el momento.

—¿Tendré que contratar a un abogado?

—Sí —respondió en un tono severo—. Vamos a contrastar su declaración, y quizá tengamos que citarla de nuevo. Mientras tanto permanecerá bajo vigilancia. Ordenaré a los agentes que la trasladen de regreso a su domicilio.

Y salió sin dirigirme una sola mirada.

21

Papá fue un ejemplo de honestidad y rectitud; decía que para contar mentiras necesitabas buena memoria, pues debías recordar siempre las dos versiones: lo que realmente pasó y lo que contamos a los demás. Y añadía que la mentira siempre se ponía en contra de quien la perpetraba, para después hacerse presente y dejarlo mal parado. Ése era mi caso, ya que mi inclinación a enredarlo todo empezaba a perjudicar seriamente mi salud, además de mi reputación.

Aquella declaración había sido un desastre. Era tal mi estado de ansiedad esa mañana que repetía y repasaba de continuo el interrogatorio en la comisaría, recordando las preguntas de Daniel y la sarta de mentiras que había facilitado de manera oficial. Escuchándome me sentí atormentada y arrepentida por la ridícula actuación realizada. Debí contarlo todo, pero era tan grande el deseo de librarme del acoso de Daniel que elegí el camino más corto. Sin embargo, el lío en que yo solita me había metido con los cuadros de mi abuelo tenía que llegar pronto a una solución, pues presentía que había captado el interés de los investigadores.

Nada más llegar de la comisaría bajé la escalera a toda velocidad y abrí el pasaje del sótano para sacar los cuadros. Los trasladé uno a uno hasta la planta alta y los guardé en un armario empotrado del cuarto de invitados que estaba vacío. Cuando los estudiaran, comprobarían que fue mi abuelo Tomás quien los pintó y me dejarían tranquila de una vez.

Estaba cerrando la puerta de la alacena del sótano después de colocar de nuevo los platos en su sitio cuando oí que alguien golpeaba la puerta de madera. Al abrir, Daniel apareció frente a mí con gesto grave y ceñudo, escoltado por cuatro policías nacionales uniformados.

—Isabel Ordóñez, traigo una orden de registro de su casa firmada por el juez de guardia. —Alargó la mano y me entregó un documento—. Le ruego que colabore con la autoridad y que no entorpezca nuestra labor —concluyó. Accedió al interior y fue dando instrucciones a sus compañeros para distribuir el trabajo—. ¿Dónde están los cuadros de Tomás Ordóñez?

Lo miré como si no lo conociera y le señalé la escalera.

—Arriba, en el armario de uno de los dormitorios.

Se dirigió allí acompañado por los funcionarios. Después cargaron las pinturas en el furgón policial que los esperaba en la calle y continuaron el registro en el resto de la casa. Me senté en uno de los sillones de mimbre del patio y aguardé durante dos interminables horas a que aquellos sigilosos hombres hicieran su trabajo. Observé cómo se llevaban libros y carpetas de mi estudio. No sé qué podrían hallar allí, pues casi todos los volúmenes eran tratados de historia. De repente recordé que mi portátil estaba en el pasaje secreto con las fotos de aquellos mismos cuadros que mostré al profesor Moisés Pérez de la Mata, quien, por cierto, aún no me había dado respuesta sobre la empresa de tasaciones con la que colaboraba.

Una vez finalizado el registro Daniel ordenó a los agentes que se marcharan. Nos quedamos solos, y entonces se dirigió a mí de nuevo de forma oficial.

—Los cuadros han sido requisados para su estudio. En cuanto a la documentación incautada, será objeto de un exhaustivo análisis. La mantendremos informada sobre el resultado.

—Daniel, esos cuadros no son robados, son de mi abuelo, podéis comprobarlo…

—Por supuesto que lo comprobaremos —afirmó con frialdad—. Dime una cosa, y quiero la verdad: si tu amigo Rafael no hubiera mencionado en su declaración que vendiste a Goldman unos muebles y no hubiera hecho alusión a los cuadros de tu abuelo, ¿me lo habrías contado alguna vez?

—Estuve a punto de explicártelo la otra noche, pero te marchaste enfadado. No creí necesario hablar de esos cuadros porque temí que se confundieran con los otros que todo el mundo busca… Eso es todo.

Daniel me dirigió una dura mirada.

—Y ahora debería creerte, ¿no?

Bajé los ojos, azorada.

—Me has mentido desde el principio, me has hecho dar vueltas a tu alrededor, me has manipulado sin ninguna consideración, incluso desmintiendo una información que me habías dado previamente.

—Obtuviste esa confidencia de una manera extraoficial —le reproché con rencor.

—Todo tiene un límite, Isabel, y tú has traspasado la línea roja —dijo alejándose de mí—. Te habrá quedado claro que no he creído una sola palabra de la declaración que hiciste esta mañana, y si confirmo que estás encubriendo a un presunto asesino y eres su cómplice en el tráfico de obras robadas, te aseguro que yo personalmente me encargaré de encerrarte en un calabozo —amenazó con una mirada severa. Después salió dando un portazo.

No habían pasado ni diez minutos cuando recibí una llamada de mamá. Estaba alarmada. Unos policías habían llegado a su piso con una orden de registro. Apenas le habían ofrecido una explicación e iban a llevarse todos los cuadros.

—Sí, mamá… Aquí también han estado y se los han llevado. Es por una investigación que están realizando debido al asesinato de un anticuario.

—¡Ah, sí! Lo leí en la prensa, pero… ¿qué tiene que ver ese crimen contigo y conmigo?

—No lo sé, pero me han dicho que sólo quieren comprobar que los cuadros del abuelo Tomás son auténticos. Eso es todo —le expliqué para salir del paso.

—¿Y por qué no iban a serlo?

—No me han dado más detalles. Pero sí han comentado que no debemos preocuparnos y que los devolverán en cuanto lo confirmen.

—Bueno, espero que todo se aclare pronto. ¿Cenas conmigo? He quedado con Merche y Noelia.

—Hoy no, lo siento. Acabo de llegar del trabajo y estoy muy cansada.

—¡Siempre ese dichoso trabajo…! ¿Cuándo vas a dejarlo de una vez?

—Mamá… Ya hablaremos, ¿vale?

22

Al día siguiente seguía encerrada en casa sin noticias del exterior, custodiada por agentes que hacían guardia ante mi puerta y ordenando el desbarajuste causado por el registro policial tanto en el estudio como en el resto de las habitaciones.

El calor dio una tregua aquella tarde en que recibí la visita de Benjamín Sinclair y Daniel, y mi corazón comenzó a latir precipitadamente al enfrentarme a su flemática mirada.

—Hola, bienvenidos. ¿Hay alguna novedad? —pregunté con timidez al abrir.

—Sí. El segundo asaltante ha sido detenido por fin, aunque no nos ha proporcionado información fiable sobre el desconocido que los contrató —respondió Daniel, imperturbable—. El señor Sinclair lo ha reconocido, y debo llevarte a la comisaría para que tú también lo identifiques.

—Disculpe mi intromisión en su casa, Isabel. Sólo quería despedirme de usted, y como el inspector De la Torre venía hacia aquí le pedí que me permitiera acompañarlo.

Los invité a sentarse en el patio y serví unos refrescos. El rumor de la fuente proporcionaba un ambiente relajado para la tertulia.

—Tiene una casa preciosa, Isabel —dijo el argentino.

—Gracias. Cuando la heredé de mi familia realicé una gran reforma. No tiene nada que ver con el antiguo hogar de mi abuelo.

—¿No ha conservado los muebles? En mi país existe en los últimos años una auténtica fiebre por las antigüedades —comentó Sinclair.

—Preferí darle un aire nuevo. Sólo he mantenido un par de cosas de interés, no tenía empeño por guardar muebles viejos.

—¿Qué conservó en la casa?

—Únicamente una cama de hierro forjado y un par de mesillas de noche.

El argentino seguía interesado en averiguar el paradero de las pinturas robadas e insistía en hacerme recordar mis conversaciones con el anticuario.

—Siento no poder ayudarlo, Benjamín. Nunca hablé con el señor Goldman de ese asunto. Nos limitábamos a charlar de historia antigua.

—Bueno, ya no tiene remedio. No hallé lo que buscaba, pero me queda un buen recuerdo de esta bella ciudad. Voy a estar unos días en Madrid para realizar unas gestiones antes de regresar a Buenos Aires. Si hubiera alguna novedad, le ruego que contacte conmigo a través del móvil.

Daniel no había despegado los labios durante la visita, aunque yo advertía que estaba atento a mis palabras, a mis gestos. Cuando regresé al patio tras acompañar a la puerta a Benjamín, me indicó con un gesto que volviera a sentarme frente a él. Presentí que iniciaría una nueva ronda de preguntas.

—Isabel, ¿qué sabes de los cuadros de tu abuelo?

—¿Cuáles?

—¿Cuáles? —repitió con recelo—. ¿Es que tenías más cuadros, además de los que nos llevamos ayer?

Alcé la frente y le sostuve la mirada sin saber qué decir. «Debes cuidar tus palabras, piensa antes de hablar, Maribel —me recordé—. Eres una bocazas.»

—Responde. —Era una orden.

—Preguntaba por los que te llevaste de mi casa o los que tenía mi madre.

—En general. ¿Sabes dónde los pintó?

—Pues me imagino que en Francia. Su estilo pertenecía a la corriente desarrollada en Paris en la época de entreguerras.

—Parece que te empapaste bien de ellos.

¿Había detectado un matiz irónico en su comentario?

—Creo que ya sabes que soy licenciada en historia… Y también estudié arte. ¿Tienes alguna noticia, los han analizado ya?

—Aún es pronto. De cualquier forma, debiste informar sobre ellos.

—Lo siento, a veces me bloqueo y hago tonterías. Cuando oí que mi abuelo fue un ladrón de obras de arte…

—Hiciste lo contrario de lo que haría cualquier persona normal: callar, en vez de dar una explicación —me interrumpió con frialdad—. ¿Había un motivo especial? ¿Tienes más información referente a esos cuadros? ¿Sabes si hay más repartidos en otras casas?

—¿Puedo hacerte una pregunta? —dije, eludiendo contestarle—. Es sobre el informe que tenías de mi abuelo…

—Eso es confidencial. —Daniel me atajó con severidad—. Y no cambies de tema. Habla.

—¿Isaac lo conocía también? —insistí tenaz. Llevaba días intentando obtener una aclaración sobre ese asunto.

—Te daré una respuesta si tú contestas a mis preguntas —murmuró inclinándose hacia delante.

—Tú primero.

—Está bien… —Suspiró, resignado, tras unos instantes—. Él tenía la misma información que nosotros: su expediente policial, el nombre y los datos del denunciante, incluso las actuaciones que se realizaron tras su detención. Las guardaba en la carpeta donde tenía la reseña que había escrito sobre ti y tu familia.

—¿De mi familia? —pregunté atónita.

—Había datos de tu madre. Y de tu padre y tu tía, e incluso de la mujer que cuidó de ambos cuando tu abuelo murió.

—¿Te refieres a la tata Juana? Pero ¿qué interés tenían para Isaac esa mujer y mi familia paterna? ¿Cómo consiguió la información?

—Ésas son ya demasiadas preguntas —replicó Daniel con frialdad—. Ahora te toca a ti.

Me quedé descolocada; todo estaba ahora patas arriba: si Isaac conocía el pasado de mi abuelo con tanta minuciosidad y sabía que había robado aquellas obras, ¿por qué me dijo que las guardara?

—Yo... no sé... Estoy algo sorprendida.

—Goldman apuntó certeramente a tu abuelo como traficante de obras de arte. Estamos trabajando para averiguar si fueron vendidas o se encuentran en poder de alguien aquí, en la ciudad. ¿Vas a darme ahora una información más clara sobre ellas?

—Sólo puedo hablarte de los cuadros que había en esta casa, y estaban firmados por él, como pronto se comprobará. Isaac afirmó ser un experto en la pintura de la Escuela de París, un grupo variopinto de artistas que vivieron y trabajaron en esa ciudad en el primer tercio del siglo veinte, bueno, desde la Gran Guerra hasta la Segunda Guerra Mundial. Comentó que las obras de mi abuelo eran de gran calidad y me recomendó que las llevara a un tasador para conocer su auténtico valor, eso es todo. Hace poco fui a ver a un catedrático de arte contemporáneo de la facultad de Filosofía y Letras y le mostré fotos de algunas de esas obras. Quedó en llamarme para ponerme en contacto con una empresa de tasaciones. Puedes hablar con él para confirmarlo. Se llama Moisés Pérez de la Mata.

—Lo haré. ¿Isaac te ofreció comprarlas?

—No le di oportunidad. Le dije que era un legado familiar y que jamás me desprendería de ellas.

—¿Te visitó después de que te trasladaras a vivir aquí? —Volvía a la carga.

—No... Y ya lo he negado mil veces. —Mentí una más mientras recordaba con rabia la imagen de Isaac Goldman examinando los cuadros de Matisse la tarde que estuvo en mi casa.

—Venga, Maribel, inténtalo de nuevo. Dame la respuesta correcta. Te he ofrecido una información confidencial, ahora te toca a ti colaborar un poco. —Su tono se había suavizado, aunque advertí en esa súplica una buena dosis de ironía—. ¿Vino a estudiar los cuadros?

—¿Por qué es tan importante para ti ese detalle?

—Porque sé que para ti es más importante ocultarlo. Y eso te coloca en la otra orilla, frente a mí —sentenció cruzándose de brazos sobre la mesa.

—No estoy frente a ti, Daniel; estoy en el centro, en el agua, y todos me disparáis desde las dos márgenes del río. La información que podría ofrecerte no es relevante y no va a ayudarte a resolver nada.

Daniel bajó la cabeza con un suspiro de impaciencia.

—¿Por qué no dejas que sea yo quien decida eso? Maribel, sé que te has involucrado mucho en este caso y que no dices todo lo que sabes. Pero no estoy seguro de que estés calibrando bien tu estrategia. Allá tú. Pero ten cuidado… Podrías salir lastimada. —Se levantó y me hizo una señal para que lo siguiera—. Tengo que llevarte a la comisaría. Ya has oído que el segundo asaltante ha sido detenido por la Guardia Civil en las inmediaciones de Madrid y que lo han trasladado a Córdoba. Benjamín lo ha reconocido y ahora necesitamos tu confirmación.

Hicimos el recorrido en silencio, y al llegar a la zona de aparcamiento especial de la comisaría caminé a su lado. Tras la identificación positiva en la rueda de reconocimiento, Daniel me condujo a su despacho, donde se sentó a su mesa, extrajo una carpeta de un cajón y, con un gesto, me indicó que ocupara una silla frente a él.

—Hemos hallado nuevos documentos, estaban entre los archivos de Isaac Goldman y quizá arrojen alguna luz en este caso. Hay más nombres de personas a las que también investigó. Puede que conozcas a alguna. —Empezó a leer—: Francisco Alba, un carpintero del barrio de San Agustín…

Daniel levantó la vista tratando de encontrar una respuesta. Pero alcé los hombros negando conocerlo.

—Miriam Aguilar —continuó—, una dentista que tiene su consulta en el barrio de Santa Marina…

—Tampoco sé quién es.

—Juana Requena. Fue la mujer que cuidó de tu padre y tu tía al quedar huérfanos. Murió hace más de veinte años.

—Recuerdo, de cuando era pequeña y vivía en la calle Lucano, a Juana. Era muy mayor, y mi padre y su hermana la querían como a una madre, pues había trabajado para mi familia desde muy joven; ya había sido la tata de mi abuelo, y cuando él falleció se hizo cargo de tía Lina y de papá. Constato que esta investigación abarca mucho tiempo.

—No. Isaac Goldman inició este informe en diciembre del año pasado, después de visitar tu casa. ¿Conoces a algún miembro de la familia de Juana Requena?

—Sí, a Carmen Mialdea, su hija. Era íntima amiga de la familia y visitaba con frecuencia a mi tía. Se querían mucho, y en más de una ocasión coincidí con ella en mi casa. La última vez que la vi fue en octubre pasado, en el entierro de mi tía.

—Hay algunos nombres más; son vecinos y conocidos de tu tía. El estudio es parecido: costumbres, trabajos, horarios… Goldman llegó a entablar amistad con algunos, incluso entró en sus hogares.

—¿De verdad? ¿Para qué? —pregunté sorprendida.

—Sólo sabemos que compró objetos antiguos, aunque de escaso valor.

—¿Eso tiene algún sentido para ti?

—Puede que buscara algo.

—¿Algo como cuadros?

—Exacto.

Lo observé mientras volvía a guardar el expediente en un cajón de la mesa. El Daniel que tenía frente a mí era un hombre frío y severo, un cazador a la espera de un movimiento en falso de su presa. Iba a abalanzarse sobre mí, y no precisamente para besarme como había hecho en mi habitación la noche en la que me declaró sus sentimientos y suplicó que le contara mis secretos. Parecían dos hombres diferentes: uno de ellos me intimidaba, aunque en la misma medida en que el otro me atraía. Mi duda era si aquel arrebato fue sincero o se trató de una estratagema para conmoverme, manipular mi voluntad y sonsacarme confidencias.

—¿Qué estás maquinando ahora? —preguntó de golpe.

—¿Qué?

—Conozco esa mirada perdida. Sueles contar mentiras cuando te quedas así. Dime en qué piensas en este preciso instante. Quiero la verdad. ¡Venga, habla! —ordenó con los codos apoyados en la mesa y los ojos fijos en mí.

Aparté la mirada y me mantuve en silencio; no tenía intención de obedecerle. No era momento para romanticismos. Daniel recuperó durante unos segundos su ironía y sonrió con su particular mueca, negando con la cabeza en un gesto de manifiesta rendición ante mi falta de colaboración.

—Dejémoslo, no merece la pena. Vamos, te llevo a casa —dijo, e inspiró profundamente.

Luego se colocó el arma que había dejado colgada en la percha dentro de una funda especial de cuero que la encajaba bajo su axila izquierda.

—Estaba pensando en lo que pasó la otra noche, en mi dormitorio… —susurré a su espalda.

Daniel, que ya abría la puerta para salir, se detuvo. Se volvió hacia mí lentamente.

—Aquello fue un error —se limitó a afirmar mientras esperaba a que yo saliera.

Pero no avancé.

—Sí, yo cometí un grave error, Daniel. Debí contártelo todo desde el principio.

—Puedes hacerlo ahora… —Con un gesto me invitó a sentarme otra vez.

De repente un inoportuno zumbido interrumpió la calma. Era su móvil. Daniel respondió con desgana y observé su reacción de sorpresa al oír al interlocutor. Tras escucharlo, le dijo que se dirigía hacia allí enseguida y colgó.

—¿Qué ha ocurrido?

—La dentista de la que hablamos hace un rato, Miriam Aguilar... Unos individuos han asaltado su consulta y han tiroteado a uno de los vecinos que les ha salido al paso. No tengo tiempo de llevarte a tu casa, vendrás conmigo.

Y me condujo al exterior por los hombros.

Montamos en su deportivo, en cuyo salpicadero colocó una sirena azul, y salimos hacia el barrio de la Magdalena en dirección a San Lorenzo y subimos hacia el Realejo, luego torcimos a la derecha a la altura de la iglesia de San Andrés y nos adentramos en Santa Marina.

—¿Crees que ese asalto está relacionado con el caso?

—Es demasiada casualidad —respondió con su parquedad habitual.

Daniel aparcó frente a la iglesia de Santa Marina, en la plaza del Conde de Priego, y me ordenó que permaneciera en el coche mientras iba a la clínica para unirse al resto de sus compañeros. Había varios vehículos policiales y una ambulancia.

La plaza estaba desierta y a oscuras; sólo una de las farolas permanecía encendida, y su débil luz iluminaba la esquina más alejada del monumento a Manolete donde me encontraba.

De pronto sentí un estremecimiento al ver una sombra tras la estatua del torero. Miré a mi alrededor y, llena de pavor, caí en la cuenta de que estaba completamente sola. La sombra emergió de la oscuridad, se hizo humana y comenzó a caminar con agilidad hacia el coche donde me encontraba. En mi desesperación traté de pulsar el bloqueo de las puertas, pero en la penumbra ni siquiera atiné a abrir el bolso para llamar por teléfono a Daniel. Me volví hacia la ventanilla y emití un grito de pánico. Un rostro me observaba desde el exterior a través del cristal: ¡era Isaac Goldman! Aunque me costó reconocerlo sin barba y sin sus peculiares gafas redondas.

—¡Por favor, no me haga daño!

Presa del miedo, me cubrí la cara con los brazos.

—¡Maribel, necesito hablar con usted. Es muy importante! —exclamó con la voz alterada, mirando hacia todos lados. Parecía estar tan asustado como yo—. ¡Está en peligro, ellos saben que usted tiene los cuadros!

—¿Ellos…? ¿Quiénes?

—¡Son peligrosos criminales…! No confíe en nadie, ni siquiera en la policía. ¡No los entregue, tiene que demostrar que es usted su legítima dueña! ¡Intente contactar con su abuela! —dijo dando media vuelta y dirigiéndose al monumento.

—¿Mi abuela? ¿Qué abuela? —grité al tiempo que abría la puerta.

—Lilianne Fridman… —Su voz se desvaneció mientras su silueta desaparecía en la negrura para convertirse de nuevo en un fantasma.

—Lilianne Fridman —repetí, consciente de que me temblaba todo el cuerpo.

Daniel, que al salir de la clínica se había percatado de la presencia de Isaac junto al coche, le dio el alto identificándose como policía. Oí varios disparos y voces de los agentes que rompían la quietud reinante en aquel lugar mientras corrían tras el espectro.

Daniel llegó al coche y se inclinó hacia mí.

—¿Estás bien?

El tono alterado delataba su estado de angustia, y sin darme tiempo a responderle me abrazó. Aquella reacción me pilló de sorpresa. Pocas veces lo había visto tan espontáneo. Su envoltura de hombre duro y distante había desaparecido, dejando al desnudo su otro yo protector y expresivo, el que me besó aquella noche en mi casa, el que me suplicó que le confiara mi secreto y le permitiera cuidar de mí.

—Estoy bien, él no pretendía hacerme daño.

—¡Gracias a Dios! Creí… que te había… —dijo con voz trémula sin separarse de mí—. Lo siento, no debí dejarte sola. Jamás me habría perdonado…

Puse mi índice sobre sus labios para tranquilizarlo y rodeé su cuello con mis manos. Durante unos instantes permanecimos abrazados, callados, unidos. Fue algo mágico. Cerré los ojos y volvimos a ser sólo él y yo, Daniel y Maribel. Regresamos a la calleja oscura de la iglesia de San Francisco donde días antes nos fundimos, excitados, tras el tiroteo. Ahora volvíamos a besarnos con ansiedad, alterados por unos acontecimientos que de nuevo nos colocaban en el centro de una absurda espiral de violencia e incertidumbre.

—¿Quién era ese hombre? —murmuró en mis labios.

—Isaac Goldman.

—¿Isaac Goldman? —bramó separándose de mí bruscamente—. ¿Cómo ha tenido el valor de acercarse a ti ese mal nacido? Acaba de matar a un hombre de dos disparos…

—No, Daniel, no lo creo —Lo tomé del brazo para serenarlo—. Ha venido a advertirme…

—Él es el único asesino —afirmó irguiéndose y cortando en seco mis explicaciones.

—Pero me ha dicho que estoy en peligro, que hay unos criminales muy peligrosos que…

—¡Claro que corres peligro! ¡Ha estado a punto de atraparte otra vez! —replicó irritado. Entró en el vehículo y cerró con un portazo—. Pero no permitiré que ese tipo se salga con la suya.

Condujo con la sirena conectada por las estrechas calles del casco viejo, y al llegar a casa cerró las puertas desde el interior; después comunicó a la central nuestra posición y en pocos minutos un coche patrulla hizo acto de presencia para montar guardia una noche más.

Los acontecimientos parecían precipitarse sin lógica ni patrón definidos, y el único nexo común era yo misma. Mientras tanto, el número de víctimas seguía aumentando. Aparentemente los asesinatos habían sido perpetrados por la misma persona, y la circunstancia de que Isaac Goldman se hallase en el lugar de los hechos lo señalaba como el autor inequívoco del tremendo crimen cometido aquella noche.

—¿Hay alguna novedad? —pregunté a Daniel al advertir que finalizaba su llamada.

—No. Aún siguen buscándolo por toda la ciudad. Ve a dormir —dijo regalándome su particular sonrisa—. Me quedo aquí.

—Estáis siguiendo una pista errónea.

—¿Tienes alguna sugerencia?

—Me cuesta admitir que ese hombre sea un asesino.

—¿Cómo puedes seguir creyendo en su inocencia después de lo ocurrido esta noche? ¡Estás equivocada, Maribel! Él es el único sospechoso —concluyó con aire enojado y dando por zanjada la discusión.

—Tengo un sexto sentido que me dice que no es el monstruo que suponéis. No me lo imagino cometiendo esos asesinatos tan horrendos. Yo admiraba de él sus sólidas convicciones religiosas y morales, me hablaba de su fe, de su Dios. Isaac es un ser respetuoso y digno, y esta noche lo he comprendido: estaba muy asustado, él también es otra víctima, como yo, y está huyendo de unos peligrosos criminales, ésas fueron sus palabras. Jamás conseguirás convencerme de que es culpable, no puedo estar tan equivocada. Él no es tu hombre, Daniel, estoy segura.

—¿Era el tuyo? —Me miró como si le doliera aquella pregunta. Ante mi mudez, insistió con nuevos argumentos—. Él estuvo aquí, había huellas suyas en las habitaciones, en la azotea, por toda la casa… Pero tú sigues negándolo. Aún no me has contado toda la verdad sobre vuestra relación. ¿Hasta cuándo piensas continuar con esta farsa?

—Sólo sentía un gran afecto por él…

—¿Cómo explicas que sus huellas hayan aparecido en sitios de la casa donde los asaltantes no estuvieron? —Se acercó hasta pegarse a mí—. Por favor, habla de una vez…

Pero ni siquiera me atrevía a mirarlo a los ojos en ese momento. Entonces me dio la espalda, como si aquella silenciosa respuesta lo hubiera herido. Se quedó quieto, contemplando la fuente del patio.

—Eres una embustera incorregible. Él estuvo en esta casa antes del asalto. —Se dio la vuelta y volvió a quedar muy cerca de mí—. ¿Por qué no dices la verdad, aunque sea por una vez? Sé que él fue el motivo de la ruptura con tu novio, el abogado.

—¡Eso no es cierto! ¡Jamás traicioné a Gonzalo! Lo dejé porque no era como yo esperaba, me equivoqué con él. Eso es todo. No sé elegir demasiado bien a los hombres... —confesé avergonzada.

—Pero aún sigues confiando en la inocencia de uno que te utilizó, te mintió, mientras todos los indicios apuntan a que fue él quien cometió los asesinatos. ¿Cuándo vas a abrir los ojos? ¿Cuándo dejarás de buscar un padre en todas tus relaciones?

Aquellas palabras causaron un fuerte impacto en mí. La ira nubló mi juicio, perdí el control y de repente me vi propinando a Daniel una sonora bofetada en pleno rostro, descargando en ella todos mis fracasos, mi dignidad herida y la esterilidad de mi lucha contra el otro yo. Durante unos instantes sentí que me había desnudado y mis profundas carencias habían quedado al descubierto ante un hombre que también manipulaba mis flaquezas y se nutría de ellas como un depredador frente a su indefensa presa.

—Lo siento —oí a mi espalda cuando huía de su lado llena de ira y vergüenza. Puse un pie en el primer peldaño de la escalera, pero su mano atrapó mi brazo, obligándome a detenerme—. Lo siento, Maribel. Retiro lo que he dicho. —Estaba pegado a mi espalda y su mano subía ahora hacia mi hombro.

—Limítese a hacer su trabajo y déjeme en paz, señor inspector —exclamé sin volverme y deshaciéndome de él.

De repente parecía haber despertado de una pesadilla bajo una ducha de agua helada que me había sacudido en lo más profundo. Durante aquella calurosa noche de insomnio me dediqué, encerrada en el dormitorio, a analizar mi experiencia con los hombres y llegué a la conclusión de que nadie entrega algo a cambio de nada. Gonzalo había salido de mi vida para siempre; fue una ilusión imposible, un fracasado ensayo en el que me obstiné en reproducir una relación ideal y perfecta. Daniel tenía razón en parte: Gonzalo me recordaba los gestos de papá, su sentido del humor y su desenfado; no obstante, jamás dejé de sentirme desamparada a su lado. Era un ser egoísta, y me engañé al pensar que podríamos llegar a una mínima compenetración. Cuando entregas demasiado para recibir tan poco, descubres que no vale la pena seguir al lado de alguien con el que no te sientes valorada. De él aprendí a ser también egoísta.

¿Y Daniel? ¿Habría tenido un futuro con él? Quizá nunca llegaría a averiguarlo. A pesar de su pragmatismo, me había declarado sus sentimientos una vez, en aquella misma cama. Una hora antes, en su coche, inclinado sobre mí, me había abierto de nuevo su corazón, ofreciéndome la ternura de un hombre enamorado. Sin embargo, nunca le transmití lo que sentía ni le entregué nada, excepto una mentira tras otra. Quizá había sido mi gran oportunidad, puede que la última, pero ya era demasiado tarde.

Lo esperé despierta en el dormitorio hasta bien entrada la madrugada; había olvidado ya sus agresivas palabras, que presumía fueron vertidas en un acceso de ira y a consecuencia de los celos más que del deseo de lastimarme. Pero esa vez no vino, y me dormí en la más amarga de las soledades.

23

Amanecí sola. La puerta exterior estaba cerrada y me asomé a la calle para comprobar que la patrulla policial seguía allí, como todos los días. Recordé entonces el nombre que me había dado Isaac sobre mi abuela y navegué por internet buscando a Lilianne Fridman. Le añadí fechas, los nombres «París», «Francia», «arte», los apellidos Rossberg, Ordóñez y muchos más, hasta que mi imaginación se agotó sin hallar un rastro que pudiera ofrecer información sobre aquella misteriosa mujer.

Dos días más tarde recibí la visita de Efraín Peres; esa vez venía solo.

—¿Han descubierto ya al autor del asalto a la clínica y de la muerte del vecino? —le pregunté a modo de saludo e invitándolo a sentarse en el patio.

—Todavía no, aunque todos los indicios apuntan a Isaac Goldman. La otra noche estuvo usted a punto de ser su siguiente víctima. Lamentablemente aún hay demasiadas lagunas en la investigación, y las pistas sólo conducen a callejones sin salida.

—Dígame, Efraín, ¿cuál fue el motivo del asalto? ¿Robaron algo en la consulta?

—Sí. Después de ordenar el caos que organizaron los asaltantes, la señora Aguilar afirma que sólo falta una cosa. Adivine qué es… ¡Un cuadro!

—¿Un cuadro? ¿Qué tenía de especial?

—En el informe que Goldman hizo sobre esa clínica y su titular, escribió que allí había un interesante retrato que merecería un estudio más profundo.

—¿Han comparado ese estudio con los demás? Quiero decir, ¿examinaba Isaac Goldman los cuadros cuando visitaba otras casas?

—No. Es la única referencia que recuerdo haber leído en sus informes.

—¿Les ha explicado la propietaria cómo había adquirido esa misteriosa obra?

—Sí. Afirma que fue el regalo de boda de unos allegados de su marido —me explicó mientras abría una carpeta de cuero y sacaba una foto. La puso sobre la mesa y la volvió hacia mí—. ¿Conoce este retrato?

—¿Es el cuadro robado en la clínica? —pregunté acercándome con gran interés.

—Sí.

De pronto el corazón me dio un vuelco. ¡Claro que conocía aquella pintura! ¡Era el retrato de mi abuela!

Reconocí de inmediato el rostro de una mujer morena con el pelo recogido hacia atrás, vestida de largo y sentada frente a una mesa sobre la cual había un jarrón lleno de flores. Los trazos eran sencillos, la composición carecía de profundidad, de perspectiva, y el color se había aplicado de manera arbitraria y libre, a la manera de los pintores fauves de los que me habló el profesor Pérez de la Mata cuando le mostré los cuadros de mi abuelo. Esa obra había estado en nuestra casa familiar de la calle Lucano hasta que nos trasladamos. La recordaba con un pomposo marco y colgada en una pared junto a la ventana del salón. Había un cuadro de Matisse parecido a ése en el sótano, y me acordé de que fue uno de los que mostré a Isaac la tarde que me visitó y le referí que mi abuelo había realizado un retrato de mi abuela similar a aquél… y también recordé que él me preguntó si sabía dónde estaba…

Pero ¿cómo había llegado aquella pintura a la clínica dental?

Alcé la vista para toparme con unos vivos ojos que me observaban sin pestañear.

—Por lo que parece esta obra no le es desconocida… —murmuró con mirada certera. Aquel investigador conocía a la perfección el lenguaje corporal y había advertido mi sorpresa.

—No sé qué quiere decir, Efraín. —Me encogí de hombros y procuré aparentar una serenidad que no tenía; aun así, le sostuve la mirada unos interminables segundos.

—Cuénteme qué sabe de ese cuadro, por favor.

—Jamás lo había visto.

—¿Lo llevaba Isaac Goldman la noche del asalto, cuando la abordó en Santa Marina? —preguntó tras una significativa pausa como si no hubiera oído mi respuesta anterior.

—No. No observé que llevara nada en las manos.

—¿Le dijo dónde lo había guardado?

—¿Está usted loco? Creo que rozan ya la paranoia… ¿Cómo pueden seguir especulando sobre mi complicidad con él?

—Porque usted sigue insistiendo en la inocencia de Goldman —dijo al tiempo que se acercaba a mí.

—Ya no, Efraín. Usted acaba de confirmarme que es culpable. Si él estaba allí, debía de tener razones muy poderosas y siniestras que se me escapan. Y compruebo que a ustedes también.

—Cada incidente relacionado con este caso aumenta un grado más la confusión. Primero apuntaron hacia usted y registraron su casa, y ahora la clínica. Debe de haber alguna conexión que no somos capaces de establecer todavía.

—Isaac Goldman es la única conexión. Él es el responsable —dije aparentando estar convencida de mis palabras.

Pero mentía. Isaac era tan inocente como yo, aunque no podía defenderlo ante el agente del Mosad, pues podría reforzar la convicción de Daniel acerca de que estaba encubriéndolo.

—¿Puedo hacerle una confidencia? Apostaría algo a que Isaac Goldman no es el único implicado en estos crímenes.

—Pero… él estaba en ese lugar aquella noche, yo lo reconocí…

¿Qué estaba ocurriendo con los investigadores? ¿Jugaban al despiste? Efraín me desorientaba con esa insinuación mientras Daniel afirmaba convencido que Isaac era el único sospechoso. ¿Estaban coordinados o cada uno utilizaba sus propios métodos? Entonces la astuta mirada de Efraín Peres me confirmó que estaba jugando conmigo. Intuí que alguien manejaba los hilos desde las sombras. Y ese alguien deseaba dar caza a Isaac Goldman, aun teniendo la certeza de que podría ser inocente. ¿Y si se trataba de la persona que tenía frente a mí? Peres estaba al corriente de la investigación, había leído los informes de Isaac y tenía acceso a todas las novedades que se iban produciendo.

El israelí esbozó una sonrisa de rendición.

—Nunca deja usted de sorprenderme, Isabel. ¿Cuándo confesará todo lo que sabe? —El tono de su voz no era autoritario. Al contrario, parecía suplicar una confesión.

—No sé a qué se refiere —respondí ingenuamente.

—Sí lo sabe. Ese cuadro fue pintado por Henri Matisse y pertenecía a la colección privada de Herbert Rossberg.

—¿Ese cuadro? ¿De Matisse…? —repetí, a punto de desmayarme—. ¿Me está diciendo que es una de las obras que supuestamente robó mi abuelo?

Peres estudiaba, inmóvil, mi reacción.

—¿Acaso no lo sabía?

—¿Cómo iba a saberlo? —repliqué consternada—. Ese cuadro…

Enmudecí en el último segundo, cuando estaba a punto de revelar que había pertenecido a mi familia y que creía que era el retrato de mi abuela.

—Ese cuadro… le resulta muy familiar, ¿verdad?

—No… no… no lo había visto nunca, aunque se parece a uno de los que pintó mi abuelo, eso es todo. Pero ¿cómo llegó hasta la clínica de Miriam Aguilar?

—Esperaba que usted me facilitara la respuesta.

—Lo lamento, pero tienen ustedes unas expectativas infundadas conmigo. Yo no sé nada sobre esa pintura.

—Parece que el cerco se va cerrando. Isaac Goldman nos puso sobre esa pista y ahora queda lo más difícil: averiguar dónde están tanto el cuadro como él. En relación con las pinturas de su abuelo que puso a disposición de la policía, no sé si el inspector De la Torre ya le ha comunicado que los técnicos confirman que, efectivamente, fueron pintados por Tomás Ordóñez, y con gran maestría, según ellos.

—Bueno, por lo menos ese espinoso tema está ya aclarado.

—¿Sabe? Goldman se equivocó con respecto a usted. Escribió que era confiada. Pero yo no lo creo. Es usted una mujer brillante, aunque inaccesible.

—¿Inaccesible? ¡Vaya! Nadie había destacado de mí ese rasgo. Me considero más bien una persona abierta y cercana —sugerí con timidez encogiéndome de hombros.

—Pero no se fía de nadie y prefiere mentir antes que confesar la verdad.

—¿Me permite hacerle una pregunta, Efraín? —Resolví desviar esa insinuación contraatacando con sus mismos métodos.

—Adelante.

—Tengo curiosidad por saber cómo obtuvo usted información acerca del hallazgo de una pista sobre los cuadros de Rossberg por parte de Isaac y por qué, la misma tarde del asesinato, lo relacionó con ella.

Se hizo un incómodo silencio en el que nuestras miradas se cruzaron. La suya era indefinida, sin un atisbo de emoción. La mía esperaba impaciente una respuesta. Efraín dibujó una débil sonrisa sin molestarse demasiado en aclarar mis dudas.

—Pertenezco al Mosad, el Servicio de Inteligencia más eficiente del mundo, Isabel.

Buena respuesta.

—¿Y cómo es posible que a estas alturas ignoren quién está detrás de este caso? Deben de tener información sobre personas o instituciones implicadas, o al menos que estuvieran al corriente de la noticia… —Trataba de espolear su amor propio.

—Eso es confidencial y forma parte de la investigación. Ya le he dicho que sabemos que Isaac no es el único implicado.

—Sin embargo, a mí sí me consideran sospechosa, cuando es evidente que sólo soy una víctima.

—Una víctima que guarda un secreto. Pero no debe preocuparse, ambos están a salvo.

¿Estaba enviándome otro mensaje subliminal?

—Bueno, ya que tiene tanta información, ¿podría contarme algo más sobre mi abuelo? El inspector De la Torre sólo me aclaró que la razón por la que estuvo en la cárcel es porque se lo acusó de robar obras de arte, pero no consigo imaginar a un gran artista como él entrando a hurtadillas en una embajada para llevarse esos cuadros...

—No sucedió de esa forma. ¿Recuerda que le hablé del Museo Jeu de Paume de París?

—Sí. Los nazis almacenaban allí las obras requisadas a los judíos.

—Correcto. Cuando los alemanes invadieron París en 1940 instalaron allí, en la Galerie Nationale du Jeu de Paume, el Einsatzstab Reichsleiter Rosenberg (ERR), un organismo cuyo responsable e ideólogo fue Alfred Rosenberg, quien ostentaba el pomposo cargo de delegado del Führer para la Inspección de la Educación Intelectual y Doctrinal del Partido, cuya autoridad se extendió también sobre las obras de arte y las bibliotecas. Durante los cuatro años que duró la ocupación en Francia, esa organización cultural del partido nazi utilizó el Jeu de Paume como depósito de las piezas que iban expropiando a las familias judías y hostiles al Reich, a salas de exposiciones e incluso a museos estatales de los países sometidos. Existen testimonios escritos en forma de misivas entre Hitler y sus lugartenientes más cercanos que inducen a creer que una de las razones para la invasión de Francia eran sus obras de arte, pues ya en aquellos años habían saqueado buena parte de los países conquistados y el botín francés era importante. Meses después de la ocupación de Francia, el mando militar nazi en París creó varias instituciones para canalizar el expolio, organizar los traslados a Alemania y distribuir las piezas a través de diferentes vías de transporte. Al principio se ordenó el almacenado de los objetos artísticos más valiosos de propiedad pública y privada en la embajada alemana, situada en una lujosa mansión de la rue de Lille. Los de propiedad pública serían objeto de negociación con los gobernantes franceses; sin embargo, los pertenecientes a ciudadanos judíos pasarían directamente a ser patrimonio alemán. La embajada quedó pequeña para albergar tal cantidad de obras y se enviaron al Museo del Louvre, cuyas salas también estuvieron repletas en pocas semanas debido a los numerosos saqueos. El Museo Jeu de Paume, situado en la esquina que formaban los jardines de las Tullerías y la plaza de la Concordia, estaba vacío, y los alemanes consideraron que aquél era el lugar idóneo para depositar las piezas, ubicando allí el que se convertiría en el centro de almacenamiento y distribución de arte más importante del mundo, desde donde se fraguó el mayor expolio de la historia. Lo que desconocían los alemanes es que aquel museo había sido vaciado antes de su llegada y que las obras que albergaba se habían ocultado en diferentes lugares del país y en el mismo sótano del edificio. Durante aquellos años se llenó de obras de arte que iban siendo clasificadas para su posterior traslado. Más de doscientas colecciones particulares fueron saqueadas: un total de cien mil obras de arte, cincuenta mil muebles y más de un millón de libros y manuscritos.

»Sin embargo, existió un personaje que destacó por su heroicidad en esos años: Rose Valland, una mujer menuda y frágil que en 1932 trabajaba como adjunta en el Jeu de Paume, que exponía las obras más vanguardistas de la época. Allí conoció a artistas que después fueron vinculados a lo que se denominó Escuela de París, que engloba a un grupo variopinto de artistas vinculados a diferentes estilos artísticos de vanguardia, como el surrealismo, el expresionismo o el cubismo. Picasso, Chagall, Utrillo, Braque o Matisse formaron parte de l'École de Paris y estuvieron relacionados con el Jeu de Paume. En 1938 Valland fue nombrada encargada de la Seguridad de las Colecciones, y un año después se le encomendó la tarea de guardar todas las obras en lugares seguros cuando Francia entró en guerra contra Alemania.

»En junio de 1940, cuando los tanques nazis se pasearon sin oposición por el centro de París tras la firma del armisticio por el mariscal Pétain, Hitler ya había tomado una decisión: desvalijar con la más absoluta discreción su tesoro artístico. La señora Valland continuó su trabajo en el museo, colaborando con los alemanes en la clasificación y distribución de obras de arte junto con un numeroso grupo de profesionales germanos, entre ellos historiadores, fotógrafos y contables, los cuales elaboraron un fichero minucioso y detallado de todos los artículos que se recibían allí. Lo que éstos ignoraban es que ella copiaba a escondidas los archivos, recuperaba los papeles de calco de las papeleras e incluso los fotografiaba. Después pasaba a la Resistencia francesa y a los aliados la información sobre los trenes que transportaban las obras de arte a Alemania, con el fin de boicotear su salida del país.

—¿Y lo consiguieron?

—Sólo en contadas ocasiones. La mayoría de las piezas fueron sacadas de Francia. No sé si conoce una película muy interesante que describe estas actividades: *El tren*. Se estrenó antes de que usted naciera, en 1964. La protagonizó Burt Lancaster. En ella aparece el personaje de Rose Valland y se narran las vicisitudes de un grupo de la Resistencia que intenta evitar que un tren cargado de obras de arte salga de Francia con destino a Alemania. Se la recomiendo. Es una película muy ilustrativa sobre la tenacidad que demostró el pueblo francés para defender su patrimonio.

»Por desgracia, los nazis consiguieron desvalijar las más valiosas colecciones de arte de Francia. Hubo algunas que, por el prestigio y el nombre de sus protagonistas, alcanzaron una clara notoriedad, como fue el caso de la familia Rothschild, a los que confiscaron casi cuatro mil piezas procedentes de nueve casas y castillos. Posteriormente, y gracias a los archivos realizados en el Jeu de Paume por los alemanes y por Rose Valland, la mayor parte de esos bienes fueron recuperados y devueltos a los Rothschild tras la guerra. Sin embargo, hubo otros que resultaron menos afortunados, como Paul Rosenberg, el marchante de Picasso, Braque y Matisse y dueño de la más prestigiosa galería de arte de Francia. Antes de su precipitada huída de Francia ocultó gran parte de su extensa colección en un banco de la localidad de Libourne, pero fue descubierta y entregada a los alemanes. Partió hacia Nueva York con muchas de sus obras, pero gran número de sus cuadros no arribaron a su destino y nunca supieron si llegaron a salir de París o se perdieron durante el trayecto de Francia a Estados Unidos a través de España.

—¿Y qué hizo el gobierno francés?

—No tenía las manos libres para defenderlos. Los enfrentamientos con los invasores fueron constantes, pues desde el ERR expoliaban y enviaban el botín a Alemania sin dejar que los administradores del gobierno de Pétain tomaran nota de todo lo incautado. Éstos argumentaban que las posesiones habían sido decomisadas a ciudadanos franceses y que, aunque habían perdido su nacionalidad por ser judíos, debían quedar en el país; pero la avaricia desenfrenada de los dirigentes nazis ignoró esas peticiones. En el Museo Jeu de Paume se celebraban exposiciones privadas a las que asistían altos cargos del gobierno alemán y elegían las obras que después pasaban a ser de su propiedad. Uno de ellos fue el mariscal del Imperio y número dos del Reich Alemán, Hermann Göring, quien visitó París en numerosas ocasiones y se hizo con una de las colecciones particulares más relevantes de Alemania. Tras aquella primera visita al museo firmó una orden para regular la nueva distribución de las obras de arte: las requisadas a los judíos, y en orden de importancia, serían enviadas a Alemania directamente al Führer, a continuación otras se pondrían a disposición del propio Göring y las restantes se enviarían a museos alemanes. Lo que ignoraba el codicioso mandatario era que las piezas que se adjudicaba con total impunidad eran escrupulosamente registradas por una frágil mujer que lo acompañaba y lo asesoraba sobre la elección de las mismas.

Cuando París fue liberado en agosto de 1944 ella, Rose Valland, se puso a trabajar para recuperarlas, se desplazó a Alemania siguiendo el rastro de los numerosos convoyes que salieron de Francia hacia ese país y colaboró en la restitución de decenas de miles de obras de arte.

—Pero hay muchas que siguen desaparecidas…

—Miles. Durante aquellos años y tras la guerra floreció un turbio mercado entre marchantes y colaboracionistas. Hitler acuñó la expresión «arte degenerado» para rechazar el arte de vanguardia representado por el impresionismo o el surrealismo, entre otros, relacionándolo con influencias bolcheviques o judías; en los años treinta depuró los museos alemanes de aquellas obras, ensalzando lo que llamaba «arte heroico y germánico» tradicional. De esa forma relegaron a Picasso, Matisse o Chagall a la categoría de artistas prohibidos, y con sus obras expoliadas en los países conquistados crearon un mercado de intercambio por «arte puro», o ario, entre los circuitos de marchantes poco escrupulosos, la mayoría de ellos franceses y suizos, quienes comerciaron con esas piezas y las distribuyeron por todo el mundo, una circunstancia que después dificultó la restitución a sus legítimos dueños.

—¿Y cómo alguien podría demostrar en estos momentos que es el dueño de uno de esos cuadros? Me imagino que en esos años las obras eran sustraídas de los hogares o las salas de arte sin previo permiso, y tras el holocausto miles de familias desaparecieron.

—En la actualidad existen organismos como la Comisión para el Arte Incautado en Europa que trabaja activamente en la búsqueda de obras y para alcanzar acuerdos rápidos con instituciones o gobiernos con el fin de que éstas sean restituidas a sus propietarios. Pero sólo cuando existe una reclamación de alguien que afirma ser el dueño o su descendiente se estudia el caso.

—¿Y de qué manera pueden reclamarlas?

—Por diferentes canales: si se trata de particulares, aportando documentos o testimonios, e incluso fotos familiares en las que se vean esos cuadros colgados en sus hogares. También han sido de gran ayuda los archivos del expolio alemán, donde se registraban con minuciosidad los datos de las obras que llegaban al Museo Jeu de Paume, como el nombre del propietario, las medidas y una descripción de la obra, así como fotos en ocasiones. El Museo del Holocausto de Washington y la Conferencia sobre Reclamaciones Materiales Judías contra Alemania han unido sus archivos en un excelente trabajo que ha dado como resultado una base de datos con las fichas digitalizadas que realizó el ERR y que puede consultarse en internet. Ahora las familias que sobrevivieron al Holocausto y sus descendientes tienen la posibilidad de acceder a ella para tratar de localizar los bienes que les fueron robados.

—Tengo entendido que hoy día existen miles de obras de arte que cuelgan en museos y colecciones particulares que proceden de ese expolio. Imagino que con esa base de datos determinar su procedencia será mucho más sencillo.

—El problema es que en ocasiones los trámites son lentos y resultan costosos, y no todos los países colaboran para la devolución de las obras. Ha habido casos famosos, como el del gobierno de Austria que se vio obligado a retornar, tras una larga disputa judicial, cuatro obras de Gustav Klimt a sus legítimos dueños, la familia Bloch-Bauer. Países como Francia, Holanda o Alemania cumplen los convenios firmados para la devolución de obras de arte y se encargan de investigar y devolver, en su caso, las obras reclamadas. Pero no sucede lo mismo en todas partes…

—¿Qué pasa con España? ¿Hay obras aquí procedentes de ese expolio?

—Más de las que imagina. Desde el sur de Francia partieron muchas hacia España y Portugal para zarpar posteriormente hacia América Latina, donde emergió un lucrativo mercado de arte al que acudieron coleccionistas y museos de todo el mundo. Sin embargo, repito que algunas no llegaron a su destino y nunca más se supo de ellas. Por el puerto de Bilbao pasaron barcos cargados con obras de arte, y muchos anticuarios españoles se lucraron. Había negociantes franceses, belgas o suizos que recalaban una temporada en España, negociaban con las obras y desaparecían. Se recibieron también informes procedentes del

Consejo de Control Aliado con nombres de agencias de aduanas españolas, anticuarios, galeristas e incluso marchantes procedentes de España establecidos en el sur de Francia o en Alemania, que constaban como intermediarios en la venta de objetos procedentes del expolio alemán.

»El Consejo de Control Aliado exigió en 1946 la extradición a Holanda de un conocido marchante alemán afincado en España, Alois Miedl, cuyas actividades de contrabando y colaboración con los nazis eran conocidas por el gobierno de Franco. Ese marchante adquirió numerosas obras de arte a bajo precio, la mayoría bajo coacción a familias judías propietarias de excelentes colecciones en los países ocupados, como Holanda, Francia o Bélgica, para después venderlas a altos cargos del régimen nazi. Disponía de una importante red de distribución entre Francia y España, apoyado aquí por miembros destacados de la embajada alemana en Madrid. El gobierno holandés demandó la devolución de un lote de cuadros en posesión de Miedl, pero el Ministerio de Asuntos Exteriores español solicitó pruebas de que hubo coacción para la venta por parte de los anteriores propietarios, y al no recibirlas denegó la extradición y la devolución de las obras.

—Usted tiene esa lista de colaboradores del expolio... —sugerí con temor.

—Sí, aunque no es demasiado extensa. España, según la conclusión del informe del Consejo de Control Aliado, desempeñó un papel relativamente modesto en el contrabando y la venta de objetos robados, en comparación con el número de alemanes y franceses que pasaron por la frontera y realizaron transacciones con relativa impunidad. Éste fue un país de tránsito más que de destino en el tráfico de obras de arte.

—Mi... mi abuelo estaba en esa lista, ¿verdad? —pregunté con aprensión.

—No. El nombre de Tomás Ordóñez apareció en unos informes de los alemanes tras la guerra. Él colaboró con los nazis. —Efraín Peres guardó silencio durante unos segundos y me miró con una pose misteriosa al tiempo que observaba mi gesto de estupefacción—. Sí, Isabel, él colaboró con ellos, utilizó la nacionalidad española y su influyente apellido para granjearse la confianza de los miembros del ERR. Tomás Ordóñez de Olarzábal era un elegante caballero español, experto en arte y perteneciente a una rancia y adinerada familia española cercana a la ideología franquista.

—Pero… ¿cómo sabe usted todo eso?

—Había puesto en duda mi eficacia en esta investigación y me he sentido en la obligación de aclararle algunos datos que usted ignoraba, por lo que veo.

—Por supuesto, y me cuesta trabajo asimilarlo.

—En el Jeu de Paume, Tomás Ordóñez asesoraba a altos cargos del gobierno alemán, así como a marchantes y amigos de éstos, sobre las obras más interesantes. También tenía acceso a los inventarios con las piezas que salían hacia las embajadas, los museos o las salas de arte en todos los países situados bajo la órbita alemana. Otra de sus funciones consistía en separar el arte «degenerado» proscrito por los nazis, y esas obras eran relegadas y almacenadas en un lugar apartado del resto. Muchas de ellas desaparecieron para siempre, unas utilizadas para intercambio y otras enviadas a la hoguera o literalmente destrozadas a cuchillazos, pues hay referencias sobre la destrucción masiva de cientos de cuadros en el jardín de las Tullerías.

—Eso no puedo creerlo… ¡Pero si Tomás Ordóñez pintaba ese tipo de arte… degenerado! Ya ha visto sus cuadros, son fauvistas.

—Quizá por esa razón los trajo a su casa, para protegerlos —insinuó con sutileza.

—Pero entonces… ¿qué ocurrió? ¿Por qué fue encarcelado?

—Debemos situarnos en el año 1940, en pleno apogeo de Hitler en Europa y con un gobierno fascista y amigo en España. Su abuelo era íntimo de un miembro de la embajada de Alemania en Madrid, un hombre poderoso y elegante que frecuentaba las familias aristocráticas de la capital española y que sentía debilidad por coleccionar obras de arte. Tomás Ordóñez viajaba con frecuencia a este país desde París para visitar a su familia y le informaba sobre las obras que entraban en el Jeu de Paume, incluso se ofrecía a trasladarlas a la embajada de Madrid. Durante un año, cuadros, porcelanas, tapices, esculturas y libros cruzaron la frontera franco-española con total impunidad gracias a un visado especial del Reich.

—¿Fue ese diplomático quien denunció por robo a mi abuelo?

—Sí. Por lo visto, Tomás Ordóñez aprovechó esa coyuntura especial y decidió actuar en beneficio propio. Como acabo de explicarle, él seleccionaba los objetos en nombre del miembro de la embajada de Madrid y los trasladaba personalmente desde París. Los encargados del Jeu de Paume le proporcionaban un inventario sellado a la salida, pero durante el trayecto él hacía desaparecer algunas obras de arte, y cuando llegaba a su destino entregaba un listado falsificado. Sin embargo, algo debió de salir mal en uno de esos envíos ya que su abuelo fue descubierto y acusado de robo. De esta forma acabó en la cárcel.

—¿Sabe? Me cuesta imaginarme a mi abuelo colaborando con los nazis para expropiar a familias judías y museos. Me habría gustado seguir creyendo que fue un simple ladrón…

—Bueno, realmente lo fue. Robó a los nazis, que no está del todo mal… —Peres trató de sonreír.

—¿Y qué hacía con los objetos que… se quedaba para él?

—Nunca aparecieron, ni en sus propiedades ni después de la guerra.

—Y cuando salió de la cárcel quince años después, apenas vivió unos meses en su casa. Regresó muy enfermo.

—Sí, la guerra había terminado y en Francia habían pasado página, dando por desaparecidos esos objetos.

Durante unos instantes en los que guardamos silencio recordé las palabras de Isaac la noche del asalto a la clínica dental.

—Efraín, ¿qué sabe de mi abuela, su difunta esposa…? Se llamaba Lilianne Fridman.

—Su difunta esposa —repitió—. Es un dato interesante… Y usted, ¿qué sabe de ella?

—Absolutamente nada. Sólo su nombre.

—Yo podría ofrecerle una interesante información… Creo que ella estaría encantada de conocer a su nieta.

—Pero… ¿acaso está… viva? —Di un brinco en el sillón.

—Sí.

Y no añadió nada. Se quedó observando mi reacción con una sonrisa de satisfacción. Estaba provocándome.

—Compruebo que ustedes, los del Mosad, son más eficientes de lo que creía. —Con ese halago pretendía ablandarlo un poco—. ¿No piensa contarme algo más sobre ella?

—«Favor con favor se paga», dicen ustedes aquí… Explíqueme lo que sabe sobre Goldman y los cuadros que él dijo haber localizado, y a cambio le proporcionaré todos los datos que conozco de su abuela para que contacte con ella.

Buena jugada. Quería llevarse los cuadros antes de que el auténtico dueño apareciera. Me molestó que aquel hombre me tomara por una estúpida, creyendo que podría caer en una trampa tan burda.

—Lo siento, pero no tengo absolutamente nada que decirle… porque no sé nada —respondí con la expresión más inocente que logré caracterizar.

—¿Ni siquiera abriga una idea de dónde podrían estar? —insistió enarcando una ceja.

—¿Cómo iba a saberlo? Probablemente mi abuelo tendría un contacto en España y los vendería. Aún me cuesta asimilar todo lo que voy conociendo sobre él. Ha sido duro para mí aceptar que alguien a quien había idealizado durante toda mi vida se me cae del pedestal.

—Entiendo… Y me consta que no es la única decepción que ha recibido con respecto a personas en quienes confiaba. Me refiero especialmente a Isaac Goldman —dijo con cautela—. ¿Sabe? He estudiado con todo detalle los informes de aquellos a quienes el anticuario vigiló de cerca. Hay uno que me llamó particularmente la atención: el de Rafael Quintero. Dígame, Isabel, y perdone mi indiscreción, ¿han mantenido ustedes una relación sentimental?

—No, ¡claro que no! Somos amigos desde niños. Ya lo declaré en la comisaría.

—Pues Goldman anotó en su informe que usted ejerce una poderosa influencia sobre él.

—¿Yo? ¿Sobre Fali? No sé... Crecimos juntos. Siempre hemos compartido una excelente amistad y nos queremos mucho, pero nunca creí tener ascendiente sobre él.

—Isaac Goldman parecía estar celoso de su profunda... amistad. Lo he leído en sus escritos.

Efraín Peres calló unos segundos y me miró con una expresión misteriosa, deleitándose con mi curiosidad.

—¿Isaac escribió eso? —pregunté con incredulidad. Él afirmó con la cabeza—. No es cierto; no le creo, señor Peres. Ustedes están empeñados en adjudicarme una relación íntima con Isaac Goldman que nunca existió, se lo aseguro.

—Y usted se obstina en negar unas visitas a esta casa por parte de él que sí tuvieron lugar —afirmó con un sutil brillo en las pupilas—. ¿Quién juega con la verdad, usted o yo?

Durante unos instantes sus ojos se clavaron en los míos; estábamos midiendo nuestras fuerzas. Era persuasivo aquel hombre; pretendía arrancarme una confidencia con extrema exquisitez. No obstante, ya estaba prevenida frente a aquella absurda imputación gracias a la grosería que Daniel me había dedicado días antes, así que decidí hacerle frente para refutar sus incómodas insinuaciones.

—Es usted muy elocuente, pero a veces sus técnicas de interrogatorio no son tan eficaces como cree. No obtendrá de mí información utilizando ese tipo de argucias, Efraín, sencillamente porque está en un error. Jamás he mantenido con Fali ni con Isaac Goldman una relación que no sea de amistad.

—Disculpe si la he molestado.

—Me molesta que me mientan. ¿Sabe? No me ha convencido con ese cuento de que mi abuela sigue viva.

Esperé una reacción ofendida por parte de Efraín por haberlo llamado mentiroso, o bien la voluntad de convencerme de que decía la verdad con respecto a los datos que afirmaba tener sobre mi abuela, pero apenas se inmutó. Se limitó a sonreír y no añadió nada. Había lanzado un buen anzuelo y esperaba que yo lo mordiera. Sin embargo, le di a entender que aquella noticia apenas me había alterado.

—Las expectativas que tienen con respecto a mí son infundadas. Estoy conociendo este misterio al mismo tiempo que ustedes, se lo aseguro. Sólo Isaac Goldman podría aclarar este caos.

—Esto ya no es un simple caso de asesinato, Isabel. Hay intereses millonarios que están removiendo los más bajos instintos, hay gente poderosa que busca lo mismo que nosotros. ¿Entiende lo que quiero decirle?

Asentí con un gesto.

—Usted se ha visto involucrada accidentalmente en esta operación y no desearía que fuera la próxima víctima.

Por primera vez me fijé realmente en sus ojos, grises como su cabello y fríos como la escarcha. No era una visita de cortesía la que me realizaba; por segunda vez sentí miedo de aquel hombre. Recordé las palabras de Isaac la última vez que me abordó en Santa Marina: «Saben que usted tiene los cuadros… ¡Son peligrosos criminales…! No confíe en nadie, ni siquiera en la policía…».

—¿Me está… amenazando, señor Peres? —pregunté tras una pausa.

—En absoluto. Mi misión es protegerla —respondió con una sonrisa forzada—. Trato de evitar que quienes codician los cuadros puedan hacerle daño.

—¿Cree que están muy cerca?

—Tengo la certeza. Lo sé porque están siguiendo las mismas pistas que nosotros, incluso se nos han adelantado con el cuadro de la clínica dental. No valoramos la importancia del comentario escrito sobre él hasta que fue demasiado tarde.

—¿Por qué alguien cometería ese asalto, llegando incluso a asesinar a un inocente? Si Isaac Goldman conocía la localización de ese retrato desde hacía meses, ¿qué motivos tenía para actuar así? Podría haber ofrecido a su propietaria mucho dinero por la obra y asunto zanjado.

—En efecto. Pero no lo hizo. Según la doctora Miriam Aguilar, Isaac Goldman estuvo en su clínica el pasado mes de diciembre y se limitó a preguntarle cómo había conseguido la pintura, pero no se mostró interesado en adquirirla. Eso nos lleva a la conclusión que le expuse antes: en este asunto hay implicada más gente que sabía dónde estaba el cuadro y quizá no fue Goldman quien organizó ese asalto.

—¿Qué clase de gente?

—Traficantes, coleccionistas sin escrúpulos... o personas aparentemente normales cuya codicia ha despertado al conocer la existencia de esos cuadros y se han apuntado a última hora para hacerse con ellos; gente que sería capaz de cualquier cosa por dinero —concluyó encogiéndose de hombros—. Quizá sea alguien cercano a usted, una persona en quien confía y a la que considera incapaz de hacer algo ilegal.

—¿Sospecha de alguna en particular? —me atreví a preguntar.

Efraín Peres sonrió con aquellos ojos fríos que analizaban mis gestos.

—Usted misma puede enumerarlos: su antiguo novio, que negoció la venta de esta casa sin su permiso; su amigo Rafael, a quien usted le cuenta todos sus secretos; el inspector Daniel de la Torre, con quien mantiene una conflictiva relación; yo mismo incluso... —De nuevo se encogió de hombros al tiempo que esbozaba una sonrisa traviesa—. Ya he comprobado que usted no confía en mí.

—Yo ya no confío en nadie, Efraín.

—Hace mal, pero la comprendo. Yo también obraría con cautela si estuviera en su lugar.

Durante unos segundos volvimos a quedarnos callados. Después tomé la iniciativa para conseguir más información.

—¿Qué valor han dado al expediente que Isaac realizó sobre mí? En él decía que conmigo había posibilidades.

—Parece que, al conocer el pasado de su abuelo relacionado con los cuadros, consideró que usted podría ser una pieza clave para averiguar el paradero de éstos.

—Y por lo visto no sólo él piensa así… Sea como sea convendrá conmigo en que si no aparecieron durante la reforma integral que realicé en esta casa ni tras el registro minucioso que hizo en ella la policía, está claro que aquí no están. Además, tampoco Isaac escribió en su informe nada que pudiera dar pie a pensar que yo los tenía.

—Es posible que esa circunstancia le haya salvado la vida. Estaremos en contacto —dijo, y se levantó para despedirse.

En cuanto me quedé sola corrí al sótano y abrí la puerta del mueble donde, en una vieja caja, había logrado rescatar numerosas fotos familiares. Algunas eran muy antiguas, en blanco y negro, y en una de ellas reconocí claramente a mi abuelo, un apuesto joven vestido con un elegante traje chaqueta de solapas altas y anchas con chaleco a juego que miraba hacia la cámara con un destello de melancolía. Recordé que mi padre me las mostraba cuando era pequeña y que contaba anécdotas de los pocos meses que, de adolescente, pudo compartir con él.

De repente me topé con la foto que estaba buscando y el corazón me dio un vuelco. Era una imagen de mi niñez: yo estaba alrededor de una mesa cubierta por un mantel de cuadros verdes sobre el que había una tarta de cumpleaños. Estaba rodeada de amigos, la mayoría de ellos chicos. Sonreí al ver la cara de Fali con sus ojos azules y su pelo rubio y ondulado peinado hacia delante cubriéndole la frente. Fijé la vista en el cuadro que aparecía colgado en la pared junto a la ventana, detrás de la mesa: era el retrato que acababa de mostrarme el miembro de la embajada israelí, no había dudas…Pero ¿cómo había ido a parar a la clínica de aquella dentista? Yo creía que mamá lo tenía en su piso, pero por lo visto no era así. Ella se deshizo de muchos muebles y recuerdos cuando vendió la casa grande. ¿Quién se quedó con él y se lo regaló a esa mujer? Buceé en mi memoria intentando recordar algún amigo de mi padre o de Lina, alguien que tuviese con ellos una relación tan estrecha para recibir aquel obsequio, pero sólo se me ocurría Carmen, la hija de Juana, la tata que cuidó a papá y a tía Lina cuando el abuelo Tomás los trajo de Francia.

Después desalojé la vitrina empotrada en la pared y me introduje en la sala secreta con una linterna. Al examinar las cajas de madera maciza comprobé que eran embalajes especiales para transportar cuadros. En una de las cajas más altas que albergaban pinturas de gran tamaño había un sello pintado en negro en el que se leía: «Jeu de Paume, París, ERR», y lo mismo estaba escrito en otras dos más pequeñas. El resto de las cajas y los dos baúles repletos de ropa y de pequeñas esculturas y vasijas estaban sin rotular.

Aquella noche estaba excitada y totalmente desvelada. Mi adrenalina había subido a las cotas más altas que recordaba. Nada tenía sentido, no había ni un atisbo de luz en aquel enredo; al contrario, cada vez que surgía un nuevo indicio, parecía que otra muñeca rusa se abría para dar paso a insólitos sucesos con desenlaces inesperados, como la entrada en escena del retrato de Matisse de mi abuela y su relación con el asalto de la clínica y la desgraciada muerte de un hombre inocente. La noticia de que mi abuela paterna aún vivía era algo que aún me costaba creer; en cualquier caso, tenía que averiguar algo más sobre ella.

Tras cerrar y ordenar de nuevo la alacena del sótano corrí con la caja de fotos entre las manos hacia la primera planta y la dejé en el refugio secreto del dormitorio. Después me senté a la mesa del estudio situado junto a éste para buscar en internet la página web de la que Efraín Peres me había hablado, aquella en la que estaban publicadas las obras robadas por los nazis. La encontré al fin y comencé a estudiarla despacio. Era un inventario de más de veinte mil obras de arte que incluía una minuciosa descripción de todas ellas: título y medidas de la pieza, nombre del propietario a quien se la habían expropiado, así como si estaba o no firmada por el artista, la fecha de salida del Museo Jeu de Paume y, en algunos casos, incluso el lugar al que fue trasladada.

Fui cotejando las pinturas que tenía en el sótano con las de aquella web y descubrí que las obras que seguían guardadas en el zulo en las cajas procedentes de Museo Jeu de Paume estaban en esa página de internet y constaban como desaparecidas. Busqué el retrato de marras de mi abuela y lo reconocí enseguida en una foto en blanco y negro del archivo realizado por los nazis. Efectivamente esa obra era de Matisse, estaba inscrita como desaparecida y pertenecía a la colección de Herbert Rossberg por la que sus herederos aún litigaban.

¡Y había estado colgada en mi casa durante décadas!

Comencé a revisar el listado del cuaderno de mi abuelo; las primeras hojas correspondían a septiembre de 1940 y comprobé que era el listado más extenso. Había unas treinta piezas, entre cuadros de diferentes autores, esculturas y porcelanas. Yo ya había comprobado semanas antes, cuando hallé el cuaderno, que pertenecían a un único propietario, Herbert Rossberg, y eran todas las que estaban guardadas en las cajas sin rotular. Lo que acaba de descubrir era que esas obras no figuraban como desaparecidas ni estaban reclamadas por su dueño en la web.

Las siguientes páginas del cuaderno estaban escritas con una regularidad de treinta días aproximadamente, y en cada una había entre ocho y diez piezas con el nombre del autor, el del propietario y su procedencia —todas del Jeu de Paume, pues estaba indicado con unas mayúsculas al final de cada línea con las letras ERR—. Sin embargo, sólo unas pocas de esas obras estaban en el sótano, y lo más extraño era que las que no se encontraban allí tampoco las hallé en la web ni constaban como desaparecidas o reclamadas. ¿Las habrían recuperado sus dueños acaso?

Tras cotejar en repetidas ocasiones el cuaderno con la página de internet descubrí algo extraordinario: todos los cuadros que había en mi sótano, incluso los procedentes del ERR inscritos como desaparecidos, pertenecían a Herbert Rossberg. Descargué el listado completo de las obras reclamadas por ese propietario e hice otro asombroso y desconcertante hallazgo: entre ellas había dos pinturas cuyo autor era…

¡TOMÁS ORDÓÑEZ!

Rossberg era el dueño de dos cuadros pintados por mi abuelo, y éstos habían sido requisados por los alemanes y aún estaban en paradero desconocido. ¡Qué paradoja! ¡El mismo artista había robado sus propios cuadros para salvarlos de las garras de los nazis! Allí estaban las dos fotos en blanco y negro realizadas por el ERR, con una descripción del tamaño, el autor y los datos de salida del museo. ¡Y reconocí enseguida esas pinturas!

Volví a revisar el cuaderno y entonces advertí algo que había pasado por alto: en la última página había dos títulos de cuadros de los que la columna del nombre del autor estaba en blanco y sólo aparecían las siglas del ERR. Uno de ellos era el retrato de un hombre titulado *Marcel Ménier*, que estaba en una de las cajas grandes con el sello del ERR. El otro, *Niña de agua*, era la escena de una pequeña con un vestido blanco en la orilla de un río. Esta obra había estado colgada durante décadas en el salón de la casa en la que ahora vivía. Recordé entonces que aquel lienzo llamó la atención de Isaac Goldman la primera vez que me visitó, en diciembre, y también me vinieron a la memoria las palabras de tía Lina al referir que ella y mi padre habían sacado los cuadros pintados por mi abuelo para enmarcarlos y adornar el hogar de mi tía y la casa grande.

Después de estudiar el cuaderno de arriba abajo llegué a la conclusión de que era una prueba de peso que demostraría que Herbert Rossberg era el propietario de todas las obras de arte guardadas en mi propia casa, tanto las que mi abuelo sacó del Museo Jeu de Paume que constaban como reclamadas en la página de internet como las otras que no se buscaban.

Eran las seis de la mañana cuando entré en Google y tecleé el nombre Herbert Rossberg. Reconocí la información que me habían proporcionado tanto Isaac como Efraín Peres: se trataba de un importante coleccionista en París que fue encarcelado cuando Hitler invadió la ciudad. Dos años después fue puesto en libertad y consiguió escapar a Sudamérica con una menguada parte de sus obras. Se instaló en Buenos Aires, donde abrió una galería que con los años se convirtió en uno de los museos de arte contemporáneo más importante del Cono Sur. Rossberg había fallecido en 1987, y en la actualidad el presidente de esa institución era un tal Pelayo Candelario. De él se decía que era un importante hombre de negocios argentino, de unos cincuenta años y perteneciente a una tradicional y destacada familia de ganaderos y terratenientes procedentes del sur del país. Estaba casado y tenía dos hijos. Busqué otra vez una relación entre los apellidos Fridman, Rossberg, Candelario y Ordóñez, pero no hallé ninguna conexión entre ellos. Tecleé el nombre Benjamín Sinclair y confirmé también su cargo como conservador en dicho museo.

Una idea iba fraguando en mi cabeza, aunque me tentaba desistir de ella por lo arriesgado de la empresa: ¿debía contactar con Sinclair? Me había dado su número de móvil y aún no había regresado a Argentina. Él era el conservador del museo de Rossberg, y si Isaac me insistió en que los cuadros pertenecían a mi familia era porque quizá sabía que existía una relación entre Lilianne Fridman y el fundador de esa institución.

Había amanecido hacía rato cuando me fui a dormir. Estaba agotada.

24

Desperté sobresaltada en medio de la oscuridad. El teléfono móvil sonaba con brío; lo tengo siempre al máximo volumen por si no lo oigo cuando lo llevo en el bolso. Pero el agudo pitido —unido a la vibración— provocó un ensordecedor y bronco ruido sobre la madera de la mesilla, parecido al de los martillos neumáticos que se utilizan para perforar el asfalto. Encendí la luz y una voz familiar al otro lado me hizo estremecer.

—¿Dónde estás? —preguntó a bocajarro, sin saludarme siquiera, el inspector Daniel de la Torre.

—Pues... en casa —dije mirando el reloj. Eran las tres de la tarde.

—Estoy en la puerta. ¿Puedes abrirme?

Rápidamente me puse un pantalón corto y una camiseta. Pero lo pensé mejor, y regresé al armario para sustituirlos por un vestido entallado con escote en uve azul marino y adornos blancos. Me detuve ante el espejo; tenía unas ojeras muy marcadas, y traté de ocultarlas bajo una tenue capa de maquillaje y un toque de máscara de pestañas a juego con mis ojos marrones. Luego me solté el pelo y lo cepillé. Es una suerte tenerlo tan lacio porque no necesito apenas dedicarle el tiempo que mis amigas pierden a menudo en la peluquería. Sólo la visito tres veces al año para recortar las puntas, poco más. El tono castaño se aclara en verano con el sol y adquiere destellos dorados, así que jamás utilizo tintes ni productos agresivos para mi cabello.

¿Y qué hacía ante el espejo meditando sobre mi físico como una adolescente? Daniel esperaba abajo, y el sentido común me advertía que no debía hacerme ilusiones, aunque mi corazón latía más deprisa de lo normal.

—¿Puedo saber qué estabas haciendo? —preguntó con su habitual gravedad cuando me tuvo delante—. Llevo un buen rato golpeando la aldaba del portón y llamándote por teléfono.

—Estaba… durmiendo —respondí con una tímida sonrisa a modo de descargo—. Anoche me acosté muy tarde.

—¿Por qué razón?

—Estuve leyendo.

—La visita de Efraín parece que agitó tus nervios…

Me miró con su peculiar gesto. Acto seguido volvió a salir de casa y dio una orden a varios agentes que en ese momento abrían un furgón policial.

—Te traigo de vuelta los cuadros. Han sido analizados por un experto y…

—Sí, Efraín ya me dijo ayer que los técnicos habían confirmado que mi abuelo era el autor —lo interrumpí mientras indicaba a los agentes dónde colocarlos—. Espero que ahora dejéis de importunarme de una vez.

—Están todos menos uno.

De repente me detuve para mirarlo.

—¿Cuál?

—¿Cuál? Creo que la pregunta correcta sería: ¿por qué?

Daniel me miraba como la hacía cuando, en encuentros anteriores, me había acusado de mentir y de ser culpable de cualquier cosa.

—Tienes razón, Daniel. Entonces… ¿por qué? —Obedecí con falsa sumisión, cruzándome de brazos frente a él.

Me miró de arriba abajo y no pronunció palabra durante unos incómodos instantes.

—Es parte de la investigación, no puedo darte esa información. —Se vengó al fin.

—Se agradece la intención, señor inspector —dije con sarcasmo.

—Hay más novedades. El cadáver hallado en la casa de Isaac Goldman ha sido identificado. Trabajaba en el Museo del Holocausto de Washington. Cuando Goldman los llamó para hablarles de las pinturas que había localizado resolvieron enviar a un especialista. Ese hombre no tenía familia, y en el museo no se alarmaron al ver que no se comunicaba con ellos, pues creyeron que estaba realizando las gestiones que le habían encomendado. Sin embargo, al cabo de tantos días sin noticias suyas, intentaron localizarlo a través de la embajada de Estados Unidos en Madrid. Se llamaba Simón Nagar y era experto, como Isaac Goldman, en la investigación de obras de arte desaparecidas durante la Segunda Guerra Mundial.

—¿Lo ves claro ahora? —repliqué convencida—. ¿Cómo un hombre que se pone en contacto con esa institución y con los auténticos propietarios de los cuadros puede llegar a asesinar a la persona a quien él mismo ha citado? No tiene ninguna lógica, Daniel.

—¿Y cuál es tu teoría entonces, inspectora Delicado? —Había un matiz bromista en aquella pregunta.

—No tengo respuestas para ese enigma. Tú eres el policía, no yo. Escucha, Daniel, sé que no te he ayudado demasiado en este caso, pero, por favor, créeme: no tengo nada que ver con todo lo que está pasando.

Entonces se acercó despacio y me tomó de las mejillas con las dos manos para acercar mi rostro al suyo. Creí que iba a besarme, pero se detuvo y me miró fijamente durante unos instantes.

—Querría hacerlo, pero no puedo. Nunca sé cuando eres sincera, ni siquiera estoy seguro de que hayas contado algo que sea cierto a estas alturas.

Después me soltó y me dio la espalda. A pesar de su rudeza, me sentía profundamente unida a aquel hombre. Me acerqué por detrás y le puse una mano en el hombro, pero aquel gesto lo hizo saltar como impulsado por un resorte. Se volvió bruscamente y me dirigió una recelosa mirada de arriba abajo.

—Daniel, yo…

Con un gesto de la mano me indicó que no continuara hablando.

—Puedes regresar al trabajo a partir de mañana. No hay razones para creer que corres peligro.

—¿Qué? Pero… aún no habéis atrapado a los asesinos.

—Los que trataron de secuestrarte están detenidos. Llevarás una discreta escolta mientras dure la investigación, aunque estoy seguro de que no la necesitas —dijo posando sus ojos sobre mí de nuevo antes de dirigirse a la puerta.

—Sí la necesito —afirmé, casi rogué, al tiempo que caminaba tras él y lo cogía de un brazo para detenerlo—. Daniel, tengo miedo… Hay alguien ahí fuera que ha asesinado ya dos veces, y ahora vendrá a por mí. Isaac me dijo que estaba en peligro.

—No lo creo. Estuviste junto a él la otra noche y, según tu versión, no pretendía hacerte daño —replicó con su peculiar mueca, si bien en ese momento no sonreía.

—Porque él no es el asesino. Daniel, por favor; no me hagas esto. Te necesito…

Estaba a punto de echarme a llorar. Sentía miedo, y dolor, y seguía aferrada a su brazo suplicándole que no me dejara sola. Él tomó mi mano entre las suyas.

—Eres tú misma quien se está haciendo daño. Has adoptado una decisión equivocada, apostando por la persona equivocada y actuando de forma equivocada. Estoy esperando que recapacites de una vez y que te pases a este lado.

—¿Crees que así va a terminar todo esto?

—Quiero ayudarte, Maribel, pero no me lo pones fácil.

—Necesito hablar de esto con Daniel, no con el inspector De la Torre.

—Pretendes llevarme a tu terreno, estás forzándome a elegir entre mi trabajo y tú. Pero aún no sé cuáles son tus planes con respecto a tus secretos… y con respecto a mí.

Nuestras manos seguían unidas y mi rostro estaba muy cerca del suyo. Sin dejar de mirarlo, me alcé de puntillas y lo besé en los labios. Temía que me rechazara, pero Daniel aceptó mi caricia aunque sin manifestar el entusiasmo de las otras veces que me había besado él. Me miró y murmuró en un tono casi imperceptible:

—En esta ocasión no caeré en tu trampa. No vas a manipularme tan fácilmente.

Después se separó de mí despacio, soltó mi mano y se dirigió hacia la puerta. Fui tras él y lo retuve de nuevo.

—Por favor, quédate.

—Ya sabes lo que quiero a cambio. Habla de una vez. Es la única opción que te queda. Cumplo órdenes.

—Y esas órdenes son para ti más importantes que yo, ¿verdad?

—No hagas que me sienta culpable, Maribel. Esta situación también es muy difícil para mí. Quiero ayudarte, y protegerte, pero tienes que colaborar tú también. Estoy cansado de tus mentiras. —Negó con la cabeza. Parecía hastiado y disgustado.

—Está bien, vete, regresa a tu investigación. Cuando atrapes a esos asesinos caerás en la cuenta de que estabas en un error con respecto a mí. —Giré en redondo sobre mis talones y le di la espalda.

Esperé unos instantes en los que sólo el rumor del agua de la fuente se atrevió a alzar la voz. De repente noté sus manos sobre mis hombros.

—De acuerdo… Convénceme de que estoy equivocado y responde con sinceridad. Conocías a la dueña del cuadro de Matisse que han robado en la clínica dental, ¿verdad? —Su tono era amistoso y protector.

—No. No sé quién es esa mujer.

Daniel pegó su pecho a mi espalda y rodeó mi cintura con sus brazos.

—Venga, Maribel… —me susurró con indulgencia al oído, como si estuviera riñendo a un niño por haber hecho una travesura—. Te daré otra oportunidad. Dame la respuesta correcta.

—No tengo la menor idea de cómo pudo llegar allí ese cuadro… —Me volví para mirarlo y tratar de convencerlo—. No sé quién tenía ese cuadro. ¿Qué debo hacer para persuadirte de que no estoy implicada en esto? Por favor, créeme por una vez: No-lo-sé.

Daniel me sujetó la nuca con una mano mientras con la otra me recorría la espalda en una caricia suave y sensual que, en lugar de agradarme, consiguió ponerme muy nerviosa.

—Es tu turno, dime algo que no sepa —susurraba en mis labios, provocándome, sugiriéndome que él sabía mucho de aquel cuadro.

—Los lienzos que me habéis devuelto los trajo de París mi abuelo. Mi tía me contó antes de morir que se los repartieron entre mi padre y ella. Algunos se quedaron aquí, y cuando mi padre se casó y compró la casa grande, quiero decir, la casa de la calle Lucano, se llevó unos cuantos.

—¿Y qué pasó con el Matisse?

Aquélla era la gran pregunta.

Daniel seguía hablando en un susurro, pero con matiz frío, escrutando mi reacción en cada respuesta que le ofrecía. Si no fuera porque estaba entre sus brazos, habría pensado que revivía uno de los desagradables interrogatorios a los que me había sometido días atrás en la sala del espejo de la comisaría.

—Vamos, Maribel... Quiero ayudarte, y protegerte, pero tienes que ser sincera conmigo —continuó con falsa deferencia.

—No sé nada de ese cuadro, Daniel.

De pronto me atrajo hacia él y me besó, esa vez con arrebato, mordiendo mis labios y apretándome contra sí hasta dejarme sin aliento. En respuesta a su apasionada caricia lo abracé yo también. Pero enseguida noté que comenzaba a apartarse muy despacio y, aunque sin separar su boca de la mía, fue recorriendo con las manos mis brazos hasta sujetarlos por las muñecas, para a continuación ponerlas entre su cuerpo y el mío, creando un espacio entre nosotros.

—Esa pintura estuvo en tu antigua casa durante años, ¿no es verdad?

—Daniel, yo... —Avergonzada, bajé la mirada; me había quedado sin recursos para disimular.

—Daniel acaba de decirte adiós. Ahora soy el inspector De la Torre. Sé que tu difunta tía se lo regaló al hijo de una amiga hace un par de años.

—¿Qué? Eso es imposible. Mi tía Lina jamás regalaría el retrato de su madre… —De repente enmudecí, aturdida por lo que acababa de confesar.

Daniel sonrió con su peculiar mueca.

—Ahora empezamos a entendernos.

—De acuerdo, ese cuadro estuvo en mi antigua casa. Pero es todo lo que sé.

—Tú lo reconociste ayer cuando te lo mostró Efraín Peres.

—Sí, pero…

—Pero le mentiste, y ahora también me has mentido a mí.

—No, Daniel. De verdad que ignoro por qué el cuadro llegó a esa clínica…

Alzó mis manos, que aún reposaban entre las suyas, y las besó muy despacio, sin dejar de mirarme.

—Has llegado al límite, Maribel. Esto se ha acabado.

Me soltó y, sin mediar más palabras, se apartó de mí para dirigirse a la cancela. Lo seguí con la vista mientras cerraba la puerta exterior y me dejaba sola, esa vez para siempre.

Jamás había tenido una sensación tan rara. Me sentía estúpida, atolondrada, desquiciada. ¿Por qué no había confesado la verdad? ¿Por qué no había explicado a Daniel lo que sentía por él? ¿Por qué se me ocurría negarlo todo siempre que él me preguntaba?

Daniel iba un paso por delante de mí en todo momento; sabía quién era la dentista a quien habían robado el cuadro y sabía quién se lo había regalado.

En esa ocasión mi voluntad flaqueó, y sentí el impulso de salir corriendo, llamarlo y conducirlo al sótano para mostrarle las otras obras y decirle la verdad de una vez. ¿Por qué no lo hice?

25

Los agentes habían dejado los cuadros en el salón, y al examinarlos confirmé mis temores: faltaba uno, el titulado *Niña de agua*, que figuraba como desaparecido en la web de las obras del Jeu de Paume. Durante toda la tarde me dediqué a colocar cada uno en su lugar correspondiente de la casa. Por la noche advertí, con pavor, que la patrulla que cada día hacía guardia en la acera junto a mi puerta había desaparecido. Me habían dejado sola a merced de unos asesinos desalmados que pronto vendrían a por mí.

Al día siguiente busqué en mi agenda el número de teléfono que Benjamín Sinclair me había dado. Antes de marcar memoricé y elegí con cautela las preguntas que debía hacer a mi interlocutor, con el fin de no incurrir en algún error ni ponerlo en alerta sobre los cuadros. Me limitaría a preguntarle por la relación existente entre Lilianne Fridman y Herbert Rossberg. Puede que hubiera conocido a este último y que hubiera trabajado para él, pues Rossberg había fallecido en una fecha relativamente reciente, en 1987. Si Lilianne era mi abuela y Herbert el dueño de los cuadros, y tanto Isaac como tía Lina me habían dicho que esas obras pertenecían a mi familia, entonces quizá Herbert y Lilianne eran parientes, pensé.

Marqué aquel número, pero sólo oí el aviso de que aquel terminal estaba apagado o fuera de cobertura. Después de tres intentos desistí y comencé a arreglarme para salir. Había quedado para almorzar con mi madre en el centro, pero la llamé con la intención de indicarle que me esperase en su casa para salir juntas.

—Mamá, cuando vendiste la casa grande, ¿qué hiciste con los muebles y los trastos que había allí? —pregunté cuando, poco más tarde, me reuní con ella.

Mientras hablábamos fui examinando los cuadros que adornaban el salón y los dormitorios, verificando que los que mi madre había conservado de mi antiguo hogar (sólo un par) estaban firmados por mi abuelo y ya habían sido devueltos por la policía. La mayoría de los que cubrían las paredes pertenecían a pintores actuales, aunque también había láminas enmarcadas que mamá había adquirido en la misma tienda donde compró los muebles cuando nos mudamos a aquel piso y decidió decorarlo para darle un aire más moderno.

—Pues… tiré muchas cosas y devolví a tía Lina algunos recuerdos familiares: cuadros, platos de bronce, alguna mecedora vieja… ¿A qué viene ahora ese interés por las antigüedades? —dijo mi madre al tiempo que salía de su dormitorio, arreglada para ir a almorzar.

—No es por nada en especial. Lo que ocurre es que hoy me he acordado del futbolín y de mis viejos juguetes, eso es todo… A propósito, ¿qué hiciste con el retrato de la abuela que estaba en el salón, cerca de la ventana? Porque en mi casa no está…

—¿Qué retrato? ¿El de la mujer de cabello negro y de colores intensos? Era horrible aquel cuadro… No sé por qué a tu padre le gustaba tanto.

—Porque era su madre, mamá —le reprobé—. Y puedo asegurarte que se trataba de una obra de arte excelente.

—Lo que tú digas. Pues si no lo tienes en tu casa, quizá Lina se lo regaló a alguna amiga.

—Y hablando de mi abuela, ¿qué te contó papá sobre ella?

Caminábamos ya por la calle Concepción hacia la plaza de las Tendillas.

—Me explicó que su madre murió en París cuando él era apenas un bebé y Lina tenía tres o cuatro años. Tu padre nunca la conoció ni supo nada de su familia materna. Es más, ni siquiera sabían cómo se llamaba, ¡figúrate…!

—¿Cómo que no sabían nada? Debían de tener algún documento, el libro de familia o algo parecido…

—Aquéllos fueron unos años muy revueltos, con la ocupación de Francia por parte de Alemania… —empezó a explicarme mi madre—. Así que abandonaron el país precipitadamente y no pudieron rescatar siquiera su documentación. Tu padre me contó que cuando iba a hacer la primera comunión en el internado, viendo que no tenía la partida de bautismo, y como sus tíos no estaban seguros de que él y Lina hubieran recibido ese sacramento, pues decían que los franceses eran todos ateos, decidieron bautizarlo una semana antes.

—Y la partida de nacimiento, ¿cómo la consiguió?

—Tu tía abuela Begoña me refirió que el juez del Registro Civil era amigo de su marido, así que cuando tu abuelo se marchó otra vez al extranjero y dejó los niños a su cargo, los ayudó a inscribirlos; en el nombre de la madre pusieron: «desconocida». Maribel, tu abuelo Tomás fue un desastre, dejó solos a sus pequeños durante quince años y no se interesó por ellos. Sin embargo, tu padre recordaba con devoción los pocos meses que compartió con él cuando regresó, ya moribundo. No sé por qué idealizó así a un hombre que lo abandonó para disfrutar de su propia vida; fue un vivalavirgen, un inmaduro. Eludió la responsabilidad con sus hijos y volvió a casa cuando se encontraba enfermo para morir en su cama. Un individuo así no debería haber tenido descendencia… Tu padre creció con la carencia de una familia durante toda su vida.

«No, mamá, te equivocas —dije para mí—. Tomás Ordóñez no tuvo una vida fácil. Fue un hombre muy desgraciado, sufrió la cárcel, la soledad y el abandono de su familia. Aunque quizá también fue un ladrón y un colaborador de los nazis. De todas formas, me habría gustado conocerlo. Tuvo grandes altibajos: fue pintor en París y se codeó con grandes artistas, se casó y después perdió a su mujer, regresó a España con sus hijos para darles un hogar y al poco tiempo fue encarcelado.» Habría querido explicar a mi madre todo eso; en cambio, le pregunté:

—¿Y Juana, la tata de papá? Ella quería mucho a Lina y a él…

—¡Uf! Creo que murió hace más de veinte años. Esa mujer sí que se llevó a la tumba los secretos familiares y los entresijos de las relaciones entre tu abuelo y su hermana Begoña.

—Sí, papá decía pestes de ella. Si no hubiera sido por Juana, habría terminado un tanto desquiciado. Begoña era una mujer muy complicada, y papá sentía que los odiaba tanto a Lina y como a él. Tuvo que aguantarla y trabajar bajo sus órdenes hasta que murió, aunque al menos no tuvo que vivir siempre con ella. Cuando su padre regresó se trasladó a mi casa…, quiero decir, a la casa de su abuela.

—Ta…ta…ta… Tu padre era demasiado susceptible. Begoña no era tan mala, quizá un poco mandona, pero no era para tanto. Por culpa de su tirria hacia ella decidió vender la estupenda mansión que le dejó en herencia. Tu padre fue un soñador como tu abuelo. Menos mal que yo tenía los pies en el suelo y lo bajaba de su nube de vez en cuando.

—Sí, papá no era como tú —afirmé. Mamá me miró escamada. No estaba segura de si tomarse mis palabras como un halago o como una indirecta—. ¿Y qué hay de Carmen, la hija de Juana? Era muy amiga de Lina. ¿Sabes si sigue viviendo cerca de la plaza de la Corredera? —pregunté para cambiar de conversación durante el almuerzo—. Recuerdo que cuando era pequeña iba a visitarla con papá y con la tía Lina.

—Estás hoy muy nostálgica, hija.

—Bueno, es que he encontrado en un cajón unos cuantos objetos antiguos y fotos de Lina de pequeña con Juana y Carmen. Me figuro que a ella le gustaría conservarlas, ¿no te parece?

—Pues sí, creo que deberías dárselas.

Tras la comida, me despedí de mi madre en la puerta del Corte Inglés con la excusa de que debía irme al trabajo y llamé a Carmen para confirmar que estaba en casa. Era una mujer entrañable, de unos sesenta y cinco años, delgada, con el cabello corto y canoso moldeado hacia atrás con permanente; tenía la piel extremadamente blanca y unos profundos ojos marrones. Vivía en una bonita casa cercana a la plaza de la Corredera, y cuando llegué me recibió con un cariñoso abrazo. Después me condujo hacia la cocina. Estaba haciendo dulces, y aquel olor a bizcocho casero me trasladó a mi niñez, a la cocina de mi casa, cuando tía Lina vivía allí y hacía magdalenas, pestiños y torrijas, sobre todo antes de Semana Santa. Decía que era una tradición prepararlos en esas fechas.

Carmen acababa de sacar una bandeja del horno con un bizcocho en forma de rosco y tenía preparado otro molde rectangular para rellenarlo con masa. Me ofrecí a ayudarla y me entregó un delantal blanco.

—Mientras termino de mezclar la masa unta con un poco de mantequilla ese molde y luego espolvoréalo con harina; así el bizcocho no se pegará.

—No sabía que te dedicaras a la repostería industrial, Carmen… —bromeé al observar que sobre la encimera había varias bandejas con tocinillos de cielo, galletas de mantequilla y tartas de manzana y chocolate.

—No son para mí. Colaboro con una asociación que ayuda a mujeres embarazadas o con hijos a su cargo que se encuentran completamente solas y desamparadas y me gusta hacer dulces para que los vendan en su confitería y recauden dinero.

—Recuerdo que tía Lina también contribuía confeccionando ropita para bebés. Yo la acompañaba cada año cuando visitaba el Baratillo que organizan en la plaza de toros.

—Lina tenía un gran corazón y se preocupaba mucho por esas chicas. Mira… —Señaló un portarretratos en el que había un bebé de color, con escaso pero ensortijado pelo negro y una sonrisa ingenua y feliz—. Lina era la madrina de este niño. Se llama Salif Rafael. ¿No es precioso? Su madre llegó a España desde Malí en una patera, atravesando el Estrecho. Ahora la tengo empleada en casa por las mañanas. Lina me la recomendó, y es una chica estupenda. La verdad es que no somos conscientes de lo que tenemos hasta que conocemos a personas como estas chicas, que arrastran un pasado muy duro, sin familia y sin un futuro asegurado… —Movió la cabeza con esa bondad que me recordaba tanto a Lina.

—Tienes razón, Carmen; a veces nos olvidamos de que vivimos en el primer mundo y damos demasiada importancia a cualquier contratiempo que nos surge. No sabemos lo que es tener necesidades de verdad.

Después de meter el molde en el horno y programarlo, tomó las fuentes con el tocino de cielo, les dio la vuelta para ponerlos en una bandeja y los cortó con pericia. La ayudé a colocar los trozos en recipientes individuales de aluminio e iniciamos la charla recordando a Lina. Ella y mi tía habían sido amigas desde la infancia, pues Juana, la madre de Carmen, se trasladó a vivir a la casa que ahora ocupo cuando mi abuelo regresó, y tras su muerte se hizo cargo de mi padre y su hermana. El marido de Juana había muerto cuando Carmen era apenas era una niña, así que vivió mucho tiempo con su madre y mi familia. Carmen había enviudado hacía nueve años, y como la casa era muy grande ofreció a su hijo que se fuera a vivir allí con su mujer y sus chicos. Así se sentía acompañada.

—Mi Paco padecía del corazón y murió mientras dormía. Me quedé sola. Mi hijo no siguió la tradición de su padre, pues estudió medicina y ahora es pediatra, así que tuve que vender la carpintería. Paco era ebanista, ¿sabes?, y de los buenos. Prácticamente hizo todos los muebles de esta casa… También hacía unas molduras para cuadros que causaban admiración.

El corazón me dio un vuelco y estuve a punto de dejar caer uno de los tocinillos en la mesa.

—¿Tu… tu marido se llamaba Francisco Alba?

¡Ese nombre estaba entre los investigados por Isaac Goldman!

—Sí. ¿No le recuerdas? Hizo los marcos para los cuadros de tu abuelo que hay en tu casa.

—No lo recordaba. Pero oí a Lina hablar de él. Tenía la carpintería en San Agustín, ¿no?

—Así es. Como te decía, la vendí hace unos años. Construyeron un bloque de pisos en aquel solar. Con el dinero que obtuve hicimos en esta casa una buena reforma y adaptamos las habitaciones para mis nietos.

De repente el presentimiento que me había llevado aquella tarde a visitar a Carmen se acercaba a la realidad.

—¿Te acuerdas de un retrato que había en el salón de mi casa de la calle Lucano?

—Pues… ahora mismo no caigo —respondió pensativa.

Fui a por mi bolso y extraje de él la foto de mi cumpleaños en la cual se veía parte del cuadro y la puse sobre la mesa. Carmen se inclinó y al instante se le dibujó una mueca en el rostro.

—¡Ah! Otra vez ese dichoso cuadro… ¡Uf! La de vueltas que ha dado ya…

—¿A qué te refieres? ¿Lo tenías tú? —Comenzaba a sentir palpitaciones.

—No. Ése fue el regalo de boda que Lina le hizo a mi hijo David. Hace unos años la visité con él y mi nuera, pues iban a casarse y querían entregar personalmente a tu tía la invitación de la boda. A mi nuera le encanta la pintura y se maravilló de los cuadros que había en la casa pintados por tu abuelo. Entonces Lina le ofreció como regalo uno de ellos y le dio a elegir entre varios. Miriam eligió éste.

—Pero… ése era el retrato de su madre. Estuvo en mi casa durante años… —sugerí algo incrédula.

—Ese cuadro tiene una historia especial y entrañable. Verás, cuando murió tu padre y vendisteis la casa de la calle Lucano, tu madre se lo devolvió a Lina y ella lo colgó en el salón. El día que la visité con Miriam y David y les ofreció ese cuadro, pasé mucho apuro y les dije que ése no podían elegirlo porque era el retrato de la madre de Lina y debía quedarse allí. Pero tu tía afirmó que no creía que aquella mujer fuera su madre, pues esa pintura no estaba firmada por su padre. Entonces me contó que cuando tu abuelo Tomás murió y abrieron las cajas con los cuadros que había traído de Francia, tu padre creyó, al ver ese retrato, que era su madre, y Lina nunca se lo desmintió, según me confesó aquella tarde; fue una mentirilla inocente que nunca llegó a revelar a su hermano. Sólo cuando se lo regaló a mi hijo, Lina me contó la anécdota. La verdad es que era bien raro, parecía que lo había pintado un niño… —Carmen me contagió su risa con esa ocurrencia—. Pero mi nuera decía que era una obra de arte, así que quedó muy feliz con el regalo.

—¿A qué se dedica tu nuera?

—Es dentista, pero en sus ratos libres le gusta pintar y hace unos paisajes muy bonitos. Tengo toda la casa llena de cuadros suyos, aunque los marcos ya no son tan vistosos, pues no pudo hacerlos mi Paco.

¡Dentista…! Y cuando Isaac lo descubrió se dirigió a su clínica y vio que el cuadro estaba allí. Y escribió en sus notas: «Un interesante retrato que merecería un estudio más profundo».

—Carmen, ¿mi tía te regaló algún cuadro más?

—Sí, tengo uno que también estuvo en tu casa de la calle Lucano. Al poco tiempo de venderla tu madre, Lina me lo dio. A Miriam le gusta mucho. Vamos al salón.

Carmen señaló una pared. Me acerqué al cuadro que me indicaba y con disimulo busqué en la esquina inferior derecha la firma de Tomás Ordóñez. Suspiré aliviada al verla.

—Mi nuera dice que es pintura abstracta, y muy buena, aunque yo sólo veo manchas de colorines. El marco lo hizo Paco; por esa razón no lo vendimos a un anticuario que nos visitó el año pasado, a pesar de la cantidad tan escandalosa que nos ofreció por él. Pero gracias a Dios no estamos tan necesitados de dinero, así que le contestamos que no nos interesaba venderlo.

—¿Te visitó un anticuario? ¿Cómo era? ¿Cuándo vino? —De nuevo mi pulso se había acelerado.

—Fue el año pasado, antes de Navidad. Era un hombre mayor con barba y gafas redondas, vestía de negro y tenía un acento extranjero muy raro. Miriam decía que era francés y mi David que ruso...

—¿Y le hablaste del cuadro que Lina regaló a tu hijo y tu nuera?

—Por supuesto. Miriam le explicó que tenía otro en su consulta, y él la visitó allí. Pero a ella no le hizo ninguna oferta de compra. Mi nuera supuso que porque no era auténtico, porque tenía la firma de un pintor famoso.

—¿Dónde tiene Miriam la consulta?

—Cerca de la iglesia de Santa Marina, en la calle Moriscos. Hace unos días entraron unos ladrones y le pusieron la clínica paras arriba... ¡Qué mal rato pasamos! —Carmen negó con la cabeza, aún consternada—. Me imagino que te habrás enterado de ese suceso. Los asaltantes mataron a uno de los vecinos del bloque cuando el hombre salió tras oír unos ruidos extraños. El pobre no pudo defenderse siquiera y murió en el acto.

—Sí, me enteré por la prensa. Lo que no sabía es que el suceso guarda relación con tu familia. ¿Hicieron mucho destrozo en la clínica?

—Sobre todo en la fachada principal y en la puerta de seguridad. Pero, gracias a Dios, no se ensañaron demasiado con los sillones especiales de trabajo que a Miriam le costaron un dineral. Por suerte tenía un buen seguro y ya lo están arreglando todo. Creo que la semana que viene podrá volver a abrir.

—¿Echó en falta algo?

—Sólo robaron ese cuadro, algo que mi nuera no se explica ya que, según ella, la obra no tenía valor... —Se encogió de hombros en señal de resignación—. Eso fue lo que dijimos a los agentes que después de estar en la consulta de Miriam nos visitaron aquí y nos preguntaron por él.

—¿La policía estuvo aquí?

—Sí. Querían saber más cosas sobre la pintura esa. Incluso vino un extranjero que hablaba como el anticuario ese que te decía, y se pasaron un buen tiempo mirando todos los cuadros que tengo en la casa.

—Y tú les contaste de dónde procedía este de aquí...

—¡Claro! El otro policía más joven, un español con acento del norte, me preguntó por tu familia y por mi madre, incluso por ti.

—¿Por mí? ¿Y qué le explicaste?

—Pues que eras una chica muy linda y que te parecías mucho a tu padre. —Sonrió con ternura—. Estuvieron bastante rato preguntándome por tu abuelo y por los cuadros que pintó... Hasta querían saber si había algún pasaje oculto en tu casa. Pero no les conté nada, tranquila. El escondite del dormitorio donde Lina y yo nos ocultábamos cuando éramos pequeñas sigue siendo un secreto. —Bajó la voz con complicidad—. Lina guardaba allí sus cosas de valor, y me imagino que tú también ahora... —Me miró para confirmar su intuición, y asentí con un gesto en prueba de confianza.

De repente caí en la cuenta: ¡Efraín sabía, cuando vino a casa, que aquel retrato había pertenecido a mi familia! Imaginé con angustia la opinión que debió de formarse sobre mí después de que yo lo negara aquella tarde. Y Daniel... Ahora entendía su enfado la tarde anterior. Definitivamente había perdido mi credibilidad, y a esas alturas todos los investigadores estarían considerándome una mentirosa compulsiva.

Nos dirigimos a la parte trasera de la casa, donde había un gran patio cubierto por una parra que ofrecía frescura y sombra en aquella calurosa tarde de verano, y nos sentamos alrededor de una mesa de forja con cubierta de mármol. Carmen me sirvió una limonada fría hecha con los frutos que ella misma recogía de un limonero situado en una esquina del patio.

—Bueno, Maribel, ¿vas a contarme ya el verdadero motivo de tu visita? —preguntó mirándome con ojos curiosos, aunque entrañables y bondadosos—. Porque sé que tienes muchas preguntas que hacerme.

—Carmen, yo... estoy muy confundida. Empiezo a descubrir una parte de la historia de mi familia, y cada vez se complica más. Hace poco supe que mi abuelo estuvo preso durante quince años...

—¿Te lo ha contado tu madre? —preguntó abriendo mucho los ojos.

—No, me lo dijo Lina antes de morir.

—Ya me parecía a mí… Creo que Pilar aún no se ha enterado. Lina aseguraba que si lo hubiera sabido habría mortificado a tu padre.

—Bueno… Mamá es un poco especial, sí.

—Pero tú te pareces a él, y a tu abuelo. Ellos eran personas nobles y buenas, igual que Lina, aunque no habéis heredado ninguno las cualidades artísticas de Tomás. —Sonrió—. ¡Y las otras tampoco…!

—¿Cuáles? ¿Qué otras cualidades tenía mi abuelo? —demandé intrigada.

—Nada… Son cosas mías… —cortó apurada—. Olvídalo.

Pero no podía dejar pasar por alto aquel comentario. Carmen debía de conocer bien a mi familia, ya fuera por el tiempo que vivió en mi casa o por lo que su madre le contara sobre mi abuelo. Quizá sabía algo sobre los cuadros robados; alguna visita que recibiera mi abuelo, algún comentario que éste realizara en su presencia… ¡Qué sé yo!

—Carmen, necesito conocer más detalles sobre mi abuelo…

—Es mejor dejar descansar a los muertos, Maribel. ¿Para qué remover ahora el pasado?

—Precisamente por eso: porque forman parte del pasado y no están con nosotros. Nada de lo que me cuentes saldrá de mis labios. Soy la única descendiente de esta familia y creo que tengo derecho a conocer la historia verdadera, no la que le contaron a mi madre. Quiero que me hables de esos años. Por favor…

—Son cosas muy… serias. Y quizá no te van a gustar…

—Después de saber que mi abuelo colaboró con los nazis y que les robó obras de arte, no creo que nada de lo que me expliques sobre él pueda sorprenderme. —Sonreí, alentándola a iniciar su versión.

—¿Nazis? ¿Robo de obras de arte…? ¿De qué estás hablando, niña?

De repente me quedé sin habla ante la expresión pasmada de Carmen. «Bocazas, bocazas, Maribel... Has vuelto a meter la pata», me dije. Creo que siempre hablo más de la cuenta, y en aquel instante me llamé imbécil.

—Bueno, Carmen... Estaba poniéndote un ejemplo. Lo que quería decir en realidad es que me habría encantado que la historia de mi abuelo hubiera estado cargada de esas aventuras durante la Segunda Guerra Mundial. Por desgracia no fue así, ya que lo encarcelaron por motivos políticos, ¿no? —pregunté, intentando salir de aquel atolladero.

—Eso es lo que mi madre supuso, pues la familia nunca dio una explicación clara. Ella me contó que vinieron a la casa del centro unos hombres acompañados de la Guardia Civil. ¡No sabes el disgusto que se llevó tu bisabuelo! Él era íntimo amigo del gobernador civil y lo llamó para quejarse, pero no pudo evitar el escándalo.

—Entonces... ¿quiénes eran aquellos hombres?

—Mi madre dijo que eran de la policía secreta. Pusieron la mansión patas arriba, y también todas las propiedades de tu abuelo: los cortijos, los molinos de aceite, las cuadras, hasta la casa donde tú vives ahora. Después de aquello tu bisabuelo nunca más quiso saber de su hijo Tomás.

—¿Tan severo era?

—Hay muchas cosas que ignoras... Y me cuesta trabajo hablarte de ellas. Son asuntos muy delicados que mi madre me contó cuando consideró que estaba ya madura para escucharlos, pero me hizo prometer que jamás se los revelaría a Lina o a tu padre.

—A mí no me incluyó... —dejé caer. Esa vez no pensaba marcharme sin averiguar aquel oscuro secreto—. Carmen, no puedes guardarte esas confidencias. Si tu madre te las contó fue para que la verdad saliera a la luz algún día.

—Está bien, creo que tienes razón. —Dio un hondo suspiro—. Y, pensándolo fríamente, no es tan grave... Ahora no está tan mal visto como antes. Verás, tu abuelo era un hombre... especial, diferente... ¿Me entiendes?

—Pues... no. No te entiendo.

—Él era... ¿Cómo se dice ahora? Era... homosexual, eso —concluyó en voz baja como si temiera que alguien más la oyera.

Abrí los ojos hasta el límite.

¡¿QUÉ?! ¡¿MI ABUELO... HOMOSEXUAL?!

¿Ése era el gran secreto?

—¿Estás segura, Carmen? —pregunté, más confusa que sorprendida—. Pero no puede ser... Tu madre estaba equivocada, sin duda. El abuelo Tomás era el padre de Lina y de mi padre...

—Mi madre decía que en esa época Francia era otra cosa, que la vida allí era más... moderna, ya sabes. Aquí estaban muy mal vistos los hombres así, pero allí no. Sólo su madre, tu bisabuela Pura, lo entendía. Ella sentía una auténtica adoración por Tomás, y cuando murió, en 1932, la vida para él se convirtió en un infierno. Tu bisabuelo nunca aceptó que su hijo fuera así y lo trataba con desprecio, por eso decidió marcharse a París tras recibir la parte que le correspondió de la herencia de su madre, que incluía la casa donde ahora vives tú. Después regresó en 1940 con los niños y se instaló allí. Mi madre se fue a trabajar con él, y cuidaba de los pequeños porque él viajaba mucho y aparecía de tarde en tarde. Pero un día no regresó, y la Guardia Civil se presentó en la casa de tu abuelo diciendo que Tomás Ordóñez había sido detenido y que estaba preso en Carabanchel, en Madrid. Luego vino el registro, y aquello fue la gota que colmó el vaso. Tu bisabuelo renegó de su propio hijo y prohibió a la familia que se hablara de él para siempre, incluso lo desheredó y dejó todas sus propiedades a su hija Begoña.

—¿Y qué pasó con mi padre y Lina?

—Eran muy pequeños cuando él fue encarcelado, y tu tía Begoña intentó convencer a su padre para que vivieran con ellos. Al fin y al cabo, eran de su familia, de su misma sangre, y como ella no tenía hijos, eran los únicos herederos... Pero tu bisabuelo se negó y los envió a un internado. Mi madre se había encariñado con ellos durante aquel año y le dolió mucho que se los llevaran.

—¿Y qué hizo mi abuelo cuando salió de la cárcel?

—En cuanto Tomás regresó, se instaló en su casa, sacó a los niños del internado y llamó a mi madre para que cuidara de los tres. Pero estaba muy enfermo. Además, tu bisabuelo había fallecido y Begoña era la dueña de todo. Fueron unos días felices y tristes a la vez. Los recuerdo porque mi madre ya se había quedado viuda y yo vivía también con ellos en la casa donde tú vives ahora.

—¿Tenía algún amigo… especial? ¿Se veía con alguien en aquella época?

—No. Ni siquiera su hermana se dignó visitarlo a pesar de saber a través de mi madre lo enfermo que estaba. Tomás sólo llamó una vez a un abogado que lo ayudó a redactar sus últimas voluntades sobre la patria potestad de los niños, que recaería en mi madre mientras no apareciera algún familiar de su difunta esposa o alcanzaran la mayoría de edad.

—Y nadie vino a por ellos.

—Bueno, durante el tiempo que Tomás estuvo preso se recibieron en la casa de su padre varias visitas de gente extranjera que preguntaba por los niños y por él. Pero la respuesta que tu bisabuelo siempre dio es que los tres estaban fuera del país. Después, en los años siguientes, cuando terminó la guerra en Europa, continuaron insistiendo por teléfono, pero recibieron la misma contestación… hasta que se rindieron. Tomás envió antes de morir una carta a Francia al conocer por mi madre que los familiares de su mujer habían estado en Córdoba preguntando por ellos. Nunca obtuvo respuesta. Habían pasado ya quince años, y aquellos extranjeros ya no volvieron.

—¿Qué sabes de su mujer, la madre de Lina y mi padre?

—Nada. Tomás regresó muy enfermo, como te explicaba, y apenas habló de ella. De nadie, de hecho. Fue su hermana Begoña quien dijo, cuando ella y su marido se hicieron cargo de ellos en 1941, que los niños no tenían madre.

—Entonces, por lo que me has contado, deduzco que debo de tener familia en alguna parte…

—El problema es que ni siquiera sabes el nombre de tu abuela para empezar a buscarla.

«Ese detalle sí lo sé —pensé—. Y si el agente del Mosad quiere darme más información...»

—¿Era muy rico mi abuelo? ¿Dejó una buena herencia a sus hijos?

—Les dejó la casa y el dinero que había ganado con sus cuadros. No era una fortuna, pero mi madre lo administró bien y salieron adelante sin demasiadas estrecheces. Después tu padre se puso a trabajar con su tía Begoña y siguió viviendo en tu casa hasta que se casó. El resto de la historia me imagino que ya la conoces a través de tu padre y tu tía —concluyó Carmen con una bondadosa sonrisa.

—Es gratificante y al mismo tiempo doloroso conocer esa parte de la vida de mi abuelo. Debió de ser un hombre muy desgraciado.

—Mi madre lo adoraba; trabajaba ya con la familia Ordóñez cuando él vino al mundo; lo vio crecer, y decía que era tan sensible y dulce como su madre, tu bisabuela Pura. Ellas compartieron más de una vez su preocupación por él debido a la rudeza con la que su padre lo trataba y lo ridiculizaba. Quizá por compensarlo de toda la amargura que había vivido, mi madre se volcó con sus hijos, tu padre y tu tía, a los que quería con locura... Lina fue para mí una hermana.

—Lo sé, Carmen —dije apretando su brazo sobre la mesa—. Ellos también querían a su tata Juana; fue lo más parecido a una madre que tuvieron.

—En fin... Pues ya lo sabes todo. Al menos espero haberte aclarado algunas dudas.

—La verdad es que ahora entiendo muchas cosas, aunque nunca aceptaré la ruindad con la que su familia trató a Tomás.

—Eran otros tiempos, Maribel... Unos años muy duros en España. Y Córdoba siempre fue una ciudad muy provinciana.

26

Había anochecido ya cuando me despedí de Carmen con un cariñoso abrazo. Salí a la plaza de la Corredera y me dirigí hacia la de las Cañas. De repente, al doblar la esquina en la calle Tornillo, me topé con un cuerpo masculino que me hizo retroceder de un sobresalto. Era Daniel. Estaba en pie, esperándome.

—¿Qué haces aquí?

—Todavía velo por tu seguridad. ¿Cómo ha ido la entrevista con tu amiga Carmen Mialdea? ¿Te ha contado ya cómo consiguió el cuadro de tu abuela?

Aquella pregunta me dejó fuera de juego. ¡Estaban vigilando mis movimientos!

—No sabía que continuabas protegiéndome. ¿O más bien siguiéndome?

Me miró sin responder.

—Cumplo órdenes. ¿Estás ahora dispuesta a hacer una declaración o tendré que trasladarte a la comisaría? —dijo caminando a mi lado.

—¿Qué quieres que te confiese exactamente? —Su frialdad comenzaba a exasperarme.

—Empezaré preguntándote si conocías la investigación que Isaac estaba realizando con respecto a ese cuadro. Después podrías aclararme dónde está ahora. Te lo contó la noche que te abordó en la plaza de Santa Marina, ¿no es cierto?

—No, no es cierto.

—¿Te dio alguna explicación de las razones por las que lo robó?

—No. Ya te expliqué todo lo que ocurrió aquella noche, aunque apenas prestaste atención a mis palabras. Él me avisó de que yo estaba en peligro. Eso es todo.

—¿Desde cuándo sabías que ese retrato pertenecía a un familiar de la señora que acabas de visitar?

—Lo he averiguado de pura casualidad. Mi madre me dijo que le dio varios cuadros a mi tía cuando vendió la casa de la calle Lucano, y como yo no lo tenía deduje que debió de regalárselos a alguien cercano. Ha sido para mí una sorpresa saber que Carmen tenía uno y que mi tía Lina le había obsequiado otro a su hijo.

—¿Y pretendes que crea que se trata de otra de tus casualidades? Van demasiadas, Maribel. Empiezo a conocerte y distingo incluso tu tono de voz cuando mientes.

—Pues esta vez has tropezado, inspector, porque estaba diciendo la verdad.

Nos habíamos introducido en el portal de mi casa y tenía las llaves en la mano.

—Dame una prueba, una sola prueba que demuestre que estoy en un error —pidió acercándose a mí.

—Únicamente puedo darte mi palabra.

—Está bien, cuéntame la verdad desde el principio, cuéntamelo todo y entonces podré valorar por mí mismo la situación. —Apoyó una mano contra la pared dejándome aprisionada entre ésta y su cuerpo.

—Apenas tengo nada nuevo que explicarte. Tú lo sabes todo. No tenía noticias de ese cuadro hasta hace unos días, ni siquiera sabía que Isaac lo había localizado, y tampoco sabía que él buscaba cuadros robados.

—No empieces otra vez con la misma canción —me interrumpió bruscamente—. Es inútil seguir negándolo todo. Sólo te traerá más complicaciones. Dime algo que no conozca a estas alturas. Por ejemplo, qué te dijo con exactitud la noche del asalto a la clínica.

—Ya te lo he contado todo. Te repito que...

—No sigas, por favor. —Me frenó, irritado—. Respóndeme otra pregunta: ¿sabes si hay más pinturas repartidas en casas de amigos o familiares?

—Eso es asunto tuyo. Búscalas tú —repliqué enojada yo también.

—Está bien. No tienes intención de confesar, ¿para qué perder el tiempo? Quédate con tus secretos —zanjó, dando un paso atrás para dejarme marchar.

Abrí la puerta de la cancela y esperaba que me siguiera, pero no lo hizo. Se quedó en el portal, quieto, dedicándome una mirada diferente a la de hacía dos minutos.

—Daniel, no quiero que tengas una mala opinión de mí. —Me acerqué a él de nuevo—. Yo también estoy haciendo averiguaciones y descubriendo una historia silenciada durante muchos años. Me gustaría compartirla contigo, pero sin que afecte a tu trabajo, ¿me entiendes? —Él seguía callado, aguardando mis palabras—. He sabido ahora que tengo una familia que no conozco. Efraín dijo que mi abuela aún está viva y que sabe dónde está. Quizá tú también lo sabes…

Asintió con un gesto.

—Necesito encontrarla. Tengo el presentimiento de que ella tiene la clave de todo este caos. —Aguardé una reacción por parte de él, un asentimiento, una negación, no sé, algo más que aquella exasperante reserva. Pero nada—. Efraín me pidió los cuadros a cambio de esa información —continué. Daniel no movió ni un músculo de su rostro.

—¿Y qué piensas ofrecerme a mí?

—Una prueba de mi amistad. Ayúdame a contactar con ella y yo te diré algunas cosas…

Daniel sonrió y colocó los dedos en mi mentón.

—Por una vez, en este guión voy dos páginas por delante de ti. Lo siento, pequeña. No puedo ayudarte. Ya no somos amigos. —Después me besó en la frente y se marchó.

Esperaba, ilusa de mí, un acercamiento, un voto de confianza por su parte. Pero su profesión se anteponía a cualquier sentimiento. Me lo había dejado claro el día anterior cuando me había dicho adiós con aquel beso. Ahora únicamente quedaba el policía, y yo no era su prioridad ni contaba nada para él. ¿Cuándo iba a convencerme de una vez? Estaba sola, como siempre, y debía arreglármelas sin ayuda y sin falsas ilusiones románticas.

Aquella noche estaba de nuevo desvelada y decidí poner en orden todos los datos que había acumulado hasta el momento.

Recapitulé: mi abuelo Tomás Ordóñez es un artista sensible y homosexual que en 1932, tras la muerte de su madre, se traslada a París. Allí pinta, conoce a importantes escritores y artistas de la época hasta el mes de junio de 1940, fecha en que París es invadido por el ejército alemán. Después se convierte en un colaboracionista, algo difícil de entender, no ya por sus valores morales, que quiero suponer honestos, sino por su condición sexual, rechazada por los nazis al estimar que era opuesta a la ideología nacionalsocialista, pues los homosexuales no se reproducían y no podían perpetuar la raza aria, además de considerarlos una prueba de la degeneración racial. Colabora en el Museo Jeu de Paume como asesor artístico junto a Rose Valland y se relaciona con un miembro de la embajada alemana en Madrid. Se ofrece a trasladarle obras de arte desde París y aprovecha esa circunstancia para sacar del museo numerosos objetos valiosos que guardará para él. En septiembre de 1940 llega a España con sus dos hijos y un buen lote de obras de arte perteneciente a Herbert Rossberg. Continúa viajando a París, deja a los niños a cargo de Juana, y cada vez que regresa trae a casa muchas obras cuya descripción apunta en un cuaderno junto con los datos de sus anteriores propietarios y su procedencia. Pasa casi un año realizando esta labor cuando es descubierto y encarcelado, e imagino que torturado para que confiese la ubicación de los cuadros. Le organizan un buen escándalo y registran las propiedades de su padre, pero las pinturas no aparecen. Quince años después regresa moribundo e intenta localizar a la familia de su esposa para que se haga cargo de sus hijos, pero no recibe respuesta.

En cuanto al cuadro de Matisse, está claro el recorrido y las deducciones que hizo Isaac: investigó el pasado de mi abuelo cuando oyó su nombre la primera vez que estuvo en casa, en diciembre del pasado año, y también estudió a las personas cercanas a él, como Juana y su hija Carmen. Averiguó las andanzas de Tomás Ordóñez y el robo a los nazis, visitó a la nuera de Carmen, y al localizar el cuadro quizá decidió no generar expectativas y no le hizo ninguna oferta de compra ni le precisó nada sobre su autenticidad, como hizo conmigo, a la espera de que todo quedase aclarado más adelante. Y fue el mes pasado, al ver los otros cuadros de Matisse y conocer que yo tenía un cuaderno con una lista de los objetos que Tomás Ordóñez había robado, cuando decidió mover ficha y contactar con el Museo del Holocausto de Washington para que enviaran un técnico que trabajara con él y determinar juntos la propiedad de aquellas obras.

Sin embargo, y a pesar de todas las imputaciones que le hacían los investigadores, yo estaba segura de que Isaac no había utilizado esa información contra mí ni para quedarse con los cuadros. No, él no era un ladrón ni un asesino, y quizá era el único que sabía lo que ocurrió durante aquellos años, pues debía de tener serios motivos para afirmar que las obras pertenecían a mi familia, ya que sabía quién era mi abuela y conocía su nombre y apellido. Ahora sólo me restaba saber adónde envió mi abuelo la carta de la que me había hablado Carmen.

De repente percibí un sonido familiar: el chirrido de las bisagras de la puerta de la cocina. Apagué la luz y me quedé inmóvil, convenciéndome de que había sido obra de mi imaginación. Cerré el portátil. La puerta volvió a crujir de manera casi imperceptible, pero el silencio de la madrugada y mis sentidos agudizados por el pánico me indicaban que aquello no lo había provocado el aire ni nada parecido. Desde el umbral del estudio asomé la cabeza hacia la planta baja y confirmé mi temor: dos haces de luz se movían por el patio, hacia arriba y hacia abajo, enfocando al frente y dirigiéndose hacia la escalera. Entonces oí ruidos, voces que hablaban en un susurro.

¡Alguien había entrado en casa!

27

Mi instinto presentía un peligro inminente. Regresé al interior del estudio y concluí que no tenía tiempo para esconderme en el zulo del dormitorio. Me agaché, encogida, bajo la mesa, cuya tabla exterior me protegía y dejaba una pequeña rendija a la altura de mi cabeza. Desde allí vi pasar dos siluetas fantasmales detrás de unas linternas. Se dirigían a mi dormitorio. Me hice con mi bolso y cogí el móvil, busqué en la memoria el número de Daniel y esperé, impaciente, respuesta a mi llamada. Pero contestó el buzón de voz mientras oía, aterrorizada, cómo revolvían la habitación, abriendo las puertas del armario y golpeándolas. A oscuras, sentada en el suelo, cubrí con las manos la pantalla del móvil para que su luz no me delatase y envié un mensaje a Daniel suplicándole ayuda, temblando como una hoja y rezando a papá para que también él me ayudara en aquel angustioso trance.

El sonido de una sirena comenzaba a oírse a lo lejos. Los intrusos se percataron del peligro y un potente bramido les ordenó salir cuanto antes. Oí pasos, voces masculinas, gritos y golpes por toda la casa, pero permanecí callada e inmóvil bajo la mesa hasta que la calma regresó al cabo de unas cuantas oraciones. El estruendo de sirenas del exterior iba en aumento, y los golpes en la puerta de la calle empezaban a sonar por toda la casa. Acerqué los ojos a la rendija y sólo vi oscuridad; entonces me levanté despacio para comprobar que reinaba la calma de nuevo.

La luz del móvil se iluminó de repente, y oír la voz de Daniel supuso por primera vez un bálsamo de tranquilidad. Estaba en la puerta y quería una explicación por mi mensaje de auxilio. Me incorporé para dirigirme al dormitorio, expectante ante cualquier ruido, y tras comprobar que mi escondite secreto no había sido quebrantado bajé la escalera. Cuando llegué a la puerta del zaguán respiré aliviada al acoger a un grupo de agentes. Daniel se quedó junto al coche. Les expliqué que había visto en el interior de la casa luces y oído voces de intrusos; después les enseñé la puerta de la cocina por la que habían entrado, que aún permanecía abierta, y les llevé a mi dormitorio para mostrarles el caos que habían organizado allí. Los agentes terminaron la inspección y se reunieron con Daniel, que continuaba en la calle. Acto seguido se acercó para exponerme sus dudas sobre mi versión, pues los policías le habían informado de que no habían hallado indicios de allanamiento.

—Ha sido una falsa alarma —sentenció con gravedad.

—¿Qué estás diciendo? ¡Ha sido real! Les he visto, he oído sus voces, han estado en mi dormitorio revolviendo los armarios; tus compañeros acaban de verlo… Sube tú mismo y lo comprobarás —le supliqué angustiada.

Los agentes adoptaron una actitud impasible y solicitaron permiso a su superior para regresar a la central.

—Maribel, esta casa es muy segura. Las rejas no han sido forzadas y la puerta estaba cerrada por dentro.

—Han entrado por el patio trasero —le expliqué, instándole a que me siguiera hacia la cocina a través de la cual se accedía a un pequeño patio en cuya parte frontal una tapia separaba la vivienda de otra vecina.

—Estos muros son muy altos y difíciles de franquear —insistía, incrédulo, detrás de mí.

—¡Han entrado aquí, no estoy mintiendo! —grité impotente ante su escepticismo.

—Pero no te han atacado, ni siquiera te han visto —dijo con su habitual mueca, esa vez sin sonreír.

—¿Crees que me he inventado esto para llamar la atención?

—Sólo espero que no sea una excusa para intentar convencerme de que estás en peligro y me necesitas a tu lado... —sugirió acercándose, provocándome.

Yo no tenía intención de responder a aquella insinuación y respiré hondo para recuperar el control, aunque a duras penas lo logré.

—Piensa lo que quieras.

—Llámame cuando tengas algo nuevo que contarme, pero no me hagas perder más tiempo. Tengo otros casos más importantes que resolver.

Aquellas groseras palabras cayeron sobre mí como una carga de profundidad. De repente noté que un torrente de lágrimas amenazaba con salir al exterior. Jamás me habían despreciado de una manera tan cruel ni me habían hecho sentir tan insignificante. Pero no iba a darle la satisfacción de mostrarle mi dolor.

—¡Vete de aquí! ¡No quiero volver a verte... nunca más!

—Estás cometiendo demasiados errores, Isabel. No tienes que ponerte en evidencia de esta forma tan absurda —dijo al tiempo que se dirigía hacia el portal.

—Debí hacer caso a Isaac cuando me aconsejó que no confiara en la policía.

De repente Daniel se volvió hacia mí con inusitado interés.

—¿Cuándo te dijo eso?

—La noche del asalto a la clínica, en Santa Marina.

—No me lo habías contado —me reprochó con severidad.

—Y menos que pienso contarte a partir de ahora, señor inspector —le espeté cerrando la puerta de un golpe.

Daniel ya no me creía; aquella misma noche alguien había violado mi casa y yo ni siquiera podía presentar una denuncia. Estaba sola en aquella travesía, a merced de unos asesinos invisibles que podían profanar mi hogar con impunidad, pues nadie les había visto y yo no era una testigo fiable. Me propuse no llorar, pero mis hormonas habían tomado el mando y no fui capaz de hacerles frente. Después de descargar durante un buen rato la tensión acumulada, pasé el resto de la noche sentada en un sillón del patio, en un punto estratégico desde el cual podía vigilar la puerta de la cocina y la cancela de salida. Durante aquellas largas horas de espera recordé la conversación con Efraín Peres y su sospecha de que había más gente implicada en aquel caso: «Quizá sea alguien cercano a usted, una persona en quien confía y a la que considera incapaz de hacer algo ilegal…».

Por la mañana contacté con un taller de forja, y antes del almuerzo sus operarios habían instalado gruesas rejas en la puerta de acceso al patio. Ahora mi vivienda era un búnker, el único lugar donde me sentía segura.

28

Tres días más tarde seguía encerrada en casa y decidí que debía poner orden en el desbarajuste en que se había convertido mi vida. Necesitaba un horario fijo, rutina y tener la mente ocupada para no perder la cabeza del todo, así que regresé a la oficina.

Aquella mañana el trabajo se me acumulaba, pero no lograba concentrarme ni para descolgar el teléfono. No dormía bien por las noches, y la sensación de indefensión al salir de casa comenzaba a provocarme agorafobia. La escolta que Daniel me prometió había desaparecido, no había coches patrulla por la noche ni advertía tampoco la presencia de miembros de seguridad durante el trayecto desde mi casa hasta el centro. Nadie me protegía, ni siquiera creían en el relato del asalto, y me convencí definitivamente de que Daniel había representado ante mí el detestable papel de un celoso y enamorado agente de la ley que trataba de seducir y ganarse la confianza de la cómplice de un presunto asesino. Sin embargo, había fracasado en el intento de conseguir información para resolver el caso y su interés por mí se había desvanecido. Me estremecía sólo con pensar que todo formaba parte de un plan concebido en un despacho. Tenía la sensación de estar despeñándome por un barranco y estaba segura de que no había nadie abajo esperando para amortiguar el golpe.

Y el impacto fue brutal.

Eran casi las nueve de la noche cuando mi compañera Lola se despidió.

—¿Te vienes? Yo he terminado.

—No, aún me queda un rato.

—Cerraré con llave al salir. Hasta mañana.

Diez minutos más tarde oí unos golpes en la puerta de cristal y di un brinco. Alcé la vista para ver quién llamaba a aquellas horas, pero no vi a nadie. Seguramente se trataba de algún gracioso que pasaba por allí y se le había ocurrido llamar mi atención. Estaba cansada, tenía la sensación de que el montón de expedientes apilados en una esquina de mi mesa descendía demasiado despacio, y me quedaba una hora más de trabajo para evitar que aumentara al día siguiente.

Cuando por fin terminé soñaba con llegar a casa y darme una refrescante ducha antes de irme a la cama. Al abrir la puerta de cristal noté que ésta arrastraba un documento hacia atrás, y al inclinarme para recogerlo descubrí en el suelo un sobre blanco, sin remite ni dirección, que había sido depositado bajo la puerta, quizá cuando había oído los golpes poco después de que Lola abandonara la oficina.

Abrí el sobre por la parte superior y extraje una hoja en blanco donde sólo había escrita una frase en mayúsculas:

EN MI CASA.

I. G.

No pude evitar dar un grito… ¡El mensaje era de Isaac Goldman! Sólo él podría haber enviado esa nota, quizá para avisarme de algo importante.

Antes de salir me detuve a sopesar las ventajas y los inconvenientes de acudir a su llamada: si la policía me sorprendía con él, ambos tendríamos serios problemas. La parte positiva era la oportunidad de conocer el secreto sobre mi familia paterna. Efraín me había dicho que mi abuela seguía viva, y estaba segura de que también Isaac tenía que saber dónde estaba ahora. Era la única persona que podría arrojar un rayo de luz entre tanta niebla.

Después me asaltó otro dilema: ¿debía telefonear a Daniel para mostrarle aquella nota? La respuesta fue que no estaba dispuesta a dejarme pisotear otra vez. Lo más probable era que no me hiciera caso y que me acusara de escribirla yo misma para llamar su atención... O quizá me creyera y me utilizara como cebo para atrapar a Isaac.

No. De ninguna manera informaría a la policía.

A las diez y media salí de la oficina; por el camino meditaba sobre acudir o no a la cita, y cambiaba de opinión cada veinte pasos. Tenía que preparar mi coartada en caso de que algo saliera mal, o en caso de que todo fuera una trampa urdida por los sicarios que habían intentado secuestrarme y habían allanado mi casa la otra noche. Era una eventualidad más... que no había contemplado seriamente.

Al llegar por la calle Blanco Belmonte a la plaza de la Asociación de Cofradías, la margarita dijo «Sí», pero antes llamé a Fali para hablarle de la nota de Isaac y de mi intención de reunirme con él en su casa.

—¡No lo hagas! Es peligroso. Quizá sea una trampa. —Advertí un matiz de alarma en su voz a través del teléfono.

—Sólo quería que lo supieras, en caso de que me ocurriera algo...

—Espera unos minutos, hazme caso. Salgo ahora mismo para reunirme contigo.

—No vengas, por favor. No deseo mezclarte en esto.

—No seas cabezota, Maribel. Aguarda un poco, no vayas sola.

Pero había llegado ya a la calle de las Comedias donde vivía Isaac y colgué el móvil. La puerta del zaguán estaba abierta y me adentré en el patio, iluminado pobremente por la luz ambiente de las farolas de la calle. Subí los desgastados peldaños con miedo, aferrada a la balaustrada maciza pintada con cal. Iba a llamar a la puerta cuando advertí que había una pequeña abertura entre la hoja y el marco. Empujé con temor y ante mí se abrió una profunda oscuridad. Llamé a Isaac, pero no recibí respuesta. Estaba temblando de miedo, y la sensación de peligro aumentaba segundo a segundo. Me dispuse a dar media vuelta y marcharme cuando oí una voz procedente del interior de la casa. Era un leve murmullo, y había pronunciado mi nombre:

—Isabel…

—¿Isaac…? ¿Está ahí?

—Sí. Entre y cierre la puerta… —De nuevo oí aquella voz susurrante.

—Isaac, necesito hablar con usted, tiene que contarme qué está ocurriendo… ¡Aaag! ¡Dios mío…!

De repente mis pies tropezaron con un bulto que había en el suelo y perdí el equilibrio. Al caer de bruces palpé una cabeza y unos brazos, y noté que mis manos se impregnaban de un líquido viscoso. Entonces di un grito al advertir que se trataba de un cuerpo humano. Todas mis alarmas se encendieron y mi instinto me ordenó salir corriendo de allí sin detenerme un minuto. Me había incorporado con dificultad cuando noté que unas fuertes garras atrapaban mis hombros desde atrás y me lanzaban con ímpetu hacia delante, haciendo que me estrellara contra un muro que apareció bruscamente. Volví a caer al suelo con un terrible dolor en la frente. En medio de aquel aturdimiento oí pasos que se dirigían hacia la salida y un violento golpe en la puerta al cerrarse.

Estaba desorientada y aterrada, arrepentida mil veces de haber acudido a esa cita. Durante unos segundos reinó un pavoroso silencio. Me encontraba sola, a oscuras, junto a un cuerpo inmóvil tendido a mi lado. Me levanté como pude y caminé a tientas hacia el lugar donde mi escasa orientación me indicaba que estaba la puerta. Paseé las manos por el muro hasta que alcancé el pomo y conseguí abrirla.

Iba a salir corriendo escalera abajo cuando una silueta apareció en el umbral y unos enérgicos brazos me retuvieron, alzándome en vilo. Perdí el control y comencé a gritar presa de un ataque de histeria, luchando para librarme de aquellas garras que, con un ágil y estudiado movimiento, me habían inmovilizado atrapando mis manos y colocándomelas a la espalda.

—¡Eh! ¡Eh...! ¿Qué ocurre aquí? —Reconocí enseguida aquella voz y recuperé un poco la serenidad.

—¡Daniel! ¡Dios santo...! ¡Ayúdame! —grité sin conseguir librarme de sus manos, que me mantenían inmovilizada.

—¿Qué haces aquí? —seguía demandando sin intención de acceder a mi súplica—. ¿Por qué estás manchada de sangre?

De pronto advertí que mi blusa había cambiado de su color original al rojo, y mis vaqueros también.

—Hay... alguien ahí... en el suelo... Yo... Estaba oscuro, y oí una voz que me llamaba... y... y... tropecé... y entonces me lanzaron contra la pared... y volví a caer... y él se marchó corriendo... ¡Por favor, suéltame! —grité fuera de mí.

Varios agentes subían la escalera y se introducían en la casa de Isaac. Uno de ellos solicitó una ambulancia e informó del hallazgo de un cadáver. Daniel liberó mis manos y con la suya atrapó mi antebrazo, conduciéndome de nuevo hacia el interior.

—¿Quién está dentro? —Su rostro tenía una expresión severa.

—No lo sé... Te he dicho que estaba oscuro... Choqué y... caí sobre un cuerpo... No podía ver nada... ¿No le has visto salir?

—¿A quién? —Me miraba con aprensión.

—Al hombre que me ha empujado, salió un poco antes que yo...

—No he visto a nadie.

—¿Por qué estás aquí? ¿Te llamó Fali?

—Hemos recibido una llamada en la central avisando de que se había cometido un asesinato aquí.

La luz de la sala estaba ahora encendida, y al acceder al umbral junto a Daniel descubrí un cuerpo tendido boca abajo. Era un hombre vestido con una camisa de rayas y un pantalón azul, de mediana estatura y cabello blanco en la parte trasera de la cabeza. Tenía un pequeño cuchillo clavado en la espalda, a la altura del corazón, y la herida había formado un gran charco de sangre en el suelo. La sala estaba tan revuelta como la última vez que estuve allí tras el asesinato del técnico del Museo de Washington aquel terrible día de mayo.

—¿Es Benjamín Sinclair? —pregunté a Daniel desde la puerta.

—Ahora lo sabremos.

Uno de los agentes se acercó al cuerpo con precaución de no alterar el estado de la sala y le introdujo los dedos con pericia en el bolsillo trasero del pantalón, del cual extrajo una billetera que entregó a Daniel.

—Moisés Pérez de la Mata —leyó tras examinar la documentación.

—¡Dios santo! El catedrático... —exclamé consternada, llevándome una mano a la cara.

—¿Le conocías? —Daniel se volvió hacia mí, contrariado.

—Sólo le vi una vez. Te hablé de él hace poco. Fui a la facultad unos días antes de que se cometiera aquí el primer asesinato y le llevé fotos de los cuadros de mi abuelo. El profesor De la Mata iba a estudiarlos para ponerme en contacto con una empresa de tasación.

—¿Habías quedado con él aquí?

—¡No! No había vuelto a tener noticias suyas.

—Entonces ¿por qué has venido?

—Yo... recibí un mensaje.

—¿De quién?

—De Isaac... Lo tengo en el bolso —dije sacando el sobre.

Daniel lo examinó y después me dirigió una mirada indefinida. Sin hacer un comentario, se lo guardó en el bolsillo interior de la cazadora. Varios agentes accedían en aquel momento a la vivienda cargados con el equipo para comenzar el análisis.

—Nos vamos a la comisaría.

—¿Estoy detenida? —pregunté muerta de miedo.

Volvió a mirarme y emitió un hondo suspiro.

—Sí. En estos momentos eres la principal sospechosa.

—Daniel, no creerás que yo he podido hacer eso... —supliqué, a punto de perder los nervios de nuevo. Pero me cogió del brazo otra vez y, sin contestar, me condujo hacia la calle.

En la puerta, Fali porfiaba con uno de los agentes uniformados intentando acceder al interior.

—¡Maribel! —gritó desde la distancia—. ¿Qué ha pasado?

—¿Por qué está aquí él? —preguntó Daniel, escamado.

—Le llamé para explicarle lo del mensaje de Isaac. Él quería acompañarme…

—Y así preparabas tu coartada —dijo con ironía.

—¿Qué coartada? ¡No! Daniel, yo no he matado a ese hombre. Por Dios, no puedes pensar que yo…

Me miró inconmovible, tiró de mi brazo y caminó a mi lado hacia uno de los coches patrulla de la policía. Condujo sin abrir la boca hasta la comisaría, y al llegar me trasladó a una sala pequeña amueblada con bancos de madera junto a la pared y se dirigió a la puerta.

—Daniel, por favor, no me hagas esto —supliqué, a punto de derrumbarme y echarme a llorar.

—Tengo que dejarte aquí —murmuró sin cruzar su mirada con la mía. Después cerró la puerta por fuera y oí el clic de la llave.

29

Habían pasado más de dos horas cuando el sonido de la cerradura me indicó que había alguien detrás de la puerta. Un agente uniformado apareció en el umbral y me ordenó seguirle. Atravesábamos uno de los pasillos cuando noté que el vello se me erizaba al divisar, a través de la cristalera de un despacho, la silueta de mi madre. Estaba de espaldas a la puerta y hablaba con alguien sentado frente a ella. Aquel hombre era Daniel de la Torre. Me detuve bruscamente, y él alzó su mirada con gesto grave hasta que se cruzó con la mía. Jamás había sentido tanto miedo.

El agente que me acompañaba me conminó a seguir la marcha y no tuve más remedio que avanzar. Mi inquietud era grande, y el pánico me asaltaba por momentos. De repente se abrió la puerta de otro despacho y mi amigo de la infancia salió a través de ella escoltado por un joven sin uniforme de unos treinta y tantos años.

—¡Fali…! —casi grité de la impresión—. ¿Qué haces aquí…?

—Nada importante. Me preguntan sobre una llamada que…

—Señor Quintero —le reconvino una voz autoritaria a su espalda—, le ruego que no haga comentarios sobre el motivo de su entrevista.

—Disculpe. —Fali se volvió hacia él alzando la palma de una mano en señal de sana obediencia—. Bueno, Maribel, nos vemos…

Me miró y me hizo un gesto enarcando las cejas que, si bien pasó desapercibido para los demás, yo entendí enseguida, pues lo utilizábamos cuando éramos niños y jugábamos en la calle. Significaba que no había motivos para preocuparse.

Me condujeron a la sala de interrogatorios presidida por el gran espejo de la pared y, tras unos tensos instantes, oí que la puerta se abría a mi espalda. Reconocí a los tres hombres que accedieron a la sala: el comisario Llamas, que tomó asiento frente a mí, y la sombra de Daniel, que se acomodó a mi derecha. Efraín Peres, el tercero, prefirió asistir al interrogatorio desde una esquina de la sala.

El comisario tomó la palabra.

—Señorita Ordóñez, queremos conocer su versión de los hechos que han ocurrido esta noche.

Comencé el relato con la nota que me habían dejado bajo la puerta en la oficina aquella tarde y les hablé de la llamada realizada a mi amigo Fali ante el temor de que se tratara de una trampa, como finalmente confirmé. Les ofrecí todos los detalles que recordaba desde que entré en aquella casa hasta que Daniel apareció en ella.

—¿Por qué no nos informó de ese mensaje y de su intención de ir allí?

—Hace unos días alguien penetró en mi casa. Yo estaba dentro y de puro milagro pude salir indemne de aquel asalto. Llamé a la policía pidiendo ayuda, pero cuando el inspector De la Torre llegó a mi domicilio me acusó de mentir y de hacerle perder el tiempo. —Le miré con rabia y percibí que los ojos de Daniel se clavaban en mí.

—Isabel, comprendo su malestar con los investigadores, pero eso no justifica para nosotros su proceder de esta tarde. ¿Para qué quería encontrarse con Goldman?

—Porque él sabe quién está detrás de todo lo que me está pasando. Sólo quería conocer la verdad.

—¿Por qué está tan segura de que él podría ofrecerle esa ayuda?

—Porque tiene información sobre mi familia paterna. Él fue quien me dio el nombre de mi abuela, algo que ni siquiera mi padre conocía.

—¿Cuándo le proporcionó ese dato? —preguntó Efraín Peres, vivamente interesado.

—La noche que me abordó en Santa Marina.

—¿Por qué es tan importante para usted saber quién es su abuela? —preguntó de nuevo el hebreo.

Le miré, pero no podía explicarle que Isaac me había dicho que los cuadros guardados en casa pertenecían a mi familia y que me instó a seguir el rastro de Lilianne Fridman.

—Es un asunto personal.

—¿Llegó a aclararle algo Goldman esta noche? —Quien ahora hablaba era el comisario.

—No. Isaac no era el hombre que estaba esperándome allí.

—¿Por qué está tan segura? —insistió el agente israelí—. ¿No reconoció su voz en la oscuridad?

—Más que una voz era un susurro, difícil de reconocer. Pero me llamó Isabel, e Isaac siempre se dirigía a mí por mi nombre familiar: Maribel.

—¿Desde cuándo conocía al catedrático Pérez de la Mata? —preguntó el comisario.

Les relaté con todo detalle la entrevista que mantuve con él cuando le llevé las fotos con los cuadros, los comentarios que hizo sobre ellos y su disposición a ponerme en contacto con la empresa de tasaciones con la que él colaboraba.

—¿Y no volvieron a ponerse en contacto?

—No. Él quedó en llamarme, pero no lo hizo… Yo no he tenido nada que ver con su muerte, se lo aseguro —afirmé, suplicante.

—Lo sabemos, Isabel. El profesor había muerto antes de que usted llegara. En cuanto a Isaac, no podemos descartar su participación en el crimen. Ésa es la razón por la que aún está usted aquí. Tiene que decirnos toda la verdad sobre lo que él y usted hablaron la noche que se encontraron en Santa Marina, Isabel.

—Ya lo he contado todo, créame…

—¿Le pidió él que le protegiera? —continuó el comisario.

—¿Protegerle? ¿Cómo?

—Acabas de afirmar que no era él quien te esperaba en la casa... —Daniel había hablado por primera vez—. ¿Estás diciendo la verdad?

—¡Por supuesto! Isaac no es un asesino —respondí con vehemencia.

Un perturbador silencio se instaló en la sala y me convertí en la diana de sus miradas.

—Isabel —dijo Efraín Peres con su habitual delicadeza—, quizá no es consciente de la gravedad de su situación. Nos enfrentamos ya a tres crímenes violentos y a un presunto asesino que probablemente se ha comunicado con usted. Es un asunto muy turbio, y no querríamos descubrir que ha estado encubriéndole mientras nosotros creíamos protegerla.

—Yo no he encubierto a nadie —afirmé, tajante, sin levantar la mirada de la mesa, dirigiéndola hacia mis manos y concentrándome en ellas para resistir aquel interrogatorio.

El comisario hizo un gesto de impaciencia.

—Volvamos a la noche del asalto a la clínica dental... ¿Isaac Goldman le habló del cuadro de Matisse?

—No. Sólo dijo que yo estaba en peligro.

—También te recomendó que no confiaras en la policía —intervino veloz Daniel, dispuesto a hacerme pedazos.

—Y también le apuntó el nombre de su abuela paterna... —añadió con sutileza Efraín Peres desde su rincón.

—¿Qué más le contó? —continuó el comisario.

—Eso fue todo.

—¿Por qué cree que él quería prevenirla contra nosotros? ¿Le ofreció una razón concreta, nombres...?

—No. Únicamente me recomendó que tuviera cuidado porque me perseguían peligrosos criminales.

—¿Qué opinión le merece esa sugerencia? ¿Cree que Goldman sabe quiénes son esos supuestos criminales?

—Isaac averiguó que el cuadro de Matisse había estado en poder de mi familia. Seguramente alguien más lo descubrió también y cree que yo podría tener más. —Me encogí de hombros para poner de manifiesto que no estaba de acuerdo. No podía aclararles que aquella noche Isaac me conminó a guardarlos.

—¿Y es así? —Daniel no perdía ocasión para acosarme.

—Están interrogando a mi familia y a mis amigos. Compruébenlo ustedes mismos.

—¿Conoce este cuadro? —preguntó el comisario abriendo un dossier del que extrajo la foto del cuadro de Matisse robado en la clínica dental.

—Sí —dije sin levantar la vista de la mesa—. Hace unos días el señor Peres me mostró esa misma fotografía.

—¿Lo había visto antes?

—Ya informé al inspector De la Torre de que ese retrato perteneció a mi familia.

—¿Sabe dónde está en estos momentos?

—No —respondí ratificando con la cabeza.

—¿Está diciendo la verdad?

—Completamente.

—Y esta pintura, ¿la conoce? —demandó de nuevo el comisario Llamas.

Sacó otra foto del dossier y la puso sobre la mesa. Se trataba del cuadro titulado *Niña de agua*, obra de mi abuelo. Era el único que la policía no me había devuelto tras el examen de los peritos.

—Sí, claro. Lo pintó mi abuelo y estuvo en mi casa durante décadas.

—¿Sabe que este cuadro pertenecía a Herbert Rossberg y que Tomás Ordóñez se lo robó a los nazis después de que éstos lo requisaran a su propietario?

El comisario aguardaba un gesto de sorpresa por mi parte, pero decidí, por una vez, decir la verdad.

—Sí. Lo localicé en la base de datos de la web del Jeu de Paume que el señor Peres me indicó.

—¿Y por qué no nos informó cuando hizo ese descubrimiento?

—Porque supuse que ustedes ya lo habrían averiguado cuando no me lo devolvieron junto con el resto de las pinturas.

—Esperábamos que usted pudiera ofrecernos alguna aclaración —respondió el comisario—. Observo que tiene un conocimiento más amplio sobre este caso de lo que aparenta. Se lo pregunto por última vez, Isabel: ¿tiene en su poder el cuadro de Matisse?

—¡Claro que no!

—¿Sabe dónde está?

—¡No!

—¿Ha recibido algún tipo de información relacionada con el caso criminal que nos ocupa?

—No.

—¿Mantiene o ha mantenido algún tipo de contacto con Isaac Goldman?

—No.

—¿Conoce su paradero?

—No.

—No me ofrece más opciones… Isabel Ordóñez, le comunico que está detenida por obstrucción a la justicia y que se va a proceder a un nuevo registro de su casa —dijo con solemnidad—. Inspector De la Torre, infórmela de sus derechos y trasládela a los calabozos —ordenó mientras se levantaba y abandonaba la sala.

Durante unos segundos quedé paralizada al oír aquellas palabras. Ni siquiera reparé en Daniel, que se había incorporado y, en tono monótono y rutinario, comenzaba a recitar una letanía sobre mi derecho a guardar silencio, y a no declarar contra mí misma, y a designar libremente a un abogado o que se me asignaría uno de oficio. Noté que presionaba mi antebrazo indicándome que debía acompañarle, pero me liberé de su garra sacudiéndolo con brusquedad y salí delante de él sin mirarle. Esperó a que realizara una llamada telefónica en el pasillo, y durante unos instantes dudé si llamar a Fali o a mamá, pero creí más sensato contactar directamente con un abogado.

La somnolienta voz de Gonzalo me hizo reparar en la hora: eran las tres de la madrugada. No había tenido noción del tiempo hasta aquel instante y advertí su desconcierto al enterarse de mi situación, aunque prometió acudir enseguida.

Daniel se encontraba a mi espalda y después de colgar caminé delante de él, ignorándole. Accedimos por un pasillo que finalizaba en una recia puerta de acero tras la cual se ubicaban los calabozos. Al pasar por la primera advertí la presencia de dos hombres sentados frente a frente en sendas camas apoyadas en la pared. En la siguiente un joven con aspecto desaliñado y signos de embriaguez yacía tendido en otro catre. Daniel ordenó a un agente uniformado abrir aquella celda y trasladar al chico a la otra, entre las protestas e improperios de este último y de los otros dos inquilinos, que se vieron obligados a compartir aquel minúsculo espacio.

—Adelante —dijo flemático.

Mis pies se negaban a avanzar hacia la estrecha y maloliente estancia, pero Daniel estaba detrás de mí y me forzó a seguir caminando hasta introducirse en ella conmigo.

—Cumpliste tu promesa: ya me has encerrado en un calabozo. Y ahora ¿qué? —pregunté mirándole a la cara y tratando a duras penas de contener las ganas de llorar.

Me dedicó una indescifrable mirada y me acarició una mejilla.

—Lo siento —dijo en un susurro apenas perceptible.

—No te creo. Eres un hipócrita.

—No quería llegar a esto, te lo aseguro…

—¡Vete al diablo!

De un manotazo me deshice de su mano y me separé de él, bajé la cabeza con dignidad y avancé unos pasos para sentarme en el suelo, de espaldas a la reja por la que había accedido, encogiendo las rodillas y apoyando la cabeza sobre ellas. Oí el sonido de la puerta al cerrarse y cómo iba subiendo de intensidad el altercado entre los presos de la celda vecina.

30

Son las seis de la mañana y aún no he cerrado los ojos, pero tampoco he llorado. Por fin se ha apagado la luz del pasillo, y la acalorada discusión entre los tres presos de la celda contigua por los dos únicos catres disponibles ha bajado de intensidad, puede que debido al cansancio o quizá porque han llegado a un acuerdo para repartírselos. Estoy sentada en el suelo con las rodillas pegadas a la barbilla, y la postura, aunque incómoda, me permite estar semioculta, entre el mugriento somier y el lavabo situado en el rincón. Desde aquí puedo ver mi sombra reflejada en el pequeño espejo. La blusa negra agudiza aún más el contraste con mi pálido rostro y mi melena castaña. Si hay algo que desmoraliza de este lugar no es el nauseabundo olor a orines, ni los grafitis o los escritos obscenos que cubren los muros; ni siquiera la mancha rojiza de sangre seca que cubre parte de mi ropa. Lo que realmente me provoca estremecimiento entre estas cuatro paredes es la incertidumbre, el lento pasar de los minutos que, convertidos en interminables horas, aumentan mi angustiosa espera.

El chirrido de la reja a mi espalda me ha hecho volver la cabeza con dificultad, pues tengo los músculos entumecidos por la postura inmóvil. Sin embargo, nunca pensé que sentiría este placer al descubrir la silueta de Gonzalo en la puerta de la celda.

—Vamos, tenemos un nuevo interrogatorio —dijo mi ex a modo de saludo.

—¿Qué ha ocurrido? —pregunté mientras caminábamos por el pasillo seguidos de un funcionario uniformado.

—Han hallado algo en el registro de tu casa, pero no han querido darme ninguna explicación. Procura no facilitarles demasiada información, ¿de acuerdo? —La pregunta era una orden. Gonzalo estaba molesto y disgustado.

Daniel esperaba en pie mi llegada en la sala de interrogatorios. Parecía no haber dormido en toda la noche, como yo. Efraín también le acompañaba y presentaba un aspecto más descansado. Entramos en el momento en que Gonzalo me tomaba por los hombros, y mi mirada se cruzó con la de Daniel durante unos segundos en los que le envié mi mensaje de desprecio.

Me senté a la mesa situada en el centro y al instante sentí mariposas en el estómago al reconocer sobre ella varios objetos de mi propiedad que estaban escondidos en el zulo del dormitorio: el portátil, el cuaderno de mi abuelo y los libros dedicados a él que hallé en el baúl de la ropa antigua.

Todo estaba perdido. De repente mi mundo se desplomó. Seguramente los cuadros también habrían sido hallados en el pasaje del sótano, y en aquel momento esperaban que hiciera una confesión.

—¿Reconoce estos objetos, señorita Ordóñez? —preguntó un flemático Daniel.

—Sí.

—¿Puede explicarnos de qué se trata?

—Esto es un portátil, esto de aquí son libros, y esto otro es un cuaderno —respondí con desagrado.

—¿Son de su propiedad?

—Sí.

—¿Sabe lo que contiene ese cuaderno?

—Maribel, no tienes que responder —indicó Gonzalo con frialdad.

Miré a Gonzalo y después a Daniel, y durante unos segundos dudé en obedecer a mi abogado, pero decidí que todo estaba perdido y que no merecía la pena seguir enredando.

—Es un listado de las obras de arte que mi abuelo robó a los alemanes durante la Segunda Guerra Mundial.

Daniel sonrió con su particular mueca al oír mi respuesta; creo que no esperaba tanta sinceridad de golpe.

—¿Cómo lo consiguió?

—Estaba entre sus cosas, en mi casa.

—¿En qué lugar de la casa?

—En un pasaje oculto del dormitorio. El cuaderno estaba dentro de una lata vieja llena de fotos antiguas.

Aún guardaba la esperanza de que no hubieran hallado el otro pasaje del sótano…

—¿Qué más objetos había allí?

—¿Para qué me pregunta? Ya lo habrá visto usted… —Le planté cara.

—Me refiero a cuando heredó la casa.

—Cosas personales de mi difunta tía Lina, nada de importancia.

—¿Mostró ese cuaderno a Isaac Goldman?

—No, pero le hablé de él.

—¿Cuándo?

—En mayo, la última vez que nos vimos.

—¿Por qué?

—Crecí oyendo que mi abuelo fue un gran artista, un hombre sensible y culto. En estos libros —dije señalándolos— habrá observado que hay dedicatorias especiales hacia él por parte de sus autores. Mi padre me contó que en París se relacionó con los grandes artistas de la época. Cuando leí el cuaderno, apenas le di importancia, pensé que se trataba de obras que a él le gustaban y que posiblemente las había visto expuestas en los domicilios de los propietarios cuyos nombres anotaba junto a los títulos, eso es todo. Pero cuando hablé con el señor Peres tras el primer asesinato salí de mi error al enterarme de que buscaban un listado de obras robadas.

La mirada de Daniel perforaba mis ojos, pero no bajé la vista.

—¿Y por qué no lo entregó cuando todos se lo pedíamos? —preguntó el judío.

—Por orgullo. —Alcé los hombros—. No quería que se mancillara su buen nombre y el de mi familia porque...

—¡Vamos, Isabel...! Esto no cuadra —me interrumpió Daniel emitiendo un suspiro y retrepándose en su asiento—. Está mintiendo. Lo ocultó por alguna razón que no casa con el honor familiar, a la vista de cómo está quedando ahora éste y su propia reputación... —Esbozó una mueca desagradable.

—Son ustedes los que están humillándome de una forma injusta y desproporcionada —respondí ofendida.

—Usted se lo ha buscado por negarse a colaborar con la justicia. —Daniel me miró enojado.

De repente quedé aturdida. ¿Acaso habían hallado los cuadros? ¿Habían descubierto el pasaje del sótano?

—Hable, Isabel. ¿Dónde están las obras robadas?

—¿Han encontrado alguna en mi casa?

—Sabemos que su familia estuvo en posesión de al menos dos de ellas durante muchos años. Hemos recuperado una y ahora nos falta por localizar el retrato de Matisse.

¡Eureka! ¡No habían descubierto el pasaje del sótano!

—Lo siento, pero no puedo ayudarles.

—¿Qué planes ha fraguado con Isaac Goldman con respecto a esa pintura y al resto de las obras? ¿Van a venderlas en el mercado negro cuando todo esto termine? —insinuó Daniel con descaro.

—¿Por quién me ha tomado? —Salté como impulsada por un resorte.

—Por una mujer astuta y codiciosa.

—Un insulto más y el interrogatorio ha terminado —cortó Gonzalo.

—¡Y usted es el policía más incompetente que hay en esta comisaría!

—¡Maribel! —Gonzalo advirtió que aquello se le iba de las manos y me presionó un brazo para que me tranquilizara.

—Vamos a dar con Goldman, señorita Ordóñez, y en cuanto lo tengamos, iremos a por usted. —Las venas del cuello de Daniel se habían inflamado, tratando de contenerse para no alzar la voz.

—¡No soy una ladrona ni una asesina! —Yo sí grité sin control.

—Pero él sí.

—¡Él tampoco lo es!

—¡Vaya! Está muy segura de eso… parece conocerle bien. —Daniel seguía provocándome con afilada ironía.

Iba a responderle que sí, que le conocía muy bien, pero Gonzalo me lo impidió.

—Mi cliente ha colaborado hasta este momento. Si tienen algún cargo contra ella, comuníquelo inmediatamente. Si no, ¡nos vamos ahora mismo! —Esa vez hasta Gonzalo alzó la voz con genio.

—Es todo por ahora. —Daniel cerró de un violento golpe el expediente que tenía sobre la mesa—. Pueden marcharse. Pero diga a su representada que no abandone la ciudad sin pedir autorización —añadió con rudeza sin dirigirme la mirada.

Un agente uniformado nos condujo al despacho del comisario jefe Llamas, donde éste nos informó de que había revocado la orden de arresto y de que, aunque mantenían dudas sobre mi declaración, no habían encontrado pruebas que me inculparan directamente. Respiré entonces aliviada y decidí despacharme a gusto.

—¡Claro que no las han hallado! Porque no las tengo. Esas pruebas no existen…

—La investigación que se está realizando nos induce a creer todo lo contrario, señorita Ordóñez —cortó con frialdad el comisario.

—Porque están obsesionados por encontrar rápidamente a un culpable y no se detienen ante nada. El agente israelí me ha mentido en reiteradas ocasiones para confundirme, y el inspector De la Torre me acosa con insistencia.

—Señorita Ordóñez… —La voz de Daniel a mi espalda me hizo callar de inmediato—. Le ruego acepte mis disculpas por no haber estado a la altura que merece. A partir de ahora procuraremos ser más considerados con usted.

Estaba en la puerta y se aproximó a la mesa del comisario. Advertí una fina ironía en sus palabras y reconocí aquella mirada fría e indefinida con la que casi me deja fuera de juego.

—Eso espero —replicó Gonzalo con la petulancia del abogado que ha ganado el caso—. Si vuelve a incomodar a mi defendida, no dudaré en interponer una denuncia contra usted por acoso policial. Nos vamos —dijo levantándose e indicando que la entrevista había terminado.

Me levanté y dirigí una última mirada a Daniel, que no retiraba sus ojos de los míos. Abandoné la comisaría excitada pero aliviada, aunque me era imposible marcar la línea divisoria entre la excitación y el alivio. Había devuelto el golpe a Daniel a través de Gonzalo, quien había censurado su actuación e incluso amenazado con una denuncia delante de su superior; sin embargo, yo no estaba satisfecha, ni por quedar libre sin cargos ni por haberme vengado de él. Una cosa sí quedó clara: se había acabado; hasta ahí había llegado mi proyecto de relación con el atractivo inspector Daniel de la Torre.

31

—¿En qué mierda estás metida, Maribel? ¿Cómo se te ocurre mezclarte con un criminal de esa ralea? —me preguntó Gonzalo de regreso a casa en su Audi descapotable.

—Yo no he hecho nada, sólo tenía amistad con el sospechoso que están buscando, pero estoy segura de que no es el asesino que buscan.

—Hoy debo ocuparme de varios asuntos a primera hora y me has hecho estar en vela toda la noche —reprochó enfadado sin prestar atención a mis explicaciones—. Hazme un favor: no vuelvas a llamarme para que te saque de esta clase de embrollos, nunca más —enfatizó.

—Tranquilo, sólo me he limitado a solicitar tus servicios como abogado —contesté sarcástica.

—A partir de ahora búscate a otro. No me apetece dar explicaciones a mis socios sobre los turbios enredos en los que andas liada y no voy a permitir que arruines mi reputación.

—Entendido, señor abogado, gracias por tu asistencia. No olvides enviarme la minuta —dije, y salí del coche dando un portazo.

Despuntaban las primeras luces del alba. La puerta del zaguán estaba entreabierta y entré sin encender la luz, cargando sobre mi espalda el naufragio de una noche interminable. La imagen del patio, antes verde y acogedor, contrastaba ahora con la tierra oscura desparramada por el suelo, los tiestos volcados y las plantas secas junto a los restos de la fuente, que también había sido desmantelada. Desde allí podía ver parte del salón y evidencié con horror el minucioso registro que habían efectuado: todos los cuadros habían sido despojados de sus marcos; los sofás estaban en el esqueleto, los cojines vaciados y los cajones totalmente revueltos. Subí corriendo hasta el dormitorio y hallé un panorama aún más desolador. El colchón había sido desnudado; los armarios, saqueados; incluso el retrato de papá había sido separado del marco. Parecía que habían pasado meses en aquellas últimas veinticuatro horas.

Me acerqué al refugio para comprobar que, aunque había sido profanado, mis cosas personales aún estaban allí. Coloqué el portátil y los libros dedicados a mi abuelo que me habían devuelto en la comisaría sobre el mueble de madera. Aquel secreto espacio estaba impregnado de energía y sentí el imaginario brazo de papá sobre mis hombros animándome a seguir adelante en aquellos difíciles momentos. También la cercana presencia de tía Lina parecía empujarme hacia fuera diciéndome: «No te rindas, Maribel. Tú puedes con todo».

Ellos estaban allí, a mi lado.

Cerré de un golpe la puerta del armario, y después de una refrescante ducha salí dispuesta a plantar batalla a aquel desastre. Dejé la casa tal como la encontré y me dirigí a la oficina. Durante el trayecto traté de recordar algo que estaba haciendo la noche que penetraron en casa; un detalle que, debido al pánico que viví mientras los salteadores merodeaban, no conseguía recordar.

Mis compañeros ya habían llegado, y el saludo que recibí por parte del director no fue demasiado amable, pues la noticia de mi detención había salido publicada en la prensa local.

—Ésta es una ciudad pequeña y todo se magnifica. Tu presencia aquí sólo contribuiría a perjudicar nuestra imagen. Me han llamado de la central con órdenes concretas…

—¿Quiere decir que estoy despedida?

Él asintió con gravedad.

—Lo siento.

Recogí mis cosas y me despedí de mis compañeros con la firme convicción de no derramar ni una lágrima. No estaba dispuesta a dejarme vencer esa vez. Estaba como al principio: sola. ¿Y qué? Siempre fue así. Nunca necesité a nadie, y tenía mi propia independencia económica para vivir sin problemas gracias a la herencia de tía Lina. Menos mal que cuando terminé de pagar la reforma de la casa ingresé el dinero sobrante en mi cuenta del banco porque si los investigadores lo hubieran descubierto en el pasaje habrían tenido una buena prueba de cargo contra mí.

Al diablo todos. El trabajo, y la casa, y Gonzalo, y Daniel.

Era mediodía y decidí visitar a mi madre. No es que esperase una acogida calurosa y comprensiva, pues ella nunca se prodigó en demostraciones de afecto; pero jamás habría esperado el recibimiento que me ofreció, comenzando a llorar nada más verme en el umbral sin invitarme a entrar.

—Mamá, estoy bien, no te preocupes…

—¿Cómo has podido…? ¿Cómo has podido hacerme esto? ¡Qué vergüenza he pasado! —sollozó dándome la espalda y dirigiéndose al salón—. Ayer me citaron en la comisaría, y los policías me pidieron explicaciones sobre el dichoso cuadro de tu abuela. Después tú, mezclada con un asesino, y para colmo me enteré de que tu abuelo fue un ladrón. ¡Oh…! ¡Dios Mío! Estuvo en la cárcel, mi suegro fue un vulgar delincuente… y yo tengo aquí cuadros suyos. ¡Seguro que son robados!

—No, mamá. El abuelo fue un gran artista y esos cuadros son suyos, y muy buenos…

—¡Pues llévatelos! No los quiero en esta casa, los he descolgado y pensaba tirarlos a la basura.

—No seas ridícula.

—¿Ridícula? Ridícula me sentí yo anoche en la comisaría respondiendo las preguntas de aquel policía, y esta mañana he recibido ya tres llamadas de amigas mías preguntando por ti. Tu nombre ha aparecido en la prensa mezclado con un turbio asunto de crímenes y robos, y yo no sabía qué decir... ¿Cómo has sido capaz de caer tan bajo? ¿Ésa es la educación que te he dado?

Mi pulso latía rápido, aturdido por esa desagradable escena. Durante unos instantes dudé si dar media vuelta y salir de allí, pero resolví quedarme y aclarar el asunto.

—¿Quieres escuchar ahora mi versión?

—¡No! Ya no me interesa; digas lo que digas, el daño está hecho. Te han marcado para siempre y de nada servirán las explicaciones ahora.

—Me han dejado libre sin cargos, mamá. Soy inocente... ¡Soy inocente! —grité con rabia.

—¿Y qué? ¿Crees que tu reputación volverá a ser la de antes? Te señalarán con el dedo y tus amigos te darán la espalda. Ya nada será igual, y aún menos para mí —sollozó de nuevo—. ¿Por qué tenías que ser así? Nunca hiciste nada para que me sintiera orgullosa de ti, ni siquiera de pequeña pude vestirte como a una niña. Tú preferías los pantalones para jugar con los golfillos del barrio. ¿Y después? Para una vez que sales con un hombre de tu clase, le dejas plantado. Todas mis amigas presumen de sus hijos y de sus excelentes posiciones, pero yo sólo conseguí que acabaras una carrera universitaria, y en vez de ejercerla, te colocas como una vulgar oficinista. Nunca has tenido dignidad... —reprochó moviendo la cabeza sin dirigirme la mirada.

—¡Te equivocas, mamá! —grité a punto de estallar—. Sí tengo dignidad, más que tú. He cometido errores, pero te aseguro que los míos son insignificantes al lado de los tuyos. Eres un ser egoísta, incapaz de querer a nadie que no sea a ti misma. Sólo existes tú, sólo tú sufres por el qué dirán. Pero no me has preguntado todavía cómo me encuentro en estos momentos. Siempre me dejaste fuera de tu vida. No era yo la que te avergonzaba, mamá, sino tú quien deseaba una muñeca bonita para lucir; sin embargo, nunca te ocupaste de mí, nunca me diste un abrazo, ni siquiera un beso de buenas noches. Sólo conseguías inspirarme un tremendo desamparo cuando te despedías desde la puerta de mi dormitorio, cuando vivías ignorando a papá y tratando de ponerme en su contra.

—Ya salió a relucir papá.

—¡Sí, ya salió papá! Te ensañabas con él porque no tenía tus aspiraciones. Era un hombre sencillo y familiar, y no sé qué pudo ver en ti, que no fuiste buena esposa ni madre. Siempre te quiso, y se esforzó para estar a la altura de lo que le exigías, pero tú nunca tenías suficiente y le hiciste desgraciado. Es algo que jamás te he perdonado. ¡Jamás! —Callé de pronto, estremecida por mis propias palabras.

Mamá se quedó en silencio. Estaba sentada en el sillón junto a la cristalera de la terraza. La luminosidad exterior creaba un contraluz y no podía verle el rostro, sólo la silueta en la penumbra, con las manos entrelazadas en el regazo y la cabeza inclinada hacia el suelo. Estaba pensativa, con la mirada perdida.

—Tu padre te acaparó demasiado y me hizo sentir desplazada. Yo era una intrusa entre vosotros.

—Porque tú estableciste las reglas: o con él o contigo. Yo te necesitaba, pero nunca te dignaste acercarte; me sentí abandonada en mi propia casa, por mi propia madre. Llegué a odiar todo lo que tú amabas, y en algo tienes razón: nunca me esforcé por complacerte porque quería que sintieras lo que él sintió con tu desprecio. Ahora te toca una cura de humildad. Es mejor que te vayas unos días a la playa, así no tendrás que responder preguntas incómodas sobre las andanzas de tu descarriada hija.

El dique de respeto que me había contenido a lo largo de tantos años de silencio se había desbordado en unos segundos. De repente mis resentimientos, hasta entonces amordazados, habían escapado en avalancha, sin control.

Y me arrepentí enseguida.

Mamá los recibió aparentando no haber prestado atención a mis duros reproches. Temí una escena de llanto, pero me equivoqué: estaba más serena que nunca.

—Saldré de ésta, no te preocupes por mí —murmuró con calma. Su arrogancia había renacido como el ave Fénix, elevando aún más el muro que siempre interpuso entre nosotras.

—Pues entonces nada tengo que hacer aquí —zanjé, y salí dando un portazo.

Estaba noqueada. Gonzalo me había despreciado, y Daniel, y mi empresa y, por último, mi madre. Caminaba a la deriva, sin rumbo, sin estabilidad, sin una mano a la que asirme ni un contrapeso donde apoyar aquel insoportable vacío.

Eran las tres de la tarde y el calor se hacía sentir. Al llegar a la calle Romero torcí hacia la mezquita-catedral y me senté a la sombra de un naranjo en el patio árabe, junto a la fuente. No recuerdo cuánto tiempo estuve allí. Estaba angustiada y dispersa, y aun así atormentada por las severas palabras que había dirigido a mi madre. No estaba orgullosa de la explosión de resentimientos que había vertido sobre ella y sentía un incontrolado deseo de regresar para pedirle perdón. Había expulsado con rabia mis rencores infantiles, y le había dirigido unos reproches que en realidad ya no sentía. Sólo trataba de mendigar una porción de su compasión, un abrazo, calor humano, comprensión. Era como si hubiera caminado en medio de un macizo de rosas cuyos tallos, rodeados de espinas, arañaban mi piel a cada paso, en la creencia de que la flor que estaba arriba se abriría, feliz, para ofrecer su delicado aroma y redimirme del dolor. Pero las rosas estaban arriba, y yo abajo, y sabía que jamás sería recompensada por aquel estúpido sacrificio.

Me sentía como un cachorro perdido en medio de la selva, sin orientación y con la autoestima bajo mínimos. Esa vez no podía decir: «Al diablo con mamá». Mis pilares se habían derrumbado, y por primera vez experimenté una aguda punzada provocada por el repudio.

Recordé a tía Lina. Poco antes de morir me confesó, postrada en la cama del hospital, que ella trató de vivir de manera que, cuando dejara este mundo, quería hacerlo con una sonrisa y que todos sus seres queridos llorasen por su marcha «aunque sólo fuera un poquito», dijo. Ella fue afortunada e hizo realidad su deseo, porque a mí todavía me duele su ausencia. Nadie muere del todo mientras queda alguien vivo para recordarle.

Mi percepción de fracaso se agudizó esa tarde, y concluí que a aquella altura de mi vida no había conseguido arrancar un solo sentimiento, aunque fuese de piedad, de los seres a los que había querido. Estaba segura de que nadie lamentaría mi marcha ni derramaría una lágrima.

Un profundo precipicio se abría ante mí y unas invisibles manos me empujaban hacia el fondo. Realizaba un auténtico esfuerzo para evitar saltar y perderme en la profunda oscuridad, tratando de convencerme de que Dios estaba cerca, un Dios protector y bondadoso en quien apoyarme en el inestable estado en que me hallaba. Pero mi fe en un futuro más amable se había desvanecido, y la invocación a la razón para persuadirme de que había luz al final de aquel negro túnel se me hacía tarea imposible; no me quedaban fuerzas para soportar aquella tormenta, ni entereza para esperar un amanecer soleado al día siguiente.

32

Un guardia de seguridad se acercó para advertirme del cierre del monumento. Reparé entonces en que había anochecido y debía enfrentarme a la cruel realidad: no había nadie esperando mi regreso, y no deseaba hacerlo a un hogar que, como mi vida, era un desastre.

Salí por la puerta Este hacia la plaza de Santa Catalina, y me disponía a cruzar hacia la calle Lucano cuando una entrañable y familiar silueta me abordó, aportando un rayo de esperanza.

—Hola, Maribel. Por fin te veo. Estaba muy preocupado por ti... —Fali se hallaba frente a mí con su dulce sonrisa—. ¿Estás bien?

—Sí... No... Bueno, no sé... —balbucí sin saber exactamente lo que quería decir y sin poder evitar que unas indisciplinadas lágrimas comenzaran a reptar por mis mejillas.

Noté sus dedos en mi rostro tratando de recogerlas, pero éstas habían asumido el control y mi sollozo se convirtió en un convulso llanto. Él me estrechó con una ternura desconocida para mí. Durante unos minutos no supe cómo reaccionar, pues no recordaba cómo se abrazaba a alguien; lloré sobre su hombro y descargué mi dolor.

—Vamos, tranquila —decía mientras me acariciaba la espalda con suaves golpes—. Te llevaré a casa.

—No quiero volver...

—Entonces iremos a la mía.

Me tomó por los hombros y caminamos hacia la plaza del Potro. Al llegar a su hotel nos dirigimos a la última planta, donde Fali se había hecho construir una vivienda al transformar la antigua casa familiar en La Ribera. La amplia terraza que la rodeaba ofrecía unas excelentes vistas nocturnas del paseo y de los aledaños de la judería. Fali y yo nos sentamos en un cómodo sofá arrullados por una leve brisa; cerré los ojos y me sentí feliz durante unos instantes.

—Y ahora dime quién te ha hecho llorar. —Su cariñosa voz me devolvió la confianza que había perdido en el género humano—. Veo que estás lastimada. ¿Qué puedo hacer para ayudarte?

—Ya lo has hecho. Eres la única persona que me ha ofrecido un poco de afecto, y en estos momentos es suficiente para mí.

—Pero has pasado un mal trago, ¿verdad? Cuéntame qué pasó anoche en casa de Isaac y después en la comisaría.

Durante un buen rato le relaté mi experiencia junto a un cadáver, la humillante estancia en el calabozo y el desagradable cruce de insultos con Daniel aquella misma mañana.

—Lamenté no poder ayudarte más anoche. El inspector De la Torre me interrogó y me pidió el móvil para mirar tu llamada, y después el agente extranjero me preguntó por los cuadros de tu abuelo. Les dije toda la verdad y nada más que la verdad. —Hizo un gesto gracioso como si estuviera jurando.

—No quería mezclarte en mis problemas. Ya has tenido suficientes enredos por culpa mía. Lo siento.

—No debes preocuparte por mí, sé cuidarme. —Hablábamos en un susurro, como si temiésemos romper la paz que allí reinaba—. ¿Y tu ex, el abogado? Me imagino que te habrá asistido en todo el lío del arresto.

—Sí. Le pedí ayuda, aunque me arrepentí al instante; ese tipo no valía la pena, no sé cómo no me di cuenta antes. ¿Sabes? Tengo la sensación de atraer la mala suerte para mí y para los que me rodean. Me he convertido en una especie de gafe, y nadie se atreve a acercarse por temor a salir salpicado por el escándalo. Mi casa ha sido devastada, y he perdido el trabajo, la autoestima, incluso a mi… madre.

—¿Qué le ha pasado a tu madre?

—Se avergüenza de mí…

La complicidad de aquel sereno espacio dio rienda suelta a mis más reprimidas emociones. Lloré otra vez entre los brazos de Fali como no recordaba haberlo hecho nunca antes. Estaba desahuciada, y en aquellos momentos me aferraba a cualquier muestra de calor, por nimia que fuese. Él no intentó consolarme; me sujetó firmemente junto a su pecho y esperó a que acabara de expulsar toda mi angustia. Aquella cercanía actuó como un bálsamo que me hizo olvidar el resentimiento que sentía hacia el mundo en general.

—Venga, Maribel, arriba ese ánimo.

—Es que estoy en una situación tan complicada… Confié en Isaac y guardé el secreto sobre los otros cuadros, tal como me pidió; pero ya no estoy segura acerca de si hice lo correcto. Él conoce la verdad, incluso me dio el nombre de mi abuela, algo que ni siquiera mi familia supo nunca… Y ahora todos me toman por mentirosa y conspiradora, piensan que Isaac es un asesino y me acusan de estar encubriéndole. Lo más terrible es que ya no sé qué pensar sobre él. No sé si me está utilizando o, por el contrario, me protege. Comencé con una pequeña mentira, pero a partir de ahí todo se me ha ido de las manos y ahora no puedo dar marcha atrás.

—Confía en tu intuición, Maribel. Yo creo en Isaac, y en ti. Y no creo que él pretenda perjudicarte; al contrario, pienso que está intentando protegerte. Si él te ha dicho que guardes silencio, hazle caso. Es un hombre bueno y religioso, y estoy seguro de que si en vez de judío fuera cristiano, habría sido cura. —Sonrió y me contagió su sentido del humor.

—Bueno, es un consuelo saber que tú también tienes la misma opinión sobre él.

—¿Qué vas a hacer con los cuadros?

—Ahora no puedo entregarlos. Si lo hiciera ofrecería argumentos a la policía para que confirmaran mi complicidad con

Isaac. No quiero más problemas. Esperaré a que aparezca Isaac y las aguas vuelvan a su cauce.

—Yo podría esconderlos en un sitio seguro, si tú quieres…

—No es necesario. Están bien guardados en el sótano de mi casa; allí hay un pasaje oculto, tras la vitrina. Fali, si me ocurriera algo, ponte en contacto con el comisario Llamas y entra allí con él para entregárselos, ¿de acuerdo? Ahora sólo tú conoces mi secreto.

—Me estás preocupando…

—Eres la única persona en quien confío.

—Gracias. Intentaré no defraudarte.

—Nunca lo has hecho. Siempre has estado ahí, a mi lado, con tu bondad, en los buenos y en los malos momentos.

—Somos amigos. —Sonrió con ternura tomando mi mano.

—¿Te ha interrogado el agente israelí sobre nuestra amistad y mi supuesta relación amorosa con Isaac? —pregunté al recordar mi conversación con Efraín.

—Sí, me ha visitado varias veces aquí, en el hotel. Ese hombre parece amable, pero pregunta con demasiada astucia. Comenzó a hablarme de ti y de Isaac… Quería forzarme a confesar que entre tú y él había algo más que amistad, insistía en que vuestra relación no era normal y que compartíais muchos secretos. Traté de convencerle de lo contrario; le dije que te conocía bien y que él estaba en un error, y para dar más veracidad a mis palabras, le conté a modo de confidencia que siempre había estado colgado por ti y que tenía esperanzas de iniciar una relación contigo… —concluyó con una graciosa mueca de complicidad.

—Pues le convenciste. Él cree que ejerzo una fuerte influencia sobre ti —dije con un gesto e imitando el acento de Efraín Peres.

—Soy un mentiroso, casi tanto como tú —exclamó Fali con una espontánea risa que también me contagió.

—El problema es que la policía también lo cree, y mi nombre ha salido en todos los diarios de la ciudad. Mi madre ha sentenciado que estoy marcada para siempre. —Suspiré, volviendo a la cruda realidad.

—La prensa necesita escándalos para vender periódicos, pero no debes preocuparte; dentro de unos días se habrán olvidado de ti, aunque estoy seguro de que la noticia de tu excarcelación por falta de pruebas no la escribirán en letras tan grandes como las de la detención. En cuanto a tu madre, dale tiempo. Pronto se olvidará de este lío.

—Me da igual —dije encogiéndome de hombros—. Ya todo me da igual. Mi vida ha cambiado. Agradezco tu ayuda, Fali, y valoro mucho tu amistad. Por esa razón creo que no deberíamos vernos durante un tiempo. No quiero perjudicarte. La policía ya te ha molestado bastante. Ahora debo volver a casa. No tienes idea de cómo la han dejado… —Dejé escapar otro suspiro.

—¿Han vuelto a asaltarla?

—No. Esta vez ha sido la policía. Pero te aseguro que ha sido peor que un asalto.

—¡Qué hijos de…! ¿Cómo pueden hacer eso? ¡Deberías exigir una indemnización por daños!

—Déjalo estar, no quiero más problemas.

Entonces tomó su teléfono móvil y ordenó al recepcionista del hotel que enviara a mi casa a sus empleadas de la limpieza.

Aún no había cenado, así que acepté acompañarle. Cualquier excusa era buena para retrasar el regreso a aquel devastado lugar que antes era mi casa.

—¿Desde cuándo nos conocemos, Maribel?

—Como mínimo desde que teníamos siete años. Hace unos días estuve mirando fotos antiguas y te vi en una de ellas —dije nostálgica.

—¿Recuerdas a Martín?

—Martín… Sí, claro. Era un chico de por aquí, bajito y muy peleón; siempre estaba pegando a todos los niños del barrio.

—Una vez él estaba jugando al trompo con la pandilla y cuando llegué a unirme a ellos no me dejó entrar en la partida y me arreó una buena tunda de patadas. Los demás le temían y no hicieron nada para defenderme. Entonces fui a tu casa a desahogarme y me enseñaste un juguete que te había regalado tu padre: un coche con mando a distancia. Era una pasada... —Sonrió con ganas—. Me lo pusiste en las manos y nos fuimos a la plaza. Al ver aquella maravilla, todos los chicos abandonaron a Martín y nos rodearon para ver cómo yo lo manejaba. Tú estabas a mi lado, y cuando los demás pidieron jugar con nosotros, les respondiste que yo era tu amigo y que sólo a mí me lo dejabas. Aún recuerdo la cara de derrota de aquel pequeño matón, y la envidia que inspiré al resto de la pandilla —terminó, con una carcajada.

—¡Vaya! Ahora recuerdo aquel día —exclamé, contagiada por su risa.

—Pues ya es hora de que te devuelva el favor —dijo tomando mi mano sobre la mesa con sana camaradería—. Soy tu amigo, y estaré siempre de tu parte. No lo olvides nunca.

—Gracias —dije emocionada—. De corazón. Necesitaba oír eso.

Tras la agradable cena en la reparadora compañía de Fali, me invitó a quedarme en una de las habitaciones del hotel. Acepté con gusto. Todo menos regresar a casa aquella noche.

33

A la mañana siguiente comprobé que las empleadas del hotel habían realizado un excelente trabajo en medio de aquel desorden. Pasé varios días encerrada organizando la casa e intentado regresar a la normalidad tras la irrupción de la policía, pero necesitaba pisar la calle y aproveché la invitación de mi amiga Lola para ir a tomar una copa cuando ella saliera de la oficina.

A las ocho nos sentamos en una cafetería situada en la avenida de Cervantes. Ella tampoco pasaba por su mejor momento, pues estaba tramitando el divorcio. Se había casado a finales del año pasado, pero de repente las cosas empezaron a ir mal y un buen día él dijo que se marchaba cuando no habían cumplido ni seis meses de vida en común. Intercambiamos nuestros fracasos: ella, los detalles de su separación; yo, el desastre en que se había convertido mi vida.

Mientras Lola iba desgranando su particular purgatorio me entretuve observando los enormes murales que cubrían las paredes de la cafetería, con imágenes de Córdoba durante las primeras décadas del siglo XX. En una de ellas, de color sepia, la plaza de las Tendillas ofrecía un aspecto desolado: varios coches antiguos estaban estacionados junto a la esquina de la plaza con la calle Gondomar, y un gran toldo cubría la fachada en la que se leía con claridad: FARMACIA MARÍN. En la esquina de enfrente, donde hoy se ubica una sucursal del Banco Santander, otro enorme toldo exhibía la inscripción: SUEROS Y VACUNAS PARA EL GANADO. De esa imagen en la actualidad sólo queda la farmacia, que aún sigue en el mismo lugar, y la estatua de don Gonzalo Fernández de Córdoba, el Gran Capitán, impertérrito a través de los años a lomos de su caballo.

En el mural contiguo había otro enorme mural en color del bosque de columnas y arcos de herradura de la mezquita-catedral, que apenas ha sufrido cambios a lo largo de los siglos, limitándose a recibir continuas restauraciones para mantener y conservar su esencia.

—Y ahora dice que se queda el coche porque él siempre ha pagado los plazos del préstamo y seguirá haciéndolo... ¿Qué hago? ¿Crees que debo aceptar?

Entonces reparé en Lola y en sus problemas conyugales.

—Si el coche lo habéis comprado mientras estabais casados, te corresponde la mitad —dije retomando el hilo de la conversación.

—Aún se debe más del cincuenta por ciento del préstamo, y él asegura que se hará cargo...

—¿Y los primeros plazos? ¿Es que no contribuiste con tu sueldo para hacerles frente? Pues el coche es tanto tuyo como de él. Si lo quiere, exígele la mitad, es lo justo.

—Entonces nuestro divorcio no será de común acuerdo...

—¿Y qué? ¿Acaso le debes algo a ese niñato imbécil e inmaduro? Te ha abandonado, te estaba engañando con otra. ¿Le dejarás el camino libre ofreciéndole facilidades? ¿Por qué vas a ser tú la única que sufra en esta historia? Los hombres son egoístas, nos utilizan y después nos arrojan a la papelera como un clínex usado. ¡Ya es hora de plantarles cara!

—Te veo muy exaltada. ¿Cómo te va con tu inspector de Policía? —preguntó tras reponerse de la sorpresa ante mi explosión de rencor hacia el género masculino.

—No va, nunca ha ido; esa historia nunca existió. Se había propuesto seducirme para conseguir información, el muy...

—¿Y Gonzalo?

—No lo menciones. Me produce urticaria oír su nombre.

La noche me sorprendió a traición. Me despedí de Lola en la avenida de Ronda de los Tejares y me dirigí hacia la esquina del

Corte Inglés para tomar un taxi. Era medianoche y la parada estaba completamente desierta, así que decidí regresar a casa caminando. No se veía un alma por ningún lado y evité las callejuelas solitarias cercanas a la plaza de la Corredera tomando la calle San Fernando que, aunque era el trayecto más largo, estaba más iluminado y transitado. Ya no había luces en los escaparates y caminé bajo las sombras de los naranjos que se mecían con la leve brisa nocturna en complicidad con la luz cobriza de las farolas. El recorrido se me hacía interminable y aceleré el paso, volviendo la vista atrás cada dos minutos para comprobar que nadie me seguía.

De repente una sombra aterradora surgió en la oscuridad. No pude verle el rostro, pero sí su mano derecha apuntando con un arma hacia mí. Durante unos instantes quedé paralizada de terror y oí un desagradable gruñido ordenándome detenerme y prohibiéndome gritar. Tardé poco en aceptar mi situación: me habían atrapado, y esa vez no había policías para rescatar a una dama en apuros. Un coche frenó bruscamente a nuestro lado, y aquel espectro me obligó a montar en él y se sentó junto a mí, cerrando de un portazo sin dejar de encañonarme con su pistola. El coche arrancó y circuló por la calle San Fernando a gran velocidad, cruzó como una exhalación la Cruz del Rastro hacia el puente de Miraflores saltándose el semáforo y a punto de chocar con un automóvil que circulaba por el paseo de la Ribera.

—¿Qué quieren de mí? —pregunté presa del pánico.

—¡Cállese! —ordenó mi malcarado acompañante. Era un hombre de gran estatura y piel y cabello oscuros; su acento revelaba la típica modulación procedente de un país de Sudamérica, como los que habían querido secuestrarme con Benjamín Sinclair.

El coche salía ya del puente del Arenal, y de repente un vehículo que venía de frente aceleró e invadió la calzada contraria, dirigiéndose hacia nosotros. Mi secuestrador realizó un brusco frenazo para esquivarlo, maldiciendo de cinco maneras diferentes al arriesgado automovilista que había intentado embestirnos. Entonces perdió el control, torció hacia la explanada de la feria y comenzó a circular en zigzag hasta chocar violentamente contra un poste del alumbrado. Presentí el impacto, y flexioné las piernas colocando las rodillas por delante del tronco y protegiéndome la cabeza con los brazos. El choque me impulsó hacia delante, empotrándome contra el asiento del conductor. El otro acompañante había caído sobre mí y se sobrepuso con rapidez y comenzó a gritar el nombre de su compañero, que había quedado inconsciente sobre el volante con una brecha en la frente de la que brotaba un reguero de sangre. Al tratar de incorporarme, rocé con mis pies la pistola que mi captor había perdido tras el golpe. Me di un rápido impulso hacia abajo para atraparla con la mano derecha al tiempo que con la otra abría la puerta del coche, advirtiendo que aquel indeseable tiraba de mi blusa para impedirme salir. Entonces me volví empuñando el arma y colocándola a dos dedos de su frente.

—¡Suéltame o te reviento la cabeza! —exclamé asombrosamente serena; aunque era una fanfarronada, estaba muerta de miedo.

—Okey, okey —dijo, soltándome y alzando los brazos—. Tenga cuidado con eso, señorita. Es muy sensible.

Salí del coche sin dejar de apuntarle y cerré de un portazo. Miré a mi alrededor y advertí que la amplia explanada de la feria se hallaba desierta; el coche que había tratado de embestirnos se había detenido a cierta distancia, y no alcanzaba a ver a sus ocupantes. El puente del Arenal quedaba cerca y corrí hacia allí. A los pocos minutos caí en la cuenta de que aún llevaba el revólver entre las manos y me acerqué a la baranda para lanzarlo con todas mis fuerzas hacia el río. Después de comprobar que había caído en el agua, continué mi frenética carrera hacia el puente de Miraflores y al salir torcí hacia la calle Lucano sin mirar un solo instante hacia atrás. Al llegar a casa cerré las puertas y decidí llamar a la policía.

La única persona que me inspiraba confianza de cuantos investigadores habían trabajado en mi caso era el comisario José Manuel Llamas, pero un funcionario me informó de que a esas horas no solía estar en su despacho y de que el responsable de guardia aquella noche era el inspector Daniel de la Torre.

—¿Podría hablar con él?

—Por supuesto. Un momento, por favor.

Tras unos segundos la inconfundible voz de Daniel sonó en el auricular.

—Inspector de la Torre.

—¿Daniel?

—Sí, dígame.

—Soy Isabel Ordóñez.

—Vaya, qué sorpresa, señorita Ordóñez. —No aprecié jovialidad en aquel saludo—. ¿Qué se le ofrece a estas horas de la noche? ¿Ha sido molestada por algún agente? —preguntó con sarcasmo.

—No, quería informarle de un intento de secuestro.

—¿A quién han intentado secuestrar?

—A mí, pero he logrado escapar. Vaya a la explanada del Arenal, allí encontrará un coche. Ha sufrido un accidente y el conductor está herido.

Se hizo una pausa al otro lado de la línea.

—¿Cuándo ha ocurrido?

—Hace unos veinte minutos. Uno de ellos salió ileso, puede que haya huido. Es un hombre alto, de complexión fuerte, cabello oscuro y acento latinoamericano.

—De acuerdo, enviaré a una patrulla. —Y colgó sin despedirse.

Tras una impaciente espera el móvil comenzó a sonar. Era Daniel, estaba en la calle y quería entrar. Abrí la puerta de madera y me enfrenté a una mirada fría y distante.

—¿Han localizado el coche y a los secuestradores?

—¿Qué coche y qué secuestradores? —preguntó con severidad, dedicándome una mirada escéptica.

—Los... los que han intentado llevárseme a la fuerza hace un rato. Fue hace casi una hora. Bajaba la calle San Fernando, y de repente alguien me apuntó con un arma. Me obligaron a entrar en el coche. Era de color oscuro, no demasiado grande; puede que un Opel o un Renault...

Él seguía callado, con los ojos fijos en mí.

—Eran dos hombres… —continué con inseguridad.

—¿Y qué pasó después?

—Cuando circulaba cerca de la explanada del Arenal, el conductor perdió el control y chocó contra un poste. Su nombre era Wilson, así le llamaba su compañero cuando quedó inconsciente tras el golpe… Yo conseguí escapar.

—¿Cómo?

—Agarré la pistola del otro, el tipo que se sentó a mi lado, y le apunté a la cara. Después salí corriendo.

—¿Y el arma? ¿Dónde está?

—La arrojé al río.

—Claro. Y me llamaste después desde aquí, ¿verdad?

—Sí.

—¿Cuánto tardaste en llegar desde el Arenal?

—No lo sé. Vine corriendo… Pero ¿es que no me crees? —Estallé desesperada—. ¡Estoy diciendo la verdad! ¡Han intentado secuestrarme!

—La historia de los intrusos la pasada noche en esta casa era más aceptable, Isabel —dijo exhalando un suspiro de cansancio—. Vengo del Arenal. Allí no hay coche ni accidente, ni tampoco nadie que haya presenciado la fantástica historia que has inventado.

—¡No estoy mintiendo! —grité de pura rabia.

—¿Cuándo vas a entrar en razón? ¡Entrégale de una vez!

—No sé dónde está Isaac Goldman, pero te aseguro que si lo supiera… ¡jamás te lo diría! ¡Y ahora vete! ¡Fuera de mi casa!

—Tu problema, Isabel, es que has perdido la credibilidad.

—¿Sabes? Esta noche no sólo he perdido la credibilidad, también he perdido mi confianza en la policía —repliqué señalándole el portal para que saliera.

Daniel se dirigió hacia la puerta de madera, pero no hizo ademán de salir; en vez de ello se volvió hacia mí y me acorraló colocando sus manos en la pared a la altura de mis hombros para dejarme inmovilizada.

—Pues has vuelto a equivocarte. Debiste confiar en mí —dijo en voz baja.

Con una mano me alzó la barbilla y me besó, aplastando mi cuerpo contra el suyo. Entonces me di cuenta demasiado tarde de que el escudo protector que me prevenía contra él había sufrido un cortocircuito, y antes de poder reaccionar ya había colocado los brazos alrededor de su cuello, enredando mis dedos en su pelo y respondiendo con entusiasmo a su impulsivo beso. Definitivamente, había perdido el control.

—Al menos compruebo que en esto no mientes —murmuró, separándose para mirarme.

—Ahora te burlas de mí. ¡Eres un...! —exclamé. Alcé la mano para darle una bofetada, pero él tuvo más reflejos y la paró en el aire sujetándome la muñeca—. No tienes derecho a hostigarme de esta forma.

—No, Maribel, no quiero lastimarte. —Entonces besó mi mano, que seguía atrapada en la suya—. Tú y yo tenemos una conversación pendiente cuando todo esto acabe. Ya te lo dije una vez...

—Esto ya ha acabado. No tengo nada que hablar contigo.

—Te equivocas, aún no ha empezado.

Daniel me soltó al fin y se encaminó hacia la salida.

—¡Te odio...! —mascullé llena de rabia, a punto de llorar.

Se volvió y me dedicó una mirada indescifrable.

—Está bien... —Después montó en su coche.

Cerré de un golpe el portón de madera y lo aseguré con la aldaba. Estaba a punto de sucumbir a una crisis de furia; Daniel me había puesto a prueba, y me había comportado como una adolescente ingenua y sumisa, como una idiota, respondiendo con entusiasmo a su provocación. El muy cínico quería comprobar que me tenía a su merced, revelando al fin su estrategia de seguir manipulando mis sentimientos, despojándose de su máscara y exhibiendo sin pudor el auténtico rostro del policía.

Miré el reloj. Eran las tres de la madrugada. Decidí relajarme un poco tras aquel tormentoso encuentro y me senté en el patio a hojear la prensa atrasada. Desde mi detención no había vuelto a publicarse ninguna noticia sobre el caso, ni siquiera para informar de mi puesta en libertad sin cargos.

Dejé los diarios y me fui a la cama, aunque no cerré un ojo en toda la noche. Había asumido al fin la realidad sobre mi situación, y mi voluntad comenzaba a flaquear. ¿Qué necesidad tenía de vivir aquella angustia? Para la policía yo no era la víctima, sino una vulgar embustera, encubridora y presunta traficante de cuadros robados. Y para los asesinos era la única que podría conducirles al codiciado botín y no desistirían hasta conseguirlo. Estaba sola en aquella batalla, no había nadie a mi lado para protegerme del siniestro enemigo que aún no había conseguido su objetivo, aunque crecía en mí la certeza de que tarde o temprano se alzaría con el trofeo y acabaría conmigo. La idea de que la muerte pudiera sentarse a mi lado con rostro humano y corazón de acero me hizo estremecer.

Debía entregarlos. Sí, estaba decidida. Necesitaba regresar a la normalidad. Mi tozudez me estaba conduciendo a un quebranto de salud mental y física; y la pregunta era: ¿para qué? No merecía la pena. Sonreí al imaginar las caras de Daniel y de Efraín Peres cuando contemplaran las cajas llenas de cuadros…

Estaba tan desvelada que comencé a recrear las peripecias vividas en los últimos días. Empecé con el asalto a la casa: me encontraba en el estudio haciendo un resumen de todo lo que había averiguado sobre mi abuelo y las conclusiones que había sacado después de visitar a Carmen; entonces oí el ruido y las luces de los intrusos, y me escondí bajo la mesa.

¡Y de repente aquel detalle!

¿Cómo podría describirlo? Durante un instante regresé a aquel atropellado momento de pánico: estaba anotando un comentario sobre la carta que mi abuelo escribió a Francia, pero al oír aquel ruido me olvidé por completo…

¡Sí!

¡Por fin recordaba qué se me había ocurrido en aquel momento!

¡Las cartas!

34

Me levanté de un salto de la cama y bajé al sótano para introducirme en el pasaje secreto. Busqué en el fondo del baúl las latas con las cartas y los documentos pertenecientes a mi abuelo que había guardado allí semanas atrás y que Lina nunca llegó a leer, según me dijo. Quizá allí estaba la clave de lo que ocurrió durante aquellos años y la explicación sobre los dichosos cuadros.

Fui a la parte exterior de la sala y desalojé la mesa de madera ubicada junto a la vitrina. Coloqué las cartas por orden de la fecha del matasellos y observé que la mayoría de ellas no tenían remitente. Recordé, entre las numerosas anécdotas que Carmen me contó, que su madre, la tata Juana, acechaba al cartero y escondía el correo que llegaba a nombre de mi abuelo. Gracias a sus desvelos aquellas misivas habían sobrevivido hasta hoy y por fin podría conocer parte de sus secretos.

Todas estaban en francés, y comencé abriendo la primera, fechada en junio de 1941, un año después de que mi abuelo se trasladara a España con sus hijos y un mes después de ser apresado:

París,
23 de junio de 1941

Los anfitriones nos abruman, y te necesitamos aquí para que les atiendas como tú sabes. Cada vez es más difícil imprimir las invitaciones. Boris, Ivonne y Anatole han sido convocados.

Germaine se ha hecho cargo del museo. El punto de encuentro ha cambiado. Hay varios lotes pendientes de tu examen. Contacta con Marie donde siempre.

FRANK

Aquella carta estaba en clave. ¿Anfitriones? ¿Invitaciones? ¿Puntos de encuentro? ¿Lotes? ¿Museo...? ¿Acaso trataba de la banda que robaba a los alemanes las obras de arte para traficar después? Aquello parecía confirmar la actividad que mi abuelo mantuvo en aquellos años de trasiego y contrabando de obras de arte.

La siguiente tenía fecha de un mes después y procedía también de París.

París,
15 de julio de 1941

Mi amor, ¿dónde estás? ¿Por qué has desaparecido así? Frank dice que eres un traidor, pero yo no le creo. Sé que tú no nos has delatado. Yo sé que me amas y que serías capaz de morir por mí, igual que yo lo haría por ti.

Ya no puedo escribir. Me siento perdido, solo. Te necesito tanto... Mi corazón se desangra cada noche en la gran cama que ahora está sola y fría, como la muerte. Mi alma pena en la madrugada buscando tu aliento, pero te desvaneces cuando intento atraparte. Vuelve a mí.

Te quiero,

MARCEL

Aquella carta me dejó perpleja: era un grito de desesperación y confirmaba la relación homosexual de mi abuelo.

Marcel... ¿Dónde había leído ese nombre antes? ¿En el cuaderno con el listado de los cuadros? Ahora no lo tenía, pues la policía se había quedado con él, pero estaba segura de haberlo visto en el ordenador. Subí a por el portátil y lo busqué en la web de la base de datos de obras desaparecidas, pero no hallé ese nombre en el listado de propietarios de colecciones expoliadas. Después indagué en la relación de artistas, y tampoco... Tecleé entonces el listado de las obras pertenecientes a Rossberg... ¡y allí estaba! Era una foto en blanco y negro del retrato de un hombre joven con mirada penetrante y el cabello rubio. Estaba pintado sobre un fondo oscuro, casi tenebroso. Vestía elegantes ropajes de la Edad Media; su título era *Marcel Ménier* y su autor Tomás Ordóñez. Ese cuadro estaba en una de las cajas más grandes y lo había tenido en mis manos varias veces.

Pero aquel nombre me resultaba familiar por algo más: también aparecía en el libro de poemas manuscritos que encontré en el baúl de la ropa de disfraces el primer día que lo abrí. Subí entonces a mi estudio y lo hallé junto a los otros dos libros dedicados a mi abuelo. Allí estaba el cuaderno de poesía escrito a mano, y confirmé que Marcel Ménier era el autor de los poemas dedicados a Tomás Ordóñez. Bajé de nuevo al sótano, extraje el cuadro de una de las cajas marcadas con el sello del Jeu de Paume y lo apoyé en la pared.

Me quedé atónita. ¿Cómo no me había dado cuenta antes?

Saqué la ropa del baúl que meses atrás había enviado a una lavandería para que la trataran con especial cuidado: los pantalones bombachos, la blusa de lino blanca y la chaqueta de color amarillo oscuro junto con el sombrero de ala ancha y con plumas eran las prendas que el modelo vestía en el cuadro. Mi abuelo las había conservado. Examiné la pintura buscando la firma de Tomás Ordóñez, pero no la encontré. Entonces le di la vuelta, y de repente todas mis dudas quedaron resueltas: allí, en la parte posterior del lienzo, estaba escrita una dedicatoria con pintura negra firmada por Tomás Ordóñez que decía: «El retrato de Marcel, mi amor, para Herbert, mi amigo».

Herber Rossberg era su amigo y Marcel Ménier su amor... Pero ¿y su mujer? ¿Qué clase de relación mantuvo mi abuelo Tomás con su esposa? Había más datos junto a la firma: París, 23 de junio de 1939, lo que significa que tanto mi tía Lina como mi padre ya habían nacido, pues llegaron a España a mediados de 1940.

Regresé a la mesa para continuar leyendo las cartas, en la esperanza de aclarar algo más sobre aquel puzle en que se había convertido el pasado de mi abuelo.

Lyon,
23 diciembre de 1941

Querido Tomás:
Tengo una excelente noticia: la señora Fridman ha regresado. Irá a España para verte y recuperar su lote.

Marie

¿Fridman…? ¿No era ése el apellido de mi abuela? Esa misiva estaba fechada en Lyon y se encontraba dentro de otro sobre enviado desde España con matasellos de Figueras, en la frontera con Francia. ¿A qué clase de lote se refería? ¿Cuadros? ¿Hijos?

Leí después las numerosas cartas que Marcel había enviado a España con una frecuencia de un mes aproximadamente. Eran textos desgarradores, llenos de dolor y soledad por la ausencia de Tomás. En ellas le suplicaba una respuesta, pero jamás la obtuvo. La última era muy significativa. Había pasado casi un año desde la recepción de la primera:

París,
6 de Febrero de 1942

¿Dónde estás, mi amor? Sé que no te has ido voluntariamente sin mediar una palabra, una despedida, un beso. Lilianne está desesperada, y mi alma también.

He estado con ella en tu casa, en Córdoba, pero nadie quiso recibirnos. Insistí e insistí durante días en la puerta, y una criada me dijo que estabas fuera de España. Pero no la creí. Sé que nunca me habrías dejado, estoy seguro de tu amor y de tu lealtad. Frank te acusa de traidor. Pero yo sé que no has sido tú el que ha delatado al grupo. Ese maldito no lucha por la libertad de Francia ni por el arte, sino por algo tan sucio como el dinero. ¡Desgraciado…! Voy a averiguar la verdad, y cuando descubra al Judas arderá en el infierno. Si tú no vives, él tampoco tendrá derecho a vivir. Después me reuniré contigo, amor mío. Pronto estaremos juntos de nuevo, para siempre…

   Te quiero,

MARCEL

Tomás Ordóñez… ¿UN TRAIDOR? ¿Y luchaba por la libertad y por el arte? Aquello no tenía sentido, y mi extrañeza aumentaba tras cada página leída. Por lo visto nadie en Francia sabía que había sido encarcelado en mayo de 1941. Marcel hablaba de Lilianne y de que estaba desesperada, como él… Y habían venido juntos a España para buscarle. La esposa y el amante de mi abuelo, juntos… Carmen me contó que gente extranjera vino en varias ocasiones a Córdoba buscando a los niños y que mi bisabuelo ordenó decir que estaban fuera del país.

Lyon,
28 septiembre de 1942

   Han celebrado el juicio. Léon, Anatole, Ithier, Jules… Todos han sido condenados a muerte. A las mujeres las han deportado a campos de concentración fuera del país, y Germaine también ha sido apresado. Frank fue absuelto, pero alguien del grupo averiguó que él había sido uno de los delatores y apareció muerto una semana después del juicio. Tengo a su hijo a mi cargo, pues su esposa también ha sido deportada. El museo está clausurado y hemos tenido que dispersarnos. Brossolette sigue libre. El castillo es el único refugio seguro por el momento. La señora Fridman sigue esperando para recuperar lo suyo. Contacta con Molin y señala el lugar. No debe demorarse más la entrega.

MARIE

Comparé aquella carta con la de mayo de 1941 para comprobar que era la misma letra y la misma mujer: Marie. La carta fue escrita de nuevo en Lyon, aunque estaba dentro de otro sobre mayor que había sido enviado otra vez desde Figueras. Aquello no tenía sentido. El Museo Jeu de Paume no había sido cerrado, continuó abierto y en pleno funcionamiento de distribución de obras robadas hasta la liberación de París en el 1944. El tal Germaine se mencionaba en la primera carta y había sido elegido director del museo. Y ahora Marie decía que le habían detenido. Frank era el autor de la primera misiva recibida un mes después del apresamiento de mi abuelo, y un año más tarde había sido acusado de traidor y había muerto...

París,
4 octubre de 1942

Brossolette se ha reunido en Londres con De Gaulle; los ingleses nos ayudarán y pronto Francia quedará libre. Frank era el traidor, y por su culpa el grupo del Museo del Hombre ha sufrido una debacle. Hemos perdido a grandes patriotas, nobles amigos y compañeros; pero a él también le llegó su hora. La venganza está consumada. A pesar de su felonía, no tuve el valor de decirle a su hijo qué clase de hombre era su padre y cuántos inocentes habían muerto por su culpa. Aún me queda un hálito de esperanza de volver a reunirme contigo, mi amor. Voy a ir de nuevo a España con Lilianne. Por favor, respóndeme, dime que aún sigues vivo.

Te quiero,

MARCEL

Esa carta lo cambiaba todo: definitivamente, Tomás Ordoñez no fue un ladrón ni un traidor. Fue miembro de la Resistencia francesa. Cada lectura que pasaba por mis manos contribuía a corroborarlo, y también a aumentar mi confusión. Releí la primera carta firmada por Frank y esta vez comencé a entender su mensaje, pues en las siguientes de Marcel Ménier y Marie aclaraban algunos datos sobre ella: los «anfitriones» eran los nazis; los «convocados», los miembros rebeldes que habían sido detenidos y posteriormente condenados a muerte, y los «lotes»... ¿eran las obras de arte que mi abuelo Tomás guardaba en casa y apuntaba en su cuaderno? Podría tener sentido.

Busqué en internet alguna información sobre el Museo del Hombre y salí al fin de mi confusión, pues en un principio creí que el museo que se mencionaba en las cartas de Marie y Frank era el Museo Jeu del Paume, pero no era así:

El grupo constituido en el seno del Museo de la Humanidad o del Hombre fue uno de los pioneros de la Resistencia francesa; se creó en el verano de 1940, al poco tiempo de la llegada de los alemanes. Sus primeros integrantes fueron varias personas que trabajaban allí, entre ellos Boris Vildé, Anatole Lewitsky e Ivonne Oddon. Releí entonces la primera carta firmada por Frank fechada en junio de 1941: «Boris, Ivonne y Anatole han sido convocados». Averigüé entonces que entre enero y febrero de 1941 diecinueve miembros de dicho museo fueron detenidos por la Gestapo, entre ellos esos tres.

En los primeros meses el Museo del Hombre se convirtió en un foco relevante de rebeldía contra los invasores. Sus integrantes crearon una red de suministro de información a Londres a través de canales diplomáticos y editaron un periódico clandestino llamado *Résistance*, donde publicaban las noticias procedentes de la BBC y las facilitadas por algunos canales diplomáticos, como la embajada de Estados Unidos. El grupo fue ampliándose con rapidez, y recibió a numerosos intelectuales, artistas, profesores y reputados abogados. Se organizaban reuniones alrededor de una sociedad literaria, y rutas de evacuación para familias judías y combatientes ingleses o franceses hacia Gran Bretaña a través del norte de Francia, en la zona de Bretaña, y por el sur, con contactos en Burdeos o Perpiñán con destino a la frontera española. En el verano de 1941, tras la masiva detención de sus miembros, Germaine Tillion se hizo cargo de la organización y siguió proporcionando información a los ingleses con la ayuda del resto del grupo que quedó en libertad. Sin embargo, en agosto de 1942 fue detenido y el museo clausurado. Obtuve también información sobre alguien que fue nombrado en dos cartas: Pierre Brossolette, un reputado periodista que se unió al grupo del Museo de la Humanidad nada más crearse. En 1942 se entrevistó en Londres con el general Charles de Gaulle y se integró en el servicio secreto británico y en el de la Francia Libre. Después regresó lanzándose en paracaídas clandestinamente en Francia para coordinar todos los grupos rebeldes dentro del país y se convirtió en la cabeza visible de la resistencia parisina.

Definitivamente estaba equivocada: Tomás Ordóñez fue un héroe, no un colaboracionista. Ya no estaba segura de la veracidad de la información que me había ofrecido el agente del Mosad. Efraín Peres me dijo que durante los meses que siguieron a la invasión alemana mi abuelo sacó del Museo Jeu de Paume numerosas obras de arte valiéndose de su amistad con un miembro de la embajada alemana en Madrid que posteriormente le denunció y le envió a la cárcel, pero me había mentido de nuevo...

Mi abuelo no fue un ladrón.

Cabía pensar que nunca llegaría a saber adónde fueron a parar los cuadros apuntados en el cuaderno que no estaban en el sótano, pero estaba segura de que había una razón de peso para que Tomás Ordóñez guardara en su propia casa las obras pertenecientes a su amigo Herbert Rossberg. Quizá su detención se debió a la traición de uno de sus compañeros de la resistencia, el enigmático Frank, a quien Marcel Ménier acusaba. Lo que sí advertí, estudiando aquellas cartas, es que los remitentes desconocían el destino que Tomás corrió en España. Marie le informó del apresamiento y la condena a muerte de los compañeros que colaboraban con él en la misma causa. Frank fue absuelto y después murió asesinado, y aunque Marcel no explicaba la forma, estaba claro que fue a manos de alguien cercano al grupo de resistencia.

De repente en la última carta realicé un hallazgo maravilloso: fue la que Tomás Ordóñez escribió cuando regresó de la cárcel. Estaba fechada en octubre de 1956 y dirigida a Marcel Ménier en una dirección de París, pero había sido devuelta porque el destinatario era desconocido.

Mientras la leía traté de imaginar su situación: enfermo, postrado en la cama, haciendo un gran esfuerzo para despedirse de su gran amor, Marcel. Eran dos páginas con una letra estilizada y elegante, aunque irregular y entrecortada debido a la enfermedad que probablemente afectaría a su pulso. En aquellas hojas mi abuelo le relataba con detalle su detención, las torturas a las que fue sometido y su largo padecimiento durante los quince largos años de prisión. Aquella misiva era un desgarrado relato de infortunio y desesperación, de soledad y abandono. Explicaba a Marcel los motivos de su silencio, que no eran otros que el de protegerle, debido a los numerosos cargos por los que le habían acusado. Le declaraba su amor y le pedía que contactara con Herbert para informarle de que sus bienes estaban a salvo y de que los hijos de Lilianne debían regresar con su madre.

—«Los hijos de Lilianne tienen que regresar con su madre» —repetí en voz alta aquella última frase. Se expresaba como si los niños no fuesen suyos, sino sólo de Lilianne…

¿Y si era así?

En ese momento mi percepción sobre los acontecimientos ocurridos en aquellos años cambió por completo al confirmar definitivamente que Tomás Ordóñez había sido un gran hombre: había luchado en la Resistencia francesa contra los nazis y colaborado para salvar vidas, quizá entre ellas las de mi padre y su hermana.

Marie, Frank, Marcel, Lilianne, Herbert, Brossolette… nombres que compartieron aquellos años con Tomás Ordóñez, espectros que habían dejado su huella en esos papeles oscurecidos por el paso del tiempo y el olvido, vidas anónimas que jamás serían protagonistas en los libros de historia, ni siquiera en una película como la que me describió Peres, a pesar de que contribuyeron a cambiarla.

Poco a poco el pasado tomaba forma, y la vida de Tomás Ordóñez se me hacía real y cercana. Ahora todo parecía tener sentido: Marcel Ménier, Lilianne Fridman y Tomás Ordóñez fueron amigos, y mi abuelo se hizo cargo de los niños porque quizá ella tuvo problemas con los nazis. Pero entonces fue detenido y no pudieron localizarle. Después vinieron a España y nadie les ofreció una respuesta sobre el paradero de los pequeños ni de él mismo hasta que les dieron por desaparecidos. ¿Y Herbert Rossberg? A través de aquella carta y de la dedicatoria del cuadro de Marcel descubrí que también era amigo tanto de Marcel como de Tomás Ordóñez, lo que me llevaba a suponer que asimismo tenía relación con Lilianne, mi abuela. Ella era la clave de ese caso.

Daniel me dijo que iba dos páginas por delante de mí en este guión donde aparecía mi abuela. Tenía razón. Yo acababa de abrir un libreto que los investigadores ya habían leído. Ahora sólo quedaba esperar acontecimientos.

Había amanecido cuando guardé las cartas en la lata metálica y las devolví al baúl, cerrando con cuidado la alacena y colocando de nuevo la vajilla en los estantes.

35

Durante dos días no pisé la calle y mantuve cerradas a cal y canto la puerta de madera y las rejas de la cocina, ni siquiera salí a encender la vela en el altar de san Rafael, rompiendo así la promesa que le hice a mi tía Lina. Empezaba a sentir pánico del mundo exterior y había olvidado cómo se dormía durante tres horas seguidas, pues el más leve sonido me despertaba con un sobresalto.

Pero los alimentos comenzaron a escasear. Aquella tarde iba a tomar un zumo fresco y al abrir el frigo descubrí que estaba completamente vacío, así que tuve que salir a un comercio cercano a fin de llenar la despensa, agudizando los sentidos para comprobar si había alguien detrás de mí, o delante o al lado. No había ningún agente junto a la puerta. Daniel se había olvidado de mí, dejándome a merced de unos asesinos invisibles pero reales.

Al regreso me encontré con Fali, y después de aceptar su ayuda con las bolsas de la compra aproveché su compañía para colocar la vela roja en el altar, reanudando así mi tradición.

—Fali, sabes que eres mi mejor y más querido amigo… —dije tomando su brazo.

—Por supuesto, y tú también sabes que me tienes a tu lado cuando me necesites. —Sonrió con esa nobleza que siempre irradiaba.

—Es sobre los cuadros…

—¿Qué piensas hacer con ellos?

—Voy a devolverlos, pero antes debo preparar bien mi coartada para que no vuelvan a implicarme más de lo que ya estoy. Para la policía soy la primera sospechosa, y no pienso darles el placer de que me detengan de nuevo. Esta vez no. Si algo me pasara antes de restituirlos, ya sabes lo que tienes que hacer: toma una copia de las llaves de casa —dije ofreciéndoselas—. Vas al sótano y los entregas tú, ¿me lo prometes?

—Sí. Pero hablas como si fuera la última vez que vamos a vernos… —Su voz sonaba intranquila.

—Eres la única persona en quien confío y no tengo demasiada fe en que se resuelva este caso antes de que los asesinos lo intenten de nuevo. Ya no tengo protección policial.

—Me estás preocupando. ¿Por qué no te vienes a mi hotel? Allí siempre hay gente, y estarás más segura.

—No, me siento más protegida en mi casa. Gracias de todas formas.

Le di un beso en la mejilla al llegar a la puerta y observé su gesto angustiado al despedirse.

—Cuídate. Voy a llamarte a diario.

Por la tarde estaba frente al espejo tratando de ocultar mis pronunciadas ojeras cuando el móvil comenzó a sonar. Daniel estaba en la puerta.

—Hola —saludó mirándome con detenimiento—. Estás… desmejorada ¿Te encuentras bien?

—Perfectamente —respondí con frialdad.

—¿Qué te ocurre? ¿No puedes dormir? ¿Comes bien…?

—No es asunto tuyo.

—Sí lo es. Tienes que cuidarte, no puedes venirte abajo ahora.

Realmente parecía preocupado por mí. Qué novedad.

—¿Ahora? ¿Qué ha cambiado ahora?

—Pronto acabará todo, pero tienes que ser fuerte. He venido porque precisamos tu colaboración. Ha aparecido un cadáver, y aunque sospechamos que podría tratarse de Isaac Goldman estamos a la espera de confirmarlo. Mientras tanto necesitamos que realices un primer reconocimiento; nos interesa conocer tu opinión, puesto que le viste la otra noche y podrías agilizar la identificación.

—Yo no le vi la otra noche, Daniel —repliqué con desagrado—. Empieza a fastidiarme tu costumbre de dar por sentado unos hechos que no son ciertos.

—Me refería a la noche del robo del cuadro de Matisse, cuando te abordó en Santa Marina —respondió tranquilo, como si hubiera decidido darme una tregua en el acoso al que solía someterme.

—¿Cómo ha ocurrido?

—El cadáver apareció flotando en el río esta mañana, junto al puente Romano. Tengo que llevarte al depósito.

Los pasillos iluminados por tubos fluorescentes contrastaban con la sala de autopsias. Allí una enorme mesa de mármol situada en el centro recibía la potente luz desde una gran lámpara redonda que apuntaba sobre un cadáver cubierto por una sábana que parecía transformar, bajo aquella refulgencia, el color blanco en azul. Divisé en la penumbra la silueta de dos hombres ataviados con una bata verde que conversaban con otros dos a los que reconocí inmediatamente.

—Buenas noches, señorita Ordóñez —saludó el comisario Llamas acercándose a nosotros—. Supongo que el inspector De la Torre le habrá informado de los últimos acontecimientos y de los motivos por los que hemos solicitado su colaboración.

—Sí. Ya estoy al corriente.

—Le advierto que no va a ser agradable —dijo en tono paternal—. Antes de darle muerte, lo torturaron y mutilaron... ¿Recuerda algún rasgo físico de Isaac Goldman, como una cicatriz o alguna marca en el cuerpo, que pueda ayudar a su reconocimiento?

—No. Tenía los ojos claros y el cabello oscuro y rizado. La última vez que le vi, la noche del asalto en Santa Marina, se había afeitado la barba.

—Acérquese, por favor —me pidió mientras daba instrucciones con la mirada a uno de los forenses para que descubriera el cadáver.

Recuerdo que unas manos protegidas por guantes de látex alzaron el sudario para exhibir un rostro magullado y amoratado al que le faltaba el lóbulo de la oreja izquierda. Recuerdo un desagradable olor a carne podrida, y que estuve a punto de vomitar sobre aquel cuerpo. Recuerdo que todo comenzó a darme vueltas y que un sudor frío cubrió mi frente. El suelo se volvió inestable bajo mis pies y la luz se apagó de repente. Desperté tendida en una camilla.

—¿Es él? —oí sobre mí.

Con los ojos entreabiertos afirmé con la cabeza. Aún seguía temblando, y el desagradable olor de aquella sala no contribuía a aliviar mi malestar. Noté una caricia en la mejilla y volví la cabeza con mucho esfuerzo. Daniel estaba de pie a mi lado; su mirada parecía intranquila, pero sonrió al verme reaccionar.

—¿Te sientes mejor? —susurró sobre mí sin dejar de rozarme con sus dedos.

Asentí; ni siquiera tenía fuerzas para rechazarle. Más tarde conseguí incorporarme y con su ayuda comencé a caminar erguida.

—¿Cuándo murió? —pregunté antes de dejar la sala.

—Hace aproximadamente dos días —respondió el agente israelí.

—Isabel, este hallazgo aún no se ha comunicado a la prensa, y es de vital importancia para la investigación que se mantenga en secreto. El que ha cometido esta infamia debe seguir creyendo que aún no estamos enterados de la muerte del señor Goldman. Confío en su discreción —pidió el comisario Llamas.

—No tiene por qué preocuparse, yo no hablo con nadie.

El comisario intercambió impresiones con sus colaboradores mientras yo esperaba en la sala contigua. Estaba extenuada y con una fuerte jaqueca. Después se acercó para agradecer mi colaboración y ordenó a Daniel que me acompañara a casa.

36

Daniel caminó a mi lado hasta el coche. Era aquel silencio lo que me desconcertaba de él. Nunca sabía qué pasaba por su mente. El dolor de cabeza había dado paso a una sensación de vértigo que hacía que me tambaleara, y aún titilaban alrededor de mis ojos unas luces plateadas que iban y venían. Pensaba en Isaac y en el dolor que debió de padecer antes de morir. Le había perdido, esa vez para siempre. Él no merecía aquel final...

Cuando llegamos a casa Daniel me ayudó a descender del coche y abrió él mismo el portón de madera. Al observar mi dificultad para mantenerme erguida, me rodeó la cintura con un brazo para acompañarme al interior.

—Gracias, ya estoy mejor —dije apartándome de él y sentándome en un sillón del patio—. Puedes marcharte.

—Me quedo esta noche. Voy a prepararte algo de comer.

—No es necesario. Cuando salgas, asegúrate de que la puerta no queda abierta.

Cerré los ojos, pero la horrenda imagen del cuerpo de Isaac emergió con tanta nitidez que casi podía oler el hedor a putrefacción. Se me revolvió el estómago y me dirigí al baño para dar una arcada. Las mariposas plateadas volvieron a batir sus alas y el suelo se acercó otra vez con inusual velocidad. No recuerdo en qué momento noté los brazos de Daniel que me alzaban en vilo y me trasladaban hacia la escalera. Después me depositó en la cama con cuidado.

—Procura dormir —decía sentado en la cama con mi mano entre las suyas.

—No puedo, tengo grabada esa espantosa visión. Yo seré la siguiente, estoy segura. Por favor, no dejes que me torturen como a él... —supliqué, abatida, aferrándome a sus manos.

—Nadie te hará daño, no lo permitiré.

—Sé que voy a morir pronto y que no he sido franca contigo, pero quiero que sepas que mis sentimientos hacia ti siempre fueron sinceros, no lo olvides nunca.

—Confía en mí. No soy tu enemigo. Tendremos mucho tiempo para hablar de nosotros... Ahora debes descansar —murmuró besándome la frente con desconocida ternura.

—Quédate conmigo, no me dejes sola..., por favor —supliqué sin poder contener el llanto. Mi estado físico era lamentable, y el anímico estaba bajo cero—. Tengo que contarte tantas cosas...

—Está bien, tranquila...

Se tendió a mi lado. Cerré los ojos y apoyé la cabeza en su pecho. Necesitaba su compañía, su abrazo, aunque sólo fuera aquella noche, porque estaba segura de que no habría muchas más.

—Daniel, yo tengo los cuadros. Siento no haberlo confesado antes, pero Isaac me dijo que debía esconderlos y no hablar de ellos ni del cuaderno...

—¿Cuándo te dijo eso?

—En mayo, el día que apareció en su casa el cadáver del técnico norteamericano. Me llamó a la oficina por la tarde, y me contó que los cuadros pertenecieron a mi familia y me reveló que yo estaba en peligro. Él había estado aquí, y le mostré algunas obras; por eso había huellas suyas en la casa. Yo al principio no sabía que eran robados, te lo aseguro, creí que podrían ser imitaciones o regalos de los amigos artistas de mi abuelo. Isaac me dijo que estaba esperando a un colega experto como él y que visitarían mi casa para estudiarlos, incluso llegó a insinuarme que pronto me ofrecería una valiosa información sobre mi abuelo y esas obras, y que sería una noticia excelente. Tres días más tarde me llamó a la oficina advirtiéndome que estaba en peligro, y entonces ese hombre apareció muerto en su casa. Era el experto a quien estaba esperando.

—¿Y después? ¿Cuándo volviste a hablar con él?

—Sólo aquella noche en Santa Marina, cuando se acercó a mí mientras te esperaba en el coche. Me dijo que los que habían hecho aquello eran peligrosos asesinos y que sabían que yo tenía los cuadros. Me instó a demostrar que soy su legítima dueña.

—¿Tienes algún documento sobre esas pinturas?

—No, sólo el cuaderno. Lo único que puedo decirte es que todas las obras que tengo guardadas pertenecieron a Herbert Rossberg. Isaac también me indicó que siguiera el rastro de mi abuela; ya sabes que me dio su nombre y me instó a buscarla. Creo que tenía relación con las pinturas. Ella es como un fantasma que merodea a mi alrededor, pero no consigo más información…

—Pronto tendrás noticias suyas y acabará esta pesadilla. Te lo prometo.

De nuevo reinó el silencio, pues Daniel no añadió nada más.

—Yo confiaba en Isaac, y ahora tú mismo has comprobado que no era un asesino ni un ladrón.

—Él no era nuestro sospechoso. Hay alguien más.

—¿Tú sabes quién es?

—Sí. —Se hizo otro silencio—. ¿Dónde están los cuadros?

—En otro pasaje secreto, en el sótano.

—¿Hay alguien, además de ti, que conozca la existencia de ese escondite?

—Sólo Fali. No quería llevarme este secreto a la tumba en caso de que me ocurriera algo.

—Nada va a pasarte, te lo prometo. Ahora intenta dormir.

El abrazo que me ofreció actuó como el mejor relajante, y quedé dormida al fin con mi mano prendida a la suya, rezando para que no terminara nunca aquel dulce contacto. Regresé a mi niñez, a los brazos de papá, los únicos que me infundían seguridad para afrontar el miedo.

Pero el tiempo no se detiene por mucho que se le ordene parar. Desperté a oscuras; el reloj marcaba las tres de la tarde, y Daniel se había marchado. Corrí escalera abajo gritando su nombre, pero la casa estaba vacía y el sótano permanecía intacto. No había ninguna patrulla en la calle, y de nuevo invadió mi hogar el silencio, y el miedo, y la soledad, y la decepción.

Confiaba en que Daniel hubiera creído mi confesión y estuviera velando por mi seguridad, pero conforme pasaban las horas mi temor crecía, y también mi escepticismo. Presentía que aquellos invisibles asesinos iban a darme caza como lo habían hecho con Isaac. El destino me había salvado la vida en numerosas ocasiones, pero ellos iban a tener más oportunidades.

Por la noche oí que alguien golpeaba el portón con la aldaba. Debo reconocer que sentí un gran alivio —aun sin tener certeza del autor de la llamada— de que alguien se acordara de mí. Sabía que no era Daniel, pues él siempre llamaba a mi móvil desde la puerta. Pregunté desde dentro, y una voz masculina se identificó como agente de policía.

Desplacé la tranca de hierro del cerrojo, pero abrí sólo un cuarto, lo justo para examinar al oficial: un joven uniformado, rubio y bien parecido que me transmitió la orden del comisario Llamas de trasladarme a la comisaría. Reconocí a aquel agente, pues había estado en casa hacía varios días a las órdenes de Daniel, cuando realizaron el registro y se llevaron los cuadros.

—Muéstreme su placa, por favor —dije sin confiar del todo.

Tras confirmar su identidad le pedí que esperase unos minutos. Pensé que Daniel habría hablado ya en la comisaría sobre el lugar donde yo guardaba los cuadros y que querrían ampliar esa información. Tomé mi bolso y salí hacia el coche patrulla. Estaba tan ensimismada en mis pensamientos que no reparé en mis acompañantes: tres agentes de uniforme, silenciosos... y de aspecto extraño. El conductor era el joven rubio a quien había recibido. Sin embargo, el agente que se sentaba a mi lado tenía la piel morena, con pobladas cejas negras como su largo bigote, olía a sudor y su actitud me pareció impertinente cuando volvió la cabeza hacia mí para observarme con descaro. De pronto miré por la ventanilla y advertí que estábamos en las afueras de la ciudad, en una carretera comarcal aislada y oscura.

—¿Adónde me llevan? —pregunté alarmada—. La comisaría no está por aquí.

El copiloto se volvió desde el asiento apuntándome con un enorme revólver.

—Quédese quietita y bien calladita, y no le ocurrirá nada, ¿okey? —respondió con un acento nítidamente latinoamericano.

En breves segundos toda mi vida desfiló ante mí. Pensé en mi padre, en la certeza de que pronto me reuniría con él. El final había llegado, y la inminencia de la muerte me hizo descubrir que realmente no era ésta lo que más me aterraba, sino la tortura y el dolor que estaba segura de que me aguardaban. Comencé a rezar a papá y a la tía Lina; les llamé a gritos para que acudieran en mi ayuda. En un desesperado intento de salir traté de abrir la puerta, pero estaba bloqueada. De repente sentí un fuerte golpe en la nuca y todo se volvió oscuridad.

No sé cuánto tiempo permanecí inconsciente; un agudo dolor se extendía por toda mi cabeza cuando recuperé el conocimiento. Mi cuerpo se negaba a obedecerme porque mis manos estaban sujetas a los brazos de un sillón de madera y mis piernas inmovilizadas a la altura de los tobillos. Me encontraba en una extensa nave de altos muros de ladrillo donde yacían, esparcidos, restos de motos y automóviles desguazados. En otro tiempo aquello debió de ser un taller, pues en el suelo se distinguían las marcas de una plataforma elevadora. El coche patrulla en el que me habían secuestrado estaba aparcado en un rincón junto a la gran puerta de hierro de la entrada. El local, que parecía desierto, estaba escasamente iluminado por dos enormes lámparas que colgaban de largas cadenas desde el techo.

El repugnante olor a suciedad me producía náuseas.

Súbitamente oí un sonido a mi espalda y el corazón me dio un vuelco al reconocer aquella voz tan familiar.

—Hola, Isabel.

Identifiqué al instante la sombra que se acercaba desde la oscuridad.

—¿Usted? —dije sobrecogida—. ¿Es usted quien ha planeado todo esto?

—Sí... Yo —respondió acercando su cara a la mía.

37

Jamás tuve tan cerca unos ojos más siniestros. En su mirada no había signos de compasión o debilidad, y parecía acostumbrado a tener bajo su poder a gente aterrorizada como yo.

—¿A que no lo esperaba? Pues ellos tampoco, así que no pierda el tiempo gritando porque nadie vendrá a rescatarla.

—¿Por qué? —exclamé derrotada.

—¿Por qué va a ser? Por dinero, por supuesto. Y lo lamento de veras por usted, Isabel, pero este asunto es personal. Decidí desaparecer de la escena para trabajar con más seguridad; desde entonces he intentado vanamente secuestrarla y atraerla con trucos, pero los sicarios ineptos que contraté fracasaron una y otra vez. Se ha convertido usted en una pesadilla para mí, el único obstáculo para que todo siga el rumbo que ya estaba marcado.

—¿Qué quiere decir?

—Que usted tiene que morir. Siento que esto tenga que finalizar así, querida, pero no hay más remedio.

—No..., por favor —supliqué aterrorizada—. Le daré los cuadros... No me haga daño.

—Por supuesto que me los dará, contaba con ello. Y esta vez voy a matar no dos, sino tres pájaros de un tiro: me quedaré con los cuadros, vengaré a mi padre y también devolveré un buen golpe a su abuela.

—No le entiendo... ¿Quién es su padre? ¿Conoció usted a mi abuela?

—¡Vaya! Me tranquiliza saber que aún no conoce a su auténtica familia. —La desagradable risa de Benjamín Sinclair resonó en aquel amplio local—. Temía que Isaac Goldman le hubiera contado todo lo referente a ella. Su abuela se llama Lilianne Candelario; su apellido anterior era Fridman. Es la madre de Adeline y Julien Fridman... Y no hable en pasado porque aún vive, aunque en precarias condiciones de salud.

—Adeline y Julien... Se refiere a mi tía y mi padre. ¿Esa mujer fue la esposa de mi abuelo?

—¿Esposa? ¿Su abuelo? No, querida niña. Lilianne jamás estuvo casada con Tomás Ordóñez. Él tenía... digamos que... otras inclinaciones.

—¿Cómo sabe eso? ¿Usted le conoció?

—No, pero he oído hablar de él durante toda mi vida. ¿Sabe? Ahora creo en el destino. Me parece casi imposible la cantidad de casualidades que se han encadenado una tras otra. Lilianne y yo hemos pasado sesenta años odiando a Tomás Ordóñez; ella por robarle a sus hijos y yo por provocar la muerte de mi padre.

—¿Tomás Ordóñez asesinó a su padre?

—Bueno, no lo hizo con las manos, pero sí con su traición. Tomás colaboraba junto con mi padre en el grupo del Museo del Hombre de París, uno de los primeros focos de la Resistencia francesa tras la llegada de los nazis. Mi padre era profesor de historia, un hombre comprometido con su país; se llamaba Frank Sinclair.

¡Frank! Su nombre me resultaba familiar: había enviado la primera carta a mi abuelo al poco tiempo de ser detenido en Madrid. Marie se había hecho cargo de su hijo tras su muerte, y Marcel escribió después informándole de que era un traidor y que había muerto, pero no había tenido el valor para contarle a su hijo la felonía que había cometido su antiguo compañero de la Resistencia.

—¿Qué clase de trabajo hacía Tomás?

—Tenía influyentes contactos en España y se ganó la confianza de los nazis; colaboró en el Museo Jeu de Paume asesorando a los altos cargos sobre qué obras podían adquirir y cuáles podrían ser utilizadas para comerciar con los marchantes y los contrabandistas que pululaban en el entorno colaboracionista. Pero como miembro de la Resistencia ayudó también a Rose Valland elaborando los inventarios clandestinos de las obras, incluso engañó a los técnicos alemanes sobre lo que debía ser rechazado por considerarlo arte degenerado, salvando con esa estratagema excelentes lienzos y ordenando en su lugar la destrucción de pinturas de escaso valor artístico. No todos los cuadros que ardieron en las hogueras en las Tullerías eran los auténticos..., ¿me entiende?

—¿Y qué hacía con ellos?

—Los ponía a disposición de sus compañeros de la Resistencia en un lugar seguro. La intervención de mi padre como enlace entre él y el resto del grupo fue crucial para que muchos propietarios recuperaran sus valiosas piezas a través de ellos. Tomás mantenía excelentes relaciones con un miembro de la embajada alemana en Madrid, y cuando le llevaba a España obras de arte desde el Jeu de Paume aprovechaba para sacar de allí otras que no figuraban en el inventario oficial entregado a la salida del museo. El grupo también colaboró para evacuar del país a muchas personas, la mayoría de ellas niños judíos cuyos padres habían sido deportados a Alemania o encerrados en campos de concentración.

—Como a los hijos de Lilianne...

—Sí. Pero un día Tomás Ordóñez desapareció, y poco después varios destacados miembros del grupo del Museo del Hombre fueron arrestados, entre ellos mi padre. Un año más tarde, en febrero de 1942, siete miembros fueron juzgados y fusilados, y varios más deportados a campos de concentración alemanes. Mi padre fue liberado, pero murió a manos de un miembro de su propio grupo que le acusó de traidor. No le dieron la oportunidad de demostrar que fue Tomás Ordóñez quien les delató antes de regresar a España y se quedó con las obras de arte que sacó del Museo Jeu de Paume y robó a Rossberg.

—No, Benjamín, no fue Tomás quien les denunció… Él fue detenido en Madrid en mayo de 1941 y encarcelado durante quince años.

—Sí, sobre esa circunstancia fui informado por Efraín Peres cuando llegué a Córdoba. Pero eso no cambia nada, porque estoy seguro de que fue él quien delató a sus compañeros desde la cárcel.

—No… No es cierto. Ya ha podido constatar que él nunca se ocultó y que sus hijos se quedaron aquí, al cuidado de su familia. He encontrado varias cartas en mi casa enviadas por Marcel Ménier desde Francia. Estaba desesperado porque no sabía nada de Tomás y no le cabía duda de que no había desaparecido voluntariamente. Él responsabilizaba a alguien del museo, y aseguraba que el traidor que delató a Tomás y al resto del grupo fue Frank…, su padre, Benjamín.

Aquel hombre intentó esbozar una sonrisa que quedó congelada en una mueca.

—¿Ésa es la treta que ha inventado para intentar salvar su vida, acusar a mi padre? ¡Frank Sinclair fue un héroe y dio la vida por su país! —gritó con dignidad.

—Marcel Ménier lo escribió en su última carta. Puedo mostrársela, está en mi casa. —Trataba de persuadirle con suavidad.

—¡No me interesan sus cartas! Tomás era un traidor y delató a sus compañeros.

—¿Cree que él delataría a su amor, a Marcel? Él también pertenecía al grupo del Museo del Hombre. Tomás Ordóñez no era un traidor; salvó a aquellos niños, les llevó a su propia casa y los puso a cargo de su familia, y conservó el patrimonio de Rossberg para devolverlo en cuanto fuera posible. Sé que al salir de la cárcel envió una carta a una dirección en París a Marcel Ménier contándole toda la verdad sobre su apresamiento e indicando dónde estaban los cuadros de Herbert Rossberg y los niños, pero fue devuelta porque ya no vivía allí.

—Herbert Rossberg, el poderoso Herbert Rossberg… He trabajado durante cuarenta años para él y su hermana Lilianne.

—¿Lilianne era hermana de Herbert Rossberg?

—Sí, ella heredó el museo tras la muerte de Herbert, y ahora es su hijo, Pelayo Candelario, quien lo dirige todo. ¿Y sabe cómo me lo pagaron? Despidiéndome de su museo y echándome de su casa como a un perro. Pero voy a resarcirme con creces porque no van a recuperar sus cuadros. Ya tengo el primero, mírelo —dijo mostrándome el cuadro robado en la clínica dental—. Los otros que usted tiene en su casa serán para mí, y los venderé por millones de dólares...

—¿Quién era el auténtico padre de los hijos de Lilianne?

—Fue Jonas Fridman, un rico hombre de negocios judío de Polonia. Cuando ese país fue invadido por el ejército nazi en 1939 él fue detenido por la Gestapo. Su esposa e hijos escaparon ayudados por unos amigos que les ocultaron en su casa, y poco después consiguió que los niños abandonaran clandestinamente Varsovia con destino a París, a la casa del hermano de Lilianne, el poderoso coleccionista de obras de arte Herbert Rossberg. Durante un tiempo los niños vivieron con su tío, pero cuando los nazis llegaron a Francia, en junio de 1940, Rossberg fue detenido por la Gestapo por ocultar obras de arte en una granja propiedad de unos empleados suyos que después le traicionaron. Entonces pidió ayuda a sus influyentes amigos y propietarios de una de las más importantes colecciones de arte de Francia: la familia Rothschild. En 1939, la esposa de Edouard Rothschild, Germaine, había habilitado una casa antigua en el Château de la Guette, situado en el departamento de Seine et Marne cercano a París, para utilizarla como albergue de niños procedentes de Europa Oriental cuyos padres habían sido trasladados a campos de concentración. Allí fueron acogidos los hijos de los Fridman tras el apresamiento de su tío. Tomás Ordóñez, por su condición de pintor, era amigo de los Rothschild y de los Rossberg, y cuando conoció la situación de este último acudió en su ayuda. Fue a visitarle a la cárcel gracias a la relación que mantenía con los alemanes, con quienes después se excusó por no haber conseguido información alguna sobre la localización de sus cuadros, pero la verdad es que sí la obtuvo y se enteró del lugar secreto donde Rossberg había guardado una gran cantidad de obras de arte. Después de recuperarlas, Tomás Ordóñez recogió a los hijos de Lilianne en el Château de la Gette para trasladarlos a España y hacerse cargo de ellos mientras Rossberg estuviera preso... o al menos eso dijo. Pero un año más tarde desapareció para siempre. Poco después Lilianne Fridman consiguió regresar a Francia y se reunió en Niza con su hermano Herbert, que también había sido puesto en libertad. Ambos se dedicaron a buscar a los niños y a esperar el regreso de Tomás, pero éste había desaparecido... como también los niños, y los Matisse y las demás obras pertenecientes a su colección.

—¿Nunca se enteraron de su apresamiento en Madrid?

—No. Enviaron cartas y vinieron a España, pero nadie les dio noticias de él ni de los niños.

—Ahora sabe la verdad. Fue detenido y acusado de robo. Estuvo preso en Madrid durante quince años. Los Rossberg estaban equivocados. Tomás siempre tuvo intención de devolver los cuadros y a los niños.

—¿Quién le ha contado esa majadería? ¿Cree que va a convencerme de que mi padre fue el delator y Tomás un santo? Querida niña, no juegue conmigo de esta forma tan burda.

—Por favor... No me crea si no quiere, pero al menos déjeme vivir —supliqué—. No conozco a esa familia, y no tiene que castigarles a través de mí.

—Lo lamento, pero su suerte ya está echada. Le aseguro que la aprecio sinceramente. —Sonrió como una hiena—. Aun así, Lilianne tiene que pagar por lo que me ha hecho. Quiero que sienta lo que es perder a la única descendiente de sus hijos. ¡Quiero que sufra para que no olvide nunca quién es Benjamín Sinclair! —Su voz sonó atronadora, y su mirada estaba llena de odio y resentimiento.

—Le llevaré a mi casa y le entregaré los cuadros. Le juro que nunca contaré a nadie lo que ha pasado hoy. La policía no sabe que los tengo, y yo no voy a denunciarle. Por favor... —rogaba envuelta en llanto.

—Lo siento, pero esto es cuestión de supervivencia, Isabel, y en este momento soy yo quien tiene prioridad; no puedo permitir que estropee mi futuro y cuente a la policía mis planes. Son demasiados años de humillaciones para terminar de esta forma tan ridícula, ¿no cree? Lamentaré hacerlo, se lo aseguro, pues ha sido usted la protagonista y artífice de este hallazgo. Nadie sabía dónde estaban los cuadros de Rossberg, los habían dado por perdidos, pero usted sacó a la luz uno de ellos, pintado por Tomás Ordóñez, que él mismo había robado a los nazis. Tampoco nadie habría sabido que usted es la nieta de Lilianne si Isaac Goldman, por una de esas grandes casualidades que ocurren cada mil años, no hubiera sido acogido también en el mismo orfanato de la señora Rothschild. Sí, él estuvo allí. Julien y Adeline Fridman, que habían compartido con él aquellos años de turbulencias, salieron desde allí hacia España junto con una buena colección de cuadros propiedad de su tío Herbert Rossberg y de la mano de un miembro de la resistencia llamado Tomás Ordóñez, un nombre que décadas más tarde Goldman localizaría aquí, en Córdoba, en su casa.

—¿Isaac también estuvo en ese orfanato?

—Él llegó en 1939 procedente de Polonia con los niños Fridman.

Entonces recordé aquel pasaje de su vida que el propio Isaac me contó y lo entendí todo: el inició la investigación sobre mi pasado nada más visitar mi casa y conocer el nombre de mi abuelo. Isaac supo desde aquel día quién era mi abuela y la procedencia de mi padre y mi tía, por eso afirmaba que los cuadros eran de mi familia. Pero ¿por qué no me lo explicó desde el primer momento? ¿Era ésa la excelente sorpresa que pensaba darme la última vez que le vi en su casa?

—¿Conoció usted a Isaac allí?

—No. Coincidí con él más tarde. Meses después de la llegada de los alemanes a París, los más de cien niños refugiados en el

Château de la Guette fueron evacuados hacia La Bourboule, en la región de Auvergne, fuera de la zona ocupada por el ejército alemán. Yo llegué a La Bourboule en 1942, dos años después de la marcha de los pequeños Fridman, cuando mi padre murió y mi madre fue enviada a un campo de internamiento... de donde nunca regresó. Allí conocí a Isaac, que estaba al cuidado de una familia francesa. Yo sólo tenía ocho años, y a medida que avanzaba la ocupación nos fueron dispersando por el sur de Francia con una identidad falsa. Algunos niños fueron confiados a la protección del American Friends Service Committee y trasladados a Estados Unidos. Otros, entre los que se encontraba Isaac Goldman, se quedaron y emprendieron camino hacia Palestina cuando terminó la guerra. Algunos fueron enviados a campos de concentración y a otros se les perdió la pista para siempre.

—¿Y qué pasó con usted?

—Marie Crillon, la esposa de uno de los miembros de la resistencia y amiga de mi padre, se encargaba de evacuar a los niños, y cuidó de mí en La Bourboule. Ella había colaborado con Tomás en numerosos salvamentos de niños, y yo fui testigo de las veces que trató en vano de contactar con él para informarle de que la señora Fridman había regresado de Polonia y quería reunirse con sus hijos. Rossberg y su hermana insistieron mucho, pero los dieron por perdidos y partieron hacia Sudamérica en el invierno de 1943 con las obras que consiguieron rescatar de las garras de los alemanes. Entonces Marie propuso a los Rossberg que me llevaran con ellos. Se establecieron en Buenos Aires y viví bajo su protección; Rossberg se hizo cargo de mi educación y comencé a dirigir el museo cuando terminé la universidad. Lilianne volvió a casarse con un millonario propietario de grandes extensiones de tierras y tuvo otro hijo, Pelayo. Cuando éste tomó las riendas del patrimonio artístico, tras la muerte de su tío Herbert Rossberg, surgieron problemas y desacuerdos en cuanto a las adquisiciones de obras, hasta que todo saltó por los aires y decidieron despedirme... ¡A mí, que había entregado mi vida a ese museo y a esa familia! —gritó con rabia, moviéndose de un lado a otro—. ¡Y me botaban de una patada! Pero ocurrió algo extraordinario que me puso en bandeja la venganza que venía rumiando contra esa familia: el día anterior a mi definitiva marcha del museo recibí una providencial llamada desde España; era un catedrático de Historia del Arte en Córdoba y me habló de la existencia de un cuadro propiedad de los Rossberg que aún seguía desaparecido y había sido pintado por Tomás Ordóñez, el culpable de la muerte de mi padre... ¿No le parece un buen regalo de despedida, Isabel?

Durante unos segundos estudió mi rostro aguardando el gesto de estupor que le dirigí.

—El cuadro se llamaba *Niña de agua* —dije con un hilo de voz.

—Correcto, querida. Veo que ha estudiado bien su colección.

—¿Asesinó usted al profesor Pérez de la Mata?

—Sí. Aquello fue un lamentable... incidente, pero no podía dejar cabos sueltos. Vine a Córdoba, y por fortuna fui su único interlocutor. Me mostró estas fotos... —Las extrajo de un maletín que estaba a su lado—. Eran cuadros de Tomás Ordóñez, uno de los cuales aparecía en la base de datos del Museo del Holocausto de Washington como desaparecido y reclamado por Rossberg, y me explicó que una chica le había visitado para que la ayudara a tasarlos. Era la nieta de Ordóñez, según me informó. El número de su teléfono estaba en una de aquellas fotos, Isabel, y la carpeta con el nombre de su abuelo también estaba allí... Mírela. Además, el profesor Pérez de la Mata me ofreció un valioso dato sobre un reputado anticuario de la zona. No sabe la impresión que tuve al conocer que aquel hombre era Isaac Goldman. Sin embargo, cuando fui a visitarle él no me reconoció de nuestros años de niñez en La Bourboule, y eso me dio una gran ventaja.

—¿Y qué ocurrió en esa entrevista?

—Vine a solucionar este asunto de forma discreta, quería información sobre los cuadros y sabía que eran muchos, pues Rossberg tenía el inventario de todo lo que Tomás Ordóñez se llevó a España la primera vez que se trasladó con sus hijos. Le ofrecí mucho dinero, pero Isaac Goldman ni siquiera se dignó escuchar mi oferta. Me dijo que se había comunicado con el Museo del Holocausto y que pronto quedaría todo aclarado. Como usted comprenderá, no podía permitir que nada quedara aclarado, así que aquella misma tarde regresé acompañado de unos profesionales para que me ayudaran a persuadirle. Él no estaba allí, así que registramos su casa, copiamos sus archivos y los borramos del ordenador mientras le esperábamos. Después llegó acompañado por el técnico del Museo del Holocausto, y ambos opusieron resistencia. Isaac estuvo ágil, luchó contra ellos, aprovechó la confusión para escabullirse por la escalera y se esfumó como por arte de magia. Ordené vigilar día y noche su casa, pero jamás regresó a ella. He gastado una auténtica fortuna contratando a un ejército de hombres que han rastreado de norte a sur la ciudad. Usted era el único vínculo para llegar hasta él, y por esa razón no la he perdido de vista en ningún momento. Sabía que tarde o temprano Isaac Goldman se comunicaría con usted.

—Usted dijo que el Museo del Holocausto se había puesto en contacto con el Museo Rossberg…

—Bueno, la verdad es que fue al revés. Al recibir la llamada desde España intuí que el catedrático de la facultad se habría comunicado también con Washington para avisar de aquel descubrimiento, así que me adelanté y yo mismo les llamé para informarles de que estábamos enterados y nos hacíamos cargo de todas las gestiones. Era una forma de quitármelos de encima y ganar tiempo hasta hacerme con los cuadros sin levantar sospechas. Un buen plan, se lo aseguro. Pero Isaac ya les había llamado, y cuando supe que el técnico del Museo de Washington estaba sobre aviso y llegaría a Córdoba, tuve que actuar con rapidez.

—También dijo usted que Isaac le había pedido una importante suma de dinero por la información sobre los cuadros, pero no fue así… Él no le llamó nunca ni mantuvieron ninguna negociación, ¡era todo mentira!

—Correcto, Isabel. Es usted muy perspicaz. Tenía que acusarle para incitar a la policía española a localizarle y así atraparle antes. Habrá comprobado que fui más listo que ellos. No hay nada que no se consiga con dinero. Soborné a un agente que trabajaba en este caso junto al inspector De la Torre. Creo que le ha conocido esta noche.

—Y también hizo una oferta para comprar mi casa… y ordenó asaltarla.

—Tenía que encontrar los cuadros antes que la policía. Siempre tuve la certeza de que estaban allí escondidos. Pensé que usted tendría que sacarlos si accedía a vender su hogar. Le hice una oferta excelente, Isabel, pero ni siquiera en eso pudo complacerme, porque conocía el valor del tesoro que tenía guardado, ¿verdad?

—Nunca tuve intención de quedarme con ellos, se lo aseguro.

—No la creo. Es usted más lista de lo que aparenta.

—Y el asesinato del catedrático Pérez de la Mata en la casa de Isaac fue otra trampa.

—Lamenté tener que hacerlo, pero era un testigo importante y debía ser eliminado. Lo preparé todo para que la acusaran a usted de ese crimen, incluso elegí un pequeño cuchillo, acorde con su fuerza. Tenían que detenerla, así yo podría entrar tranquilamente en su casa y buscar los pasajes secretos donde los cuadros están escondidos. Pero usted tenía un ángel de la guarda que siempre acudía en su auxilio en los momentos más inoportunos. Debí eliminar al inspector De la Torre cuando tuve la ocasión… —Movió la cabeza en señal de fastidio.

—La muerte de Isaac fue premeditada. ¿Tenía que asesinarle también?

—Le di caza poco después del último incidente en su propia casa. Él también merodeaba alrededor de usted para protegerla. Fue todo un Quijote, se lo aseguro; si hubiera visto cuánto se resistió… Realmente tiene usted, bueno, tenía un buen amigo. Soportó estoicamente la terrible tortura, pero se rindió al fin ante una potente droga que le provocó la muerte al estallarle el cerebro. —Los oscuros y pequeños ojos de Sinclair me examinaban como una hiena, recreándose en mi miedo—. El muy estúpido murió sin decir una palabra sobre los cuadros... Pero no era necesario porque yo sabía que usted los tenía. —Sonrió con malicia—. Isaac era mi verso suelto, el único testigo que podría desenmascararme, además de usted, por supuesto. No sólo me conocía personalmente sino que pondría a la señora Candelario sobre el rastro de sus hijos. Después de acabar con él, usted era mi último objetivo, pero era tan difícil atraparla... —dijo con decepción moviendo la cabeza nuevamente de un lado a otro—. Me ha causado demasiados problemas, Isabel.

—Y ahora... ¿qué piensa hacer conmigo? —Lancé aquella pregunta sin deseos de oír la respuesta.

—Depende de usted, querida niña...

—Le diré dónde están los cuadros a condición de que mi muerte sea rápida... No me torture, por favor —supliqué con un hilo de voz.

—Vaya, ¡parece que vamos a entendernos! No tema, mis hombres serán rápidos; no deseo que sufra, se lo aseguro. Y ahora dígame en qué parte de la casa están escondidos. No puedo perder demasiado tiempo. Estoy convencido de que su ángel de la guarda no debe de andar lejos.

De repente un estruendo ensordecedor invadió aquel tenebroso espacio.

38

Los cristales de los tragaluces situados en el techo estallaron en mil pedazos, y varias siluetas encapuchadas y vestidas de negro descendieron por cuerdas abriendo fuego en todas direcciones. Benjamín Sinclair empuñó un arma que extrajo de su cintura y se colocó detrás de mí, utilizando mi cuerpo como escudo y disparando hacia aquellas sombras. El fragor del tiroteo aumentó de intensidad, y varias balas pasaron silbando cerca de donde me encontraba inmovilizada. En medio de aquel tumulto, Benjamín colocó su arma junto a mi sien.

Aquello era el final, mi final…

Cerré los ojos, pensé en mi madre y me puse a rezar. No era justo; a pesar de nuestro distanciamiento, mamá no se merecía perder a su única hija y quedarse sola.

De pronto el estrépito de las armas se interrumpió y la sala enmudeció. ¿Estaba ya muerta?, me pregunté en medio del trance.

—¡Suelte el arma, Benjamín!

Era la voz de Daniel, excitada y acelerada por la tensión.

—No, inspector; no van a atraparme tan fácilmente…

Noté que me liberaban las manos y abrí los ojos para advertir que el argentino cortaba con una afilada navaja las correas que me ataban al sillón. Después me agarró de un brazo, y me obligó a incorporarme y a caminar delante de él, sintiendo en el cuello la frialdad del cañón de su arma automática. Caminamos lentamente hacia el coche patrulla que me había trasladado hasta allí y observé el numeroso grupo de agentes vestidos de negro con cascos, pasamontañas y chalecos antibalas portando armas grandes y automáticas que apuntaban hacia nosotros. Estaban en silencio, expectantes, aguardando una orden.

—Todo ha acabado, Benjamín. —Reconocí la voz grave y autoritaria del comisario Llamas—. ¡Suelte el arma y deje libre a Isabel!

Miré a mi captor. El rostro de aquel hombre parecía sonreír, pero sólo era un gesto crispado por la rabia.

—Ni lo sueñe, comisario. Ya me han ocasionado ustedes demasiados problemas. Esta vez voy a por todas...

—De acuerdo, pero ¿por qué no me intercambia por Isabel? Deje que se vaya y yo ocuparé su lugar. —La silueta de Daniel surgió de la oscuridad.

—¡Va a matarme de todas formas, Daniel...! —grité hacia el lugar de donde procedía su voz.

—¡Cállese! —me ordenó Sinclair, dándome un empellón hacia delante.

Daniel alzó su arma para mostrarle su voluntad de negociar.

—Vamos, Benjamín, cámbieme por ella...

—¡No dé un paso más! Inspector De la Torre, ésta no es su guerra.

—Los cuadros ya han sido recuperados, y la familia Candelario está volando hacia aquí desde Buenos Aires para llevárselos. Lo sabemos todo, Benjamín... No merece la pena continuar.

Noté que la mano de Sinclair aferraba mi brazo con más fuerza y oí su rabia sorda. Esa vez no tenía escapatoria.

—¡No van a quitarme lo que es mío! —gritó sin control—. ¡Ella debe morir!

—¡Por encima de mi cadáver! —oí decir a Daniel.

Sentí el cañón en mi cuello, y de repente aquel estruendo...

En décimas de segundo varios disparos impactaron desde diferentes ángulos en la cabeza del argentino. Éste se quedó inmóvil, en pie, sangrando. En cuanto me soltó corrí para separarme de él.

—¡Daniel! —grité, presa de una crisis de histeria.

La silueta de Daniel surgió avanzando hacia mí con los brazos abiertos. Súbitamente me abalancé sobre él, y me abrazó tan fuerte que me alzó en vilo. Entonces volví la cara para ver que Benjamín caía al suelo con los ojos abiertos, llenos de horror, y envuelto en sangre. Yo seguía pegada a Daniel, inmóvil, incapaz de articular un movimiento o un pensamiento.

—¿Estás bien? ¿Te ha hecho daño ese malnacido? —gritó alterado, sin soltarme.

—Estoy bien, estoy bien —decía encaramada a su cuello, segura al fin entre sus brazos.

—Todo ha terminado, estás a salvo —afirmó sin aflojar su abrazo, besando mi frente, mis mejillas, mis labios.

Sí, todo había terminado, y mi ángel de la guarda estaba allí, fundido conmigo.

—Llévame a casa.

Nos dirigimos al exterior, y atravesamos un espacio rodeado por coches patrulla y ambulancias con sus ruidosas sirenas que iluminaban la oscuridad con sus deslumbrantes luces. Partimos a toda velocidad, y Daniel se comunicó con el comisario a través de la emisora para dar cuenta de que abandonaba el lugar «con el objetivo a salvo», dijo. Cerré los ojos y el aire fresco de la madrugada alivió mi angustia.

Al llegar a la puerta de mi casa, miré a Daniel y me aferré a su brazo.

—Por favor, no vuelvas a dejarme sola —le supliqué acongojada.

—Esta vez me quedo. Vamos —dijo ayudándome a bajar.

—¡Dios santo…! He pasado tanto miedo… —Rompí a llorar al acceder al patio.

—Tranquila, ya acabó todo… No voy a marcharme nunca, nunca…, te lo prometo —susurró acariciando mi espalda—. A partir de ahora tendrás que echarme a la fuerza para librarte de mí…

Comenzó a besarme muy despacio, y permanecimos abrazados en aquella penumbra, disfrutando al fin de un momento de paz.

El calor de su cuerpo me transmitió la seguridad que me habían escatimado durante media vida. Nunca pensé que un hombre tan diferente a papá fuera a calar tan hondo en mis sentimientos, pero bajo aquella fría apariencia se ocultaba un ser entrañable, y por primera vez desde que había empezado esa pesadilla me sentí relajada y segura al lado de mi caballero, cuyo cuerpo, fundido con el mío, me había protegido de todos los peligros en aquella difícil cruzada.

Subimos al dormitorio y Daniel se tendió a mi lado. Me quedé dormida sintiendo el latido de su corazón bajo mi oído, enredada entre sus brazos en el silencio de aquella calurosa noche.

39

Y cumplió su palabra. Desperté al notar sobre mis párpados un tímido rayo de luz que penetraba a través de las rendijas del balcón y le hallé a mi lado. Por fin me sentía a salvo.

—¿Cómo estás?

—Mucho mejor. Gracias por quedarte —le dije sobre la almohada.

Nos miramos, y me pareció que nos veíamos por primera vez. Se produjo una larga pausa que en otras circunstancias habría juzgado larga, pero era una nueva forma de diálogo entre nosotros.

—Quiero quedarme para siempre, si tú me aceptas. Tengo que cuidar de ti.

No sentí un chispazo ni la revelación de que estaba junto al hombre de mi vida, ni le introduje en mis fantasías del príncipe azul que aún andaba buscando. Sólo me limité a escuchar los latidos de mi corazón al percibir aquella caricia, y el cosquilleo en la piel, y las ganas de gritarle que deseaba estar el resto de mi vida junto a él en aquella cama. Pero en vez de eso me entretuve en colocar unos cuantos obstáculos.

—No soy tu responsabilidad. No debes sentirte obligado...

—No me siento obligado. Llevo demasiado tiempo soñando con este momento. Creo que me enamoré de ti aquella tarde en casa de Isaac Goldman, la primera vez que te vi —dijo con su deliciosa mueca—. Desde entonces he sido tu sombra y te he seguido como un fantasma. Tenía celos del abogado, y de Isaac Goldman, incluso de tu amigo Fali. Me obsesionaban tus secretos, y era un reto ir descubriéndolos paso a paso, tratando de ganarme tu confianza, esperando pacientemente tus confidencias…

—Pero… me dejaste sola.

—Jamás has estado tan protegida. Habíamos instalado micrófonos en la casa, y en tu bolso, hasta colocamos un transmisor en tu móvil. He velado tus sueños y vigilado todos tus movimientos; no podías verme, pero yo escuchaba incluso tu respiración. Controlábamos tus salidas, pero simulamos que estabas sin protección para que el auténtico asesino se acercara a ti y así poder atraparle. Jamás habría permitido que te hicieran daño.

—¿Y el asalto que realizaron aquella noche aquí dentro? No creías mi versión…

—Aquello fue algo imprevisto. Detectamos a los intrusos en el interior de la casa y nuestros hombres acudieron enseguida. Hacían guardia en los alrededores; saltaron la tapia de la terraza contigua y atraparon a los salteadores aquí dentro, en el patio. Después salieron por la puerta principal, y uno de ellos se quedó dentro para atrancar el cerrojo y salir saltando la misma tapia por donde se habían introducido los asaltantes; la vivienda contigua quedó bajo vigilancia desde aquel momento. Fue un alivio cuando hablé contigo y comprobé que estabas bien.

—¿Y el accidente en el Arenal…? Me acusaste de inventar el secuestro.

—No podía darte información. El conductor del coche que hizo perder el control al secuestrador era uno de nuestros agentes. Tras el accidente, esperamos a que te alejaras de allí y detuvimos enseguida a los dos sicarios, pero debía mantenerse en secreto hasta que la investigación llegara a su fin. Lo mismo ocurrió con el asesinato del catedrático. Advertimos que un chico te puso la carta bajo la puerta de la oficina y le detuvimos. Alguien le había pagado cien euros para que lo hiciera. Después organizamos un dispositivo de vigilancia a tu alrededor y te seguimos hasta la casa de Goldman.

—Pero me dijiste que no habías visto salir a nadie de la casa aquella noche…

—Te mentí. —Sonrió—. Fue otro sicario el encargado de hacer aquel trabajo; lo capturamos enseguida.

—Y todo este tiempo haciéndome creer que te importaba bien poco… —le reproché colocándome sobre él.

—No ha sido agradable, te lo aseguro. He estado a punto de rendirme en más de una ocasión al advertir lo mal que lo estabas pasando, completamente sola, encerrada en casa y convencida de que nadie creía que estabas en peligro. Pero no podía decirte lo que realmente sentía. Habíamos colocado micrófonos en el patio y tenía que seguir el guión. Creo que no habría podido soportarlo mucho más tiempo. Todo ha terminado, y a partir de ahora no pienso perderte de vista en los próximos quince años, por lo menos…

Comenzó a besarme e hicimos el amor por primera vez. Fue un contacto lento, suave, sin prisas, y cuando le oí decir «Te quiero» mis ojos se empañaron, y sólo acerté a pronunciar su nombre y a dejarme llevar por aquellas intensas emociones. Por primera vez sentí que estaba en casa, en mi hogar, y que Daniel formaría parte de él para siempre.

40

A mediodía Daniel se ofreció a prepararme un delicioso desayuno.

—Bueno, al fin acabó esta pesadilla —dije relajada en uno de los sillones del patio.

—¿En qué piensas? —preguntó Daniel, sentado frente a mí.

—Recordaba las palabras de Benjamín. Ese psicópata se recreó contándome con todo lujo de detalles los crímenes que había cometido, y con una naturalidad que daba escalofríos. Tenía intención de asesinarme por el simple capricho de vengarse de mi abuela...

—Sí, oímos su confesión gracias al micrófono que tenías en tu bolso.

—Isaac fue un hombre extraordinario. Siento que soy responsable de su muerte. Él intentó protegerme... y lo pagó con su vida.

—El único responsable es Benjamín Sinclair. No debes culparte. Además, después de conocer más a fondo el pasado de Goldman, he llegado a comprender los motivos por los que actuó así contigo: se sentía en deuda con el hombre que le salvó la vida y decidió saldarla intentando protegerte. Ahora está en paz.

—¿Quién salvó la vida de Isaac?

—Tomás Ordóñez. Efraín Peres nos trasladó una interesante información procedente de Israel: cuando comenzó la invasión de Polonia por parte de los nazis, en 1939, Ordóñez se unió a un grupo de voluntarios pertenecientes a la Iglesia católica polaca cuyo propósito era salvar niños judíos. Los sacaban en ambulancias, en cestos de basura, incluso en ataúdes. Después imprimían identidades falsas y los trasladaban a Francia. Sinclair desconocía que Tomás Ordóñez no sólo había salvado de una muerte segura a los niños Fridman, sino al mismísimo Isaac Goldman. Él trasladó a los tres hasta Francia desde Varsovia. Después Goldman se quedó en el orfanato de los Rothschild mientras que los Fridman fueron a casa de su tío Herbert Rossberg, en París; pero cuando éste fue apresado un año después, volvieron a reunirse los tres hasta que Tomás Ordóñez los sacó de allí para traerles a España. Y hay algo más que ignoras: la Autoridad Nacional de Israel para la Memoria de los Mártires y los Héroes del Holocausto otorgó el título de Justo entre las Naciones a Tomás Ordóñez, y su nombre quedó inscrito en el Muro de Honor del jardín de los Justos en Yad Vashem, en Jerusalén. Es el máximo reconocimiento que entrega el pueblo judío, a través del Estado israelí, a los no judíos que colaboraron para salvar vidas durante el Holocausto. Y fue otorgado a instancias de Isaac Goldman en 1963, quien describió, junto con otros supervivientes, la hazaña que Ordóñez realizó.

—¡Vaya! Es… emocionante y a la vez reconfortante conocer esa historia. En muy poco tiempo he sabido tantas cosas sobre Tomás Ordóñez… Primero le creí un ladrón, después un colaborador de los nazis, más tarde un activo miembro de la Resistencia francesa y ahora me entero de que fue todo un héroe.

—Bueno, también acabas de descubrir que no era tu abuelo.

—Eso carece de importancia. Para mi padre y para Lina él fue su auténtico padre, cuidó de ellos y se ganó su amor. Es lo único que importa. Para mí será siempre el abuelo Tomás. En cuanto a Isaac, él también fue un héroe y estará siempre en mi memoria.

—Sí, fue un gran hombre.

—Sin embargo, conociendo todo esto sobre él y su prestigio como investigador, le acusabas de asesino… —le reproché con suavidad.

—Sabíamos que no era culpable desde que identificamos las huellas de los sicarios tanto en su casa como en la tuya y les detuvimos, pero debíamos seguir sosteniendo su imputación como pretexto para encontrarle y protegerle, pues sospechábamos que quien te perseguía a ti iba también tras él.

—¿Desde cuándo tenías la certeza de que era Sinclair el hombre que buscabas?

—Fuiste tú quien me indicó la pista a seguir, cuando mencionaste por primera vez al profesor Pérez de la Mata justo la tarde en que el argentino vino a despedirse de ti. Cuando fuimos a interrogar al catedrático, nos habló de su entrevista con Sinclair antes de que se produjera el asesinato en casa de Goldman, y su versión no coincidía con la que el argentino nos dio. Después hablamos con el señor Candelario de Buenos Aires y conocimos qué clase de sujeto era el conservador del museo y los motivos por los que fue despedido. Intentamos localizarle, pero ya había desaparecido de la escena.

—Yo le llamé varias veces para preguntarle por mi abuela…

—Lo sé. Y fue una lástima… Si te hubiera contestado, habríamos podido localizarle a través de su móvil, pero se había deshecho de él. Desde que descubrimos que Sinclair era nuestro hombre, te protegimos y vigilamos, esperando que él se acercara a ti para detenerle.

—Pues vaya forma tan fastidiosa de hacerlo, señor inspector.

Daniel me dedicó su preciosa mueca al tiempo que se aproximaba a mí para darme un apasionado beso.

—Te daba caña porque estaba loco por ti y no entendía por qué no me contabas toda la verdad.

—Sencillamente porque no me inspirabas confianza.

—¿Es por lo que te dijo Isaac de que no confiaras en la policía?

—Sí, aunque mi primer sospechoso era Efraín Peres.

—Lo sé. Es un excelente investigador y psicólogo, y cuando te visitó para mostrarte la foto del cuadro e interrogarte advirtió tus reservas hacia él. Fue una dura prueba para Efraín ya que está entrenado para arrancar información de sus interrogados y contigo sufrió una decepción al no poder conseguirlo. Eres muy esquiva y algo cabezota.

—Estaba muy desorientada y no confiaba en nadie. Tú también lo intentaste al día siguiente, aunque con otros métodos más... tentadores. Pero tampoco tuviste suerte. —Entorné los ojos con maldad.

—¿Tú crees? Recuerdo haber oído algo así como: «Te necesito, Daniel...». Para mí fue un auténtico golpe de suerte —dijo tomando mi mano—. Y ahora ¿confías en mí?

—Ven, te lo demostraré. Vamos al sótano.

Tiré de él en dirección a la escalera.

—Ya he visto todos los cuadros...

—¿Cuándo? ¿Anoche, cuando te lo dije?

—No. Fue cuando estuviste en el calabozo. Registramos la casa de arriba abajo y encontramos los dos pasajes, pero sólo te hablé de uno.

—¿Cómo los descubriste?

—El de tu dormitorio nos lo señaló tu amiga Carmen cuando fuiste a visitarla. Recuerda que llevabas un micrófono en el bolso.

—¡Vaya...! De manera que escuchabas mis conversaciones privadas... —comenté aparentando estar molesta—. ¿Y el del sótano?

—Ése fue más difícil, pero presentía que tenía que haber más pasajes en la casa. A fuerza de estudiar y golpear paredes y armarios, advertí que el muro frontal del sótano era diferente, construido en ladrillo y no en piedra como el resto, y con una vitrina empotrada. La vaciamos, y cuando encontramos la puerta secreta accedimos para estudiar todo lo que había aquí. Después colocamos transmisores en todos los cuadros para tenerlos controlados y decidimos no tocar nada para que no sospecharas. Sabíamos que estaban seguros aquí —decía mientras me ayudaba a vaciar la alacena para liberar la puerta de acceso al pasaje—. Anoche por fin te dignaste contármelo. —Me miró sin reproche.

—¿Por qué no me dijiste que lo habías descubierto aquella mañana cuando discutimos en la comisaría tras mi detención?

—Tenía que dejarte en libertad con el fin de que Sinclair saliera de su escondite y cometiera un error.

—Él sabía que había pasajes secretos aquí.

—Sí, estaba al corriente de nuestros descubrimientos a través de un miembro de mi equipo a quien había sobornado. Por eso entraron aquella noche, después de que visitaras a tu amiga y ésta hiciera un comentario sobre el pasaje de tu dormitorio. Pero ya está detenido, y va a ser acusado de conspiración y complicidad en los asesinatos. Lo siento, eso es algo que no pude controlar.

—No fue culpa tuya.

—¿Isaac Goldman conocía este pasaje secreto?

—No, yo le dije que los cuadros estuvieron guardados en la parte exterior del sótano, jamás le hablé de él.

—Averiguó toda la verdad… y lo pagó muy caro.

—Yo nunca dudé de su inocencia.

—Debiste contarme esto hace tiempo —me reprochó sin enfado—. ¿No crees que todo habría sido más fácil si hubieras entregado los cuadros al principio?

—No sabía qué hacer, y estuve a punto de derrumbarme más de una vez, te lo aseguro. Pero es que Isaac me advirtió que debía callar para garantizar mi seguridad. Él insistía en que los cuadros eran míos, que pertenecieron a mi familia, y hasta la noche pasada no entendí el significado de ese mensaje. ¿Si hubiera hablado antes de ellos, crees que Benjamín Sinclair se habría quedado de brazos cruzados? No, los quería a cualquier precio —afirmé rotunda.

—Pero no los consiguió.

—Por suerte para todos. Y ahora ayúdame a sacarlos. Deseo que regresen a sus legítimos dueños y pasar página de esta pesadilla; necesito retomar mi vida, sin interferencias ni continuos sobresaltos. En el altar de san Rafael hay escrito un versículo del Libro de Tobías que dice: «Buena es la oración con el ayuno y mejor la limosna que tener guardados los tesoros».

—Cada día me sorprendes con algo nuevo. Creo que voy a necesitar mucho tiempo para conocerte a fondo.

—No te hagas ilusiones conmigo, Daniel; soy un auténtico desastre, sobre todo cuando me pongo a decir mentiras.

—Tienes razón, no eres demasiado buena en eso, por suerte para mí.

—Sin embargo, tú sí eres experto en hacerme creer lo contrario de lo que sientes… —le recriminé sin acritud—. Me has tomado bien el pelo durante estos últimos días. Cuando me encerraste en el calabozo te odié con todas mis fuerzas. Esas horas fueron muy duras para mí.

—Lo sé, también lo fueron para mí, te lo aseguro. Te confieso que me sentí aliviado cuando saliste, a pesar de lo irritado que estaba —concluyó con una de sus expresivas muecas.

—¿Porque te mentía continuamente?

—No. Porque tu ex, el abogado, estaba a tu lado defendiéndote de mí.

—¿Estabas celoso? Eso está bien… —Sonreí acercándome a él.

Durante unos minutos nos miramos frente a frente, apoyados en el muro del pasadizo con la única luz que emanaba de la pequeña linterna enfocada hacia el suelo.

—Dime que me quieres —suplicó Daniel.

—Tú primero.

—Te quiero, Maribel… Como jamás he querido a nadie, te lo juro.

—Yo también te quiero, Daniel. Y me gustaría pedirte algo… Verás, esta casa es muy grande… y, bueno, yo… necesito protección, y compañía… Te necesito a ti. —Le besé en la boca—. Sé que no está tan aislada como la tuya, ni al aire libre, ni tiene un jardín tan grande, pero…

—Pero si tú quieres…

El sonido de su móvil irrumpió de repente truncando aquel momento mágico. Daniel lo dejó sonar.

—… acepto encantado.

De nuevo nos fundimos en un apasionado beso.

El comisario Llamas estaba en la puerta y deseaba entrevistarme para aclarar las circunstancias del secuestro. Acudí a recibirle y dejé a Daniel en el sótano llevando a la sala exterior los cuadros que habían dormido demasiados años en el pasaje secreto.

—¿Cómo se encuentra, Isabel? —me saludó el comisario.

—Mucho mejor, gracias. Espero recuperar poco a poco la normalidad.

—Por supuesto, ya no tiene nada que temer. Los secuestradores contratados por el señor Sinclair están detenidos y él ha muerto. Ya conocemos el motivo de sus crímenes.

—Sí. Quería los cuadros a toda costa y no dudó en asesinar a cualquier testigo que pudiera importunarle. Si lo hubiera conseguido conmigo, a estas alturas ya los tendría en su poder y nadie podría declarar contra él. Su plan era perfecto. Sin embargo, Isaac se lo puso difícil... y ustedes también.

—Habíamos cerrado el cerco alrededor de él y únicamente nos quedaba esperar a que saliera de su escondite para atraparle.

Efraín Peres llegó minutos más tarde, pero no venía solo, sino acompañado por una anciana elegantemente vestida con el cabello rubio recogido en la nuca y un collar de perlas de varias vueltas alrededor del cuello. Se ayudaba con un bastón de madera con empuñadura de plata y con la otra mano se apoyaba en el brazo de su acompañante, un hombre de unos cincuenta años, rubio y alto, de modales exquisitos y educados.

—Le traigo una visita que seguro que será de su interés —dijo el israelí señalando a la señora.

—Tú eres Isabel, la hija de Julien...

La mujer posó sus ojos en mí ofreciéndome su mano, y yo estudié cada rasgo de su rostro. Fue un instante mágico. Era Lilianne Fridman, la madre de unos niños que crecieron adorando a un padre que no fue el suyo y a una madre a la que creyeron muerta y que idealizaron durante toda su vida. A pesar de su edad, reconocí en ella los gestos dulces de tía Lina y la mirada soñadora de papá.

—Sí… Y usted es…

—Soy tu abuela —me interrumpió con suavidad. Su mano seguía prendida a la mía—. Nunca pensé que podría llegar a vivir este momento. Con los años acepté que jamás tendría noticias de mis hijos y que nunca sabría qué había sido de ellos…

—Ellos creyeron que usted había muerto. Jamás conocieron su existencia.

—Fue culpa mía. Después de diez años insistiendo me rendí ante la evidencia de que les había perdido. Quizá si hubiera porfiado unos años más…

—No debe culparse. La familia de mi abuelo, quiero decir… de Tomás, no estuvo a la altura. Debieron contarle la verdad y no lo hicieron. Realmente creían que eran hijos de él.

—Mi querido Tomás… Estaba segura de que era incapaz de hacer nada malo a mis niños… —Sonrió con nostalgia—. Les salvó la vida en dos ocasiones.

—Usted le conoció…

—Sí, fue a través de mi hermano Herbert. Tomás acababa de llegar a Francia y yo aún no me había casado con mi primer marido, Jonas Fridman, y vivía también en París. Tomás era un hombre maravilloso, un gran artista dotado de un talento y una sensibilidad extraordinarios.

Lilianne alargó su mano y rozó mi mejilla, retirándome con lentitud un mechón de cabello de la frente y colocándomelo tras la oreja.

—¡Cómo te pareces a tu abuelo…! Jonas tenía esa misma marca oscura junto al oído.

—Mi padre también la tenía. —Sonreí—. Y usted tiene los ojos de Lina, quiero decir, de Adeline.

—Isabel —dijo con un carraspeo el comisario—, no deseo robarles demasiado tiempo y sé que tienen mucho de que hablar. La señora Candelario nos ha proporcionado un esbozo de la personalidad de Benjamín Sinclair, y quería que usted les informara sobre las razones que él le ofreció en referencia a los crímenes cometidos.

—Por supuesto. Sus motivos no eran otros que la codicia y la venganza. Ordenó asesinar al profesor Pérez de la Mata, al representante del Museo del Holocausto, a un vecino de la propietaria de uno de los cuadros y a Isaac Goldman. Quería los cuadros a toda costa, pero también era un hombre vengativo. Estaba resentido con la familia Candelario por despedirle del museo…

—Me dirigí a mi abuela—: Y pensaba asesinarme por el placer de hacerle daño a usted.

—Benjamín era un indeseable. —Por primera vez había hablado el hombre que acompañaba a Lilianne, Pelayo Candelario—. Durante los años que trabajó como conservador del museo nos robó cientos de millones de pesos: contrató a falsificadores para que imitaran las obras que había allí y las sustituyó por las originales, las cuales vendió ilegalmente a coleccionistas sin escrúpulos. Sabemos también que intimidaba a propietarios de obras de arte a través de gente poco recomendable para que bajaran los precios. Después presentaba en el museo una cantidad por la compra muy superior a la que realmente había pagado. Sólo cuando se realizó una auditoría en la fundación salieron a la luz algunas irregularidades, y cuando investigamos más a fondo descubrimos que habíamos dado cobijo a un auténtico gángster.

—A un asesino —apostilló el comisario.

—Sí, ciertamente era un hombre frío y despiadado. Me contó con detalle cómo torturó y asesinó a Isaac a sangre fría. Era un ser maquiavélico —murmuré, aún impresionada.

—Fue una astuta maniobra el simulacro de secuestro junto a usted aquella tarde. Eso nos hizo descartarle como sospechoso y desviar nuestra atención, haciéndonos creer que él era otra víctima del señor Goldman —dijo Efraín Peres.

—Isabel, tiene usted los cuadros propiedad de la familia Candelario. Nos gustaría examinarlos —sugirió el comisario.

—Por supuesto —dije al tiempo que señalaba la escalera hacia el sótano y les indicaba con un gesto que me siguieran.

Daniel había colocado los cuadros en los muros, y sobre la mesa descansaban las esculturas, los libros y las miniaturas. Durante unos largos instantes reinó el silencio mientras todos contemplaban las pinturas.

—Esto es impresionante, tantas obras de arte en esta sala… Es un auténtico museo —murmuró el comisario.

—¡Mi querido Marcel…! —exclamó Lilianne deteniéndose frente a su cuadro.

—Marcel Ménier… El gran amor de Tomás —murmuré con emoción.

—¿Cómo sabes eso? —Ahora fue Lilianne quien manifestó su asombro.

—He leído algunas de sus cartas. —Señalé la lata metálica donde estaban guardadas—. En ellas conocí su romance y también su tristeza cuando Tomás desapareció.

—Él pertenecía a una familia muy amiga de la nuestra. Crecimos juntos. Era un ser atormentado, aunque muy especial y con una gran sensibilidad. Pero todo cambió cuando conoció a Tomás en 1932. Fueron unos años dichosos para ambos, plenos de arte y creatividad; jamás le habíamos visto tan feliz. Después me casé y me trasladé a Varsovia, y cuando Jonas fue detenido Tomás colaboró con Marcel para sacar a mis hijos y a otros niños en Polonia. Más tarde ambos se unieron a la Resistencia francesa en el Museo del Hombre y salvaron muchas vidas durante aquellos años. Pero Tomás desapareció de repente, y cuando conseguí regresar a París en 1942 encontré en Marcel un espectro de lo que fue antaño. Estaba lleno de amargura por la pérdida de Tomás, dejó de colaborar con la Resistencia y se dedicó a escribir con delirio esperando su regreso. Unos años después de terminar la guerra recibí la terrible noticia de que se había suicidado.

—Tomás tampoco tuvo una vida fácil. Estuvo preso y en completa soledad durante quince años. Salió de la cárcel muy enfermo y sólo vivió unos meses. Al menos vuelven a estar juntos… Con mi padre y Lina. —No pude evitar que mi voz se quebrara.

—Sí, estoy segura de que han vuelto a reunirse. —Lilianne tomó mi mano con ternura.

—Bueno, ahora su museo de Buenos Aires acrecentará su prestigio con estas pinturas —comentó el comisario Llamas a Pelayo Candelario. Éste sonrió, miró a su madre y después se dirigió a su interlocutor:

—No. Estas obras se quedarán aquí. Son de Isabel.

—¿Mías…? —dije espantada dirigiendo la mirada hacia mi abuela—. No… Nunca fueron mías ni de Tomás. Él las guardó aquí para devolverlas a su legítimo dueño. Lo dejó escrito en la última carta que envió a Marcel.

—Y tú eres la nieta de su legítima dueña —replicó Lilianne—. Y como tal no sólo tienes derecho a quedarte con estas obras, sino a recibir también una parte de la herencia familiar cuando yo fallezca. Sé que no me queda mucho tiempo, y quiero que me cuentes tantas cosas sobre ellos…

—Julien fue un hombre bueno y un excelente padre lleno de amor, alegría y nobleza. En cuanto a Adeline… Fue una mujer generosa y extraordinaria, vivió toda su vida en esta casa, haciendo felices a las personas que la rodeaban. Siempre tenía una palabra amable y un abrazo que ofrecer… Y quiero que conozca a mi madre, y a una persona que vivió con ellos en esta casa: Carmen, la hija de Juana, la señora que les crió. Ella sí que podrá contarle miles de anécdotas sobre sus años adolescentes… Y también le presentaré a mi amigo Fali y a…

—¡Ejem! Disculpen. Comisario, Efraín, creo que nuestro trabajo ha terminado aquí —dijo Daniel con un significativo gesto—. Es hora de marcharnos.

—Gracias… a todos, de corazón, por haber protegido la vida de mi nieta —expresó Lilianne dirigiéndose a ellos—. Ustedes me han ofrecido algo que jamás imaginé recibir en el final de mis días: la oportunidad de recuperar a mis hijos a través de esta jovencita. —Se volvió hacia mí y me tomó por los hombros para estrecharme en un cálido abrazo. Al mirarla advertí que sus ojos estaban húmedos y sentí que los míos volvían a empañarse—. Es el regalo más maravilloso que Julien y Adeline me dejaron; Isabel es su gran legado.